Azalaïs

La Vie courtoise

Catalogage avant publication de Bibliothèque et Archives nationales du Québec et Bibliothèque et Archives Canada

Rouy, Maryse, 1951-
Azalaïs : la vie courtoise [texte (gros caractères)]
(Collection Focus)
Éd. originale: Montréal : Québec/Amérique, 1995.
Publ. à l'origine dans la coll.: Collection Deux continents.
ISBN 978-2-89455-397-8
I. Titre. II. Collection: Collection Focus.
PS8585.O892A92 2011   C843'.54   C2011-940254-8
PS9585.O892A92 2011

Nous reconnaissons l'aide financière du gouvernement du Canada par l'entremise du . Fonds du livre du Canada (FLC) pour nos activités d'édition ainsi que celle de la SODEC pour nos activités d'édition. Nous remercions le Conseil des Arts du Canada de l'aide accordée à notre programme de publication.

Gouvernement du Québec – Programme de crédit d'impôt pour l'édition de livres – Gestion SODEC

© Éditions Québec Amérique Inc., pour l'édition originale, 2002.
© Guy Saint-Jean Éditeur pour cette édition en grands caractères pour l'Amérique du Nord, 2011.
Conception graphique : Christiane Séguin

Dépôt légal – Bibliothèque et Archives nationales du Québec, Bibliothèque et Archives Canada, 2011
ISBN : 978-2-89455-397-8

Distribution et diffusion
Amérique : Prologue
France : De Borée/ Distribution du Nouveau Monde (pour la littérature)
Belgique : La Caravelle S.A.
Suisse : Transat S.A.

Guy Saint-Jean Éditeur inc.
3154, boul. Industriel, Laval (Québec) Canada. H7L 4P7. 450 663-1777
Courriel : info@saint-jeanediteur.com • Web : www.saint-jeanediteur.com

Guy Saint-Jean Éditeur France
30-32, rue de Lappe, 75011, Paris, France. (1) 43.38.46.42
Courriel : gsj.editeur@free.fr

Imprimé et relié au Canada

COLLECTION FOCUS

ROMANS EN GRANDS CARACTÈRES

Maryse Rouy

Azalaïs

La Vie courtoise

Guy Saint-Jean
ÉDITEUR

AVERTISSEMENT

Les événements historiques cités ainsi que les faits se rapportant à des personnages ayant existé sont exacts; les autres appartiennent au domaine de la fiction. Les poèmes occitans sont d'authentiques textes de troubadours composés entre le XIe et le XIIIe siècle. Ils sont le plus souvent (c'est aussi le cas de la légende de Tristan et Iseut) postérieurs de quelques dizaines d'années à la période où se déroule ce roman. Sauf indication contraire, les traductions sont de l'auteure.

à ma mère
ma première lectrice

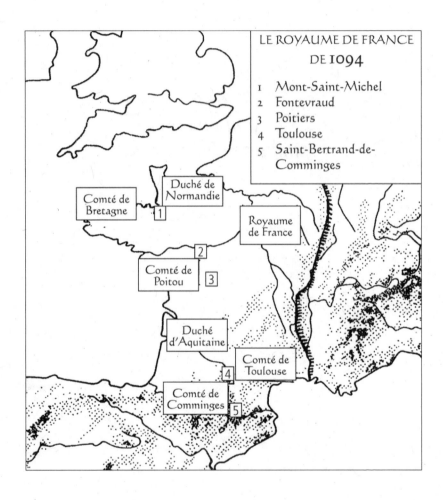

LE ROYAUME DE FRANCE
DE 1094

1 Mont-Saint-Michel
2 Fontevraud
3 Poitiers
4 Toulouse
5 Saint-Bertrand-de-
Comminges

Comté de
Bretagne

Duché de
Normandie

1

Royaume
de France

2

Comté de
Poitou

3

Duché
d'Aquitaine

Comté de
Toulouse

4

Comté de
Comminges

5

PREMIÈRE PARTIE

Suivante à Poitiers

CHAPITRE I

A chantar m'er de so qu'ieu non volria
tant me rancur de lui cui sui amia...

« Je dois chanter ce que je ne voudrais pas
tellement j'ai de rancune contre celui
dont je suis l'amie...»

COMTESSA DE DIA.

Mahaut pépiait avec entrain, et Azalaïs, qui avait relâché son attention, l'entendit tout à coup déclarer d'une voix excitée : « Sais-tu qu'il s'intéresse à toi ? Il sait qui tu es, d'où tu viens, et dit que tu es très belle. » « Vraiment ! » grinça Azalaïs d'un ton ulcéré et, sous les yeux ébahis de son amie, elle poussa son cheval et partit à vive allure. Elle était tremblante de rage, en proie à une de ces colères violentes et incontrôlables qui la prenaient parfois. Comment osait-il ! Sachant qu'elle était pauvre, il se plaisait à la troubler par ses regards et à la compromettre par ses propos ! Car, s'il avait parlé d'elle à Mahaut, on pouvait imaginer qu'il en avait parlé à d'autres. Et elle… assez sotte pour rêver… Mais cela ne se passerait pas ainsi! D'abord, elle allait cesser de penser à lui et éviter ses regards. Elle allait même oublier son existence. Il imaginait peut-être faire d'elle sa maîtresse Quelle prétention! Et quelle insolence! S'il croyait qu'elle était assez bête pour risquer de se faire engrosser, et honteusement renvoyer par la duchesse, il se trompait bien. L'amour n'était pas pour elle. D'ailleurs elle ne l'aimait pas. Il ne lui plaisait même pas. Ce n'était qu'un monstre. Un monstre d'égoïsme et de fatuité… Elle chevaucha longtemps, le long de la rivière, en continuant son véhément monologue intérieur, et ce n'est que peu à peu qu'elle se calma, retrouva une respiration normale, et commença de regretter son comportement vis-à-vis de Mahaut: il était difficilement justifiable. Comment pourrait-elle s'excuser sans donner les raisons de sa réaction coléreuse?

Alors qu'elle se retournait pour tenter d'apercevoir la jeune fille, elle fut prise par la beauté du lieu. Dans la lumière crue du matin, plantée sur son éperon rocheux,

Poitiers se découpait sur le bleu froid du ciel. Au contraire des autres cités, uniformément couvertes de tuiles ou d'ardoises, elle alliait les deux matériaux, et ce damier de rouge et de gris, ceinturé par le blanc éclatant des pierres calcaires des nouvelles fortifications, formait un ensemble pimpant. Poitiers avait l'air joyeuse, et son comte, assurément, faisait en sorte qu'elle le soit. Les pentes menant à la rivière étaient couvertes de bruyères, et ce fond violet ajoutait à la gaieté du paysage, qui composait une riche enluminure devant les yeux émerveillés de l'ancienne élève des religieuses formée à aimer les belles choses. Les dernières traces de colère disparurent, et elle rendit grâces à Dieu d'avoir permis tant d'harmonie.

En ramenant son cheval vers la chasse dont elle s'était inconsidérément éloignée, Azalaïs songeait que l'époque où elle était au couvent sans espoir d'en sortir était encore très proche : à peine une saison. Depuis le jour où on était venu l'enlever à son existence lente et monotone, la vie s'était transformée en une course effrénée.

N'ayant eu que quelques heures pour passer d'un monde à l'autre, elle en était encore un peu étourdie. Bien qu'elle eût poussé son cheval assez loin, elle se rendit compte qu'elle n'aurait aucun mal à rejoindre la troupe retardée par le passage du gué. Elle ne se pressa donc pas et, pour tenter de comprendre comment elle avait abouti à ce désarroi, au bord de cette rivière, ce matin-là, elle repensa aux événements des trois derniers mois.

Elle s'était sentie à la fois heureuse et inquiète quand la nonne l'avait envoyée préparer son bagage, lui disant sans autre précision – peut-être elle-même n'en savait-elle rien – qu'un envoyé de son père venait la chercher : elle ressentait ce vague malaise, à la fois douleur et plaisir, qui précède la plongée dans l'inconnu. Car c'était une aventure, pour cette fille de treize ans, que de quitter l'enceinte du couvent où, six ans plus tôt, son père l'avait oubliée. Six ans déjà, que tout endolorie de la perte de sa mère, elle était arrivée, farouche et silencieuse, décidée à haïr tout le monde, et à partir au plus tôt. Et depuis, rien. Ou plutôt, tout : les friandises de la sœur converse, données en cachette; les leçons de lecture dans les beaux manuscrits illustrés; les chants des moniales qui glorifient si bellement le seigneur qu'on aspire à devenir meilleur; les bavardages de la sœur tourière, donnant de loin en loin des nouvelles des siens, du remariage de son père, de la naissance d'un frère... et puis, les rêveries, le long de la Houytère, dans le jardin, si parfumé en été. Le soin des plantes laisse une telle vacuité à l'esprit que le moins rêveur bat volontiers la campagne, et les personnages des légendes racontées par les pèlerins, le soir, dans l'hôtellerie du couvent deviennent, insidieusement, étonnamment proches et réels.

Elle s'était, croyait-elle, doucement résignée à passer sa vie entre ces murs, la volonté endormie par l'atmosphère lénifiante du cloître où l'agitation du monde ne parvient qu'assourdie. Mais à l'annonce de son départ, elle comprit qu'elle n'avait jamais cessé de l'espérer confusément.

Elle possédait peu de choses, et eut tôt fait de les rassembler. Laissant son baluchon près de la porte, elle entra dans la cellule de l'abbesse, qui l'avait fait appeler. Noire sur fond blanc, la religieuse, qui inspirait une sainte terreur à tout un chacun, était spectrale, et Azalaïs souhaita que l'entrevue fût brève. Avec toutefois plus de bonté que son abord n'en laissait attendre, la sœur la bénit, et lui prodigua quelques conseils :

— Mon enfant, ton père te dira lui-même ce qu'il a décidé pour toi, mais je peux te révéler que tu vas dorénavant évoluer dans un monde où ton âme courra de grands dangers. Souviens-toi de nos enseignements, respecte les commandements de Dieu, n'écoute pas les médisants, et sache bien qu'il y a toujours le monastère pour ceux qui choisissent la paix.

Après un « Merci, Ma Mère, Dieu vous garde ! » que l'émotion rendit presque inaudible, elle rejoignit dans la cour celui qui l'attendait : un vavasseur de son père qui la prit en croupe, et mit son cheval au galop sitôt la poterne franchie. Ils traversèrent le village en trombe, semant la terreur parmi les bandes de volailles et d'enfants, et ne prirent le pas qu'aux abords du pont romain où un char de paille ralentissait le passage. Il faisait très chaud en ce début d'août, et la Save était basse. Les paysans, dont les mares n'étaient plus que des trous secs, y menaient boire leurs bêtes, et il s'ensuivait une animation inhabituelle. Tous commentaient la nouvelle du jour : un personnage important était attendu au château, et l'on se perdait en conjectures. Tendant l'oreille, Azalaïs perçut les rumeurs les plus étranges : c'était un personnage important de la cour d'Aragon, selon les uns, qui serait reçu à Benqué; pour d'autres, c'était le comte de Toulouse... Évidemment, chacun était sûr de son affaire, et le ton montait plus que ne le justifiait le sujet : ils semblaient défouler ainsi une agressivité due à une autre cause. Intriguée, elle se demandait en quoi cette mystérieuse visite pouvait avoir une incidence à la fois sur sa propre vie et sur celle des paysans. Son compagnon devait en savoir plus que les villageois, mais puisqu'il ne disait rien, elle ne prendrait pas les devants en l'interrogeant : la vie monacale lui avait appris à se taire et à attendre. Après le pont, le chemin était libre, et il ne leur fallut que quelques minutes pour parvenir à l'allée de platanes qui menait au château. Son cœur battit plus fort quand, après si longtemps, elle vit la tour carrée de Benqué. Plus place forte que château, la bâtisse, à vrai dire, n'était pas très belle, mais elle paraissait solide et inspirait confiance. Les gens d'armes, placés de chaque côté de la lourde porte cloutée, leur permirent l'accès à la cour intérieure où un vent de folie semblait avoir soufflé : chacun courait et criait, et on eût dit une fourmilièrée étêtée par le sabot d'un cheval. Azalaïs apprit très vite, par sa belle-mère, que l'on attendait, pour le lendemain matin, Philippa, la jeune veuve du roi d'Aragon, fille de feu le comte de Toulouse, qui revenait sur les terres paternelles rejoindre le nouveau comte, son oncle, Raimon de Saint-Gilles. Après avoir affronté l'aride sécheresse du col du Somport et du plateau de Lannemezan, elle suivait maintenant la riche et fraîche vallée de la Save, et deux jours auparavant, elle avait fait annoncer par un messager qu'elle ferait étape à Benqué.

On devait cet honneur à une lointaine parenté, et le sire Hugues escomptait faire jouer la solidarité familiale pour placer au mieux son aînée, de manière à ne pas avoir à la doter. Il était loin d'être aussi sûr de sa réussite qu'il ne l'avait laissé entendre à l'abbesse, et voulait mettre toutes les chances de son côté en réservant à sa visiteuse un accueil plus faste que ses médiocres ressources ne le permettaient. Il avait mis toute la maisonnée sur le pied de guerre en chargeant les épaules – solides, il est vrai – de son épouse Élissandre de tout le poids de la réception. La crainte et l'énervement s'étaient ainsi répercutés à tous les niveaux de la pyramide, du sire à la serve chargée de plumer les volailles, en passant par les gens de cuisine, les valets de service, et les sergents de garde. Ces derniers, dûment mandatés, étaient partis au village lever un impôt spécial, et les paysans s'étaient vus – désolés mais impuissants, ce qui expliquait leur grogne larvée – délestés de leurs volailles, cochons et froments. On avait vidé l'étang de ses carpes et de ses tanches, et le sire lui-même avait fait sa part

en ramenant de la chasse force lièvres, per-
dreaux et faisans, ainsi qu'un énorme sanglier dont la hure ferait merveille sur la
table du banquet.

Ne sachant quel crédit il devait accorder
aux nonnes quant à l'éducation d'Azalaïs,
il vint s'informer par lui-même. Si l'évi-
dente ressemblance de son aînée avec sa
défunte épouse lui procura quelque émotion, il n'en laissa rien paraître, et la salua
comme s'il l'avait quittée la veille. Il s'en-
quit de son aptitude à lire, chanter et jouer
d'un instrument, et repartit satisfait des
réponses positives de sa fille qui, si elle
n'avait guère d'illusion sur la tendresse
paternelle, fut néanmoins peinée de tant
d'indifférence. Élissandre perçut le désarroi
de la jeune fille, et tenta de la réconforter en
lui faisant miroiter les agréments qu'elle
aurait à être la suivante de la reine Philippa.
On chuchotait que celle-ci était en passe
d'épouser un grand seigneur poitevin,
et il y aurait avantage à être proche de la
première dame d'une cour princière.
Élissandre, dans sa bonté naïve, parlait
robes, bijoux, festins et plaisirs alors

qu'Azalaïs souffrait en son cœur de la perte de l'affection – réelle – de quelques religieuses, et de celle – rêvée – de son père. Elle pleurait encore et toujours la mort de sa mère, et aussi celle de sa nourrice qu'elle avait espéré revoir, mais qui, au printemps, s'était éteinte brusquement. Elle fit l'effort de se ressaisir et décida d'être docile, car elle n'avait rien à gagner à être dédaignée de la souveraine : en effet, il n'y avait pas de place pour elle à Benqué, et si elle retournait au couvent sans espérance de dot, comme c'était à craindre, son sort ne serait guère enviable. Et puis, qui sait ? dans les contrées lointaines où tout est possible, peut-être un tendre Tristan ou un fier Lancelot ferait-il d'elle la Dame de ses pensées...

Élissandre, soucieuse de la réussite d'un projet qui tenait tellement à cœur à son époux, et qui permettrait de garder intact l'héritage de ses propres enfants, entreprit de constituer à la jeune fille un trousseau décent. Azalaïs ne possédait, comme les moniales, qu'une robe de futaine brune, un voile de lin blanc, et de robustes sandales à lanières de cuir, équipage impensable dans la suite d'une reine. Tandis qu'Élissandre sortait de son coffre les deux seules belles tuniques qu'elle possédait, résignée à se dessaisir de l'une d'elles, la jeune fille, sur sa demande, se déshabillait. Élissandre soupçonnait bien qu'Azalaïs était belle sous le voile qui ne laissait voir que des yeux noirs, vifs et intelligents, une bouche incarnate, petite mais charnue, des pommettes hautes, roses de santé, et une peau aussi blanche que le commandaient les canons de la mode. Mais elle n'était préparée ni à la luxuriance de la chevelure, dont les boucles brunes avaient des reflets cuivrés, ni au corps plein, mais délié, que l'on devinait sous la prude chemise. Elle cessa de s'inquiéter de la modestie des atours qu'elle lui préparait : on ne verrait que la gorge, ronde et blanche, le pied menu et la main délicate. Azalaïs eût été bien étonnée des pensées de sa belle-mère, car elle n'imaginait pas qu'on pût la trouver belle : elle n'était pas blonde. À l'instar d'Iseut, à qui toutes les jeunes filles rêvaient de ressembler, les dames des romans de chevalerie étaient invariablement blondes, et c'était une évidence pour toute la gent féminine de ce XIe siècle finissant: les hommes préfèrent les blondes. Élissandre, dont le bon sens faisait la part du roman et de la vie, savait bien que les brunes reçoivent leur part d'hommages, surtout dans les pays du sud où les blondes sont l'exception. Mais elle se demandait si la beauté d'une fille pauvre ne serait pas un danger, plus qu'un atout, dans un milieu où les hommes, jeunes et non encore pourvus d'épouses, étaient bien plus nombreux que les femmes. Elle tenta d'en avertir sa belle-fille qui ne prêta guère attention à ses propos: que pouvait savoir de la vie de cour une presque paysanne qui n'avait jamais quitté son Comminges natal?

Elles se mirent au travail pour ajuster le vêtement à la taille de sa future propriétaire. Tout en cousant, elles chantaient une de ces chansons que toutes les femmes connaissaient, et dont elles avaient accoutumé d'accompagner leurs travaux d'aiguille. C'était une histoire à deux personnages, et Azalaïs avait tout naturellement adopté le rôle de la fille alors qu'Élissandre tenait celui de la mère. Tandis que la voix, encore un peu acide, de la jeune fille lançait :

— Mère, que me reprochez-vous ?
Est-ce de coudre ou de couper,
Ou de filer, ou de broder,
Ou est-ce de trop dormir ?

Celle, plus mûre, de sa belle-mère répliquait :

Ni de coudre, ni de couper,
Ni de filer, ni de broder,
Ni de trop dormir ;
Mais vous parlez trop au chevalier.
— Je vous en fais reproche, belle Yolande[1].

Les couplets se succédaient sans hésitation : comme les autres femmes, les nonnes chantaient des chants profanes dans leur atelier, et leur protégée les avait appris. L'ouvrage avançait au rythme du chant, et ce fut bientôt terminé.

---

1 Chanson de toile anonyme, trad. Anne Berthelot.

Azalaïs se trouva livrée un moment à elle-même pendant que la maîtresse des lieux présidait à l'organisation du souper. Ce soir-là, il serait simple : on garderait intactes les forces et les provisions pour la fatidique journée du lendemain. La jeune fille franchit le portail et se dirigea vers l'étang, à l'arrière du château. Rien n'avait changé depuis l'époque où elle venait cueillir des simples avec sa mère et sa nourrice. On les utilisait pour soigner les maladies bénignes; pour les autres, c'était à la grâce de Dieu, et l'on se contentait de prier. De sa mère, pour qui les prières n'avaient pas suffi, elle gardait le souvenir d'une femme triste et dolente, souvent alitée, et qui, par le fait même, encourait les reproches et l'incompréhension d'un époux nanti d'une excellente santé, sans indulgence envers les malades qu'il tenait pour des paresseux sans caractère. Azalaïs était en proie à une extrême fébrilité, faite de nostalgie et de regrets, d'espoir et d'impatience. Trop de choses étaient survenues en trop peu d'heures, et si elle savait bien qu'elle n'avait aucune maîtrise sur son destin, elle ignorait, par contre, si elle devait espérer ou craindre. Elle marcha un moment au bord de l'eau et se régala d'une poignée de prunes, juteuses et sucrées, oubliées par les servantes et dédaignées des pies et des geais qui, en cette saison d'abondance, avaient l'embarras du choix. La cloche du repas la ramena au logis où elle prit place au bout de la table, sans susciter le moindre intérêt et sans en éprouver elle-même pour le repas qu'elle ingurgita machinalement. Le souper terminé, les serviteurs placèrent les tables et les tréteaux contre le mur et disposèrent les paillasses pour la nuit. Elle s'allongea parmi les servantes, tandis que le sire et sa dame se retiraient dans l'espace ménagé dans l'un des angles par un agencement de courtines. L'anxiété du lendemain la tint longuement éveillée, et elle versa quelques larmes sur le clos fleuri du couvent dont elle ne mangerait probablement pas les fruits des treilles.

Le lendemain, on s'apprêta dès le lever pour ne pas être pris au dépourvu. Taillé dans un léger lainage écarlate, agrémenté de broderies blanches à l'encolure et à l'ourlet, serré à la taille par une cordelière de fils torsadés, le bliaud que lui tendit Élissandre parut somptueux aux yeux éblouis d'Azalaïs. Elle l'enfila sur une chemise de lin blanc, et compléta sa toilette par une mentonnière, blanche également, qui encadrait le visage en mettant son teint en valeur, tout en laissant – privilège réservé aux jeunes filles – la chevelure libre sur les épaules. Elle troqua ses lourdes sandales contre de fines mules en peau souple, et enfin prête, eut l'impression d'être devenue en quelques heures une autre personne avec laquelle elle avait peu de points communs.

Quand son père la vit, il parut satisfait et, lui tendant une fine chaîne d'or à laquelle pendait une minuscule croix, il lui dit : « Elle appartenait à ta mère », mais il ajouta, annulant l'émotion et la joie qu'il venait de provoquer, « ce sera ta dot ». C'était sonner le glas de toutes les ambitions qu'elle aurait pu nourrir : une fille sans espérances ne se marie pas, elle reste surnuméraire, servante ou confidente, n'est indispensable à personne. Elle ressentit une bouffée de colère – qu'elle eut la sagesse de ne pas montrer – à la pensée qu'on la parait pour la vendre, comme une mule ou une jument.

Une heure après midi, on attendait encore. Les gardes fondaient sous la cotte de mailles, les guetteurs commençaient à avoir des visions à scruter sans fin l'horizon sous un soleil implacable, les vêtements se fripaient, les jambes enflaient, les fleurs cueillies pour la jonchée se fanaient, et, surtout, l'humeur ambiante s'altérait. Le seul à pouvoir librement exprimer son exaspération était le sire Hugues, et il ne s'en privait pas : habitué à dépenser son trop-plein d'énergie dans des exercices violents, chevauchées ou combats, il ne savait que faire de son grand corps, tournait en rond, et cherchait querelle à chacun. Si sa femme n'essuyait que des coups de gueule, cela pouvait aller jusqu'aux coups de pied pour les serfs, les chiens ou les enfants. Pour l'éviter, il eût fallu pouvoir se livrer aux activités quotidiennes, mais on ne le pouvait pas, car tout était prêt pour la réception, et il fallait attendre l'arrivée des hôtes avant de se mettre à la phase suivante : la cuisson des viandes et la préparation de la salle du banquet. On rongeait son frein en souhaitant vouer aux gémonies le maître des lieux. Quand à trois heures, enfin, le guetteur cria : « On vient ! », tous oublièrent la fatigue et la faim – hormis le sire, nul n'avait mangé depuis la veille –, et se précipitèrent à leur poste. Les gardes, figés dans une attitude martiale, tenaient leurs piques posées au sol, les femmes avaient au bras des paniers pleins de fleurs qu'elles lanceraient sous les pas des chevaux, et le sire et sa dame arboraient un air avenant. Azalaïs se tenait modestement un pas derrière eux.

Mais il fallut encore une heure avant que la caravane parvienne à Benqué, et les sourires de bienvenue étaient un peu crispés quand la souveraine, montée sur un robuste palefroi rouan, fit son entrée dans la cour.

Elle était pâle et paraissait exténuée. Le voyage d'Aragon durait depuis déjà un mois et la traversée des Pyrénées avait été particulièrement éprouvante. Le grand nombre de chariots qui ramenaient les meubles, linges et vaisselles qu'elle avait apportés en dot, et qui lui revenaient, ralentissait le convoi. Sa suite était peu nombreuse, composée seulement des quelques fidèles qui l'avaient suivie en Aragon lors de son mariage : son séjour dans son pays d'adoption n'avait pas suscité des amitiés assez fortes pour se lier au destin d'une reine désormais sans couronne, et à l'avenir imprécis. Sa domesticité, par contre, était abondante, et convoyait les bêtes de somme qui traînaient les chariots, essentiellement des mulets, choisis pour leur robustesse. Ses valets, devant l'incurie chronique des petits sires locaux, avaient pris l'habitude d'organiser eux-mêmes l'étape et, dès leur arrivée, ils s'installèrent comme en pays conquis. Cette prise de pouvoir domestique se fit à la barbe du maître des lieux qui, se perdant en ronds de jambe, ne voyait rien, mais au grand dam d'Élissandre qui dut se résigner à être traitée en invitée dans sa propre demeure. Philippa, pourtant, se forçait à la gentillesse, et donnait la réplique à un Hugues de Benqué tout émoustillé d'avoir affaire à si grande dame. Dans le feu de la chasse, il pouvait avoir quelque grandeur, mais dans ce rôle de courtisan qui lui était si étranger, il était passablement ridicule. Il voulait être aimable, mais les subtilités n'étaient pas son fort, et ses lourds compliments gênaient plus qu'ils ne flattaient. Azalaïs, mal à l'aise, se détourna, et croisa le regard empreint de malice d'une toute jeune fille qui lui sourit avec sympathie. Elle hésita à lui rendre son sourire, car elle craignait qu'elle ne soit en train de se moquer de son père, dont elle avait un peu honte, mais elle comprit vite que cette attitude procédait davantage d'un refus de prendre la vie au sérieux que d'un jugement sur les êtres peu dégrossis qu'elle découvrait. Azalaïs pressentit que si le vœu de son père se réalisait, cette jeune fille lui deviendrait vite précieuse, et l'étau qui enserrait sa gorge commença de se relâcher.

Philippa fut agréablement surprise quand on la conduisit à la chambre d'étuves pour se rafraîchir : elle n'espérait pas autant de luxe d'une aussi modeste demeure. Ce confort n'était pas dû à l'actuelle maîtresse de maison, mais à la précédente, la mère d'Azalaïs, une jeune femme éduquée, qui s'était mariée au-dessous de sa condition.

Élissandre, quant à elle, si elle cumulait les qualités que prisait son époux – l'aptitude à engendrer des fils, une santé à toute épreuve et un bon sens sans faille – ne brillait ni par le goût ni par l'esprit. Ce fut flagrant quand elle s'assit à table, plantureuse et rougeaude, aux côtés de l'évanescente Philippa que ses deuils successifs et sa fatigue avaient amaigrie et rendue livide. Tandis que ses hôtes profitaient de l'aubaine d'un festin qu'ils pouvaient rarement se permettre en s'empiffrant joyeusement, ils ne remarquaient pas qu'elle ne portait que rarement la main aux plats, et souriait plus qu'elle ne parlait. Vint le moment des divertissements, et quelques jongleurs, ramassés en grande hâte à la foire voisine, vinrent présenter quelques tours insipides. C'est alors que le sire Hugues annonça, à la stupeur d'Azalaïs, que sa fille allait chanter en s'accompagnant d'un psaltérion. La jeune fille, le rouge de la honte au front, fut contrainte de s'exécuter. Elle haïssait son père de l'obliger à se produire comme un histrion, mais elle ne pouvait désobéir. Elle s'avança et entonna une joyeuse ballade :

A l'entrada del temps clar, eya,
Per jòia recomençar, eya,
E per jelós irritar, eya,
Vòl la regina mostrar
Qu'el es si amorosa[2]...

Philippa, tirée de son ennui par le sentiment qu'il se passait quelque chose d'inusité, comprit sans peine la situation. Elle regarda le père et la fille, conclut à la grossièreté de l'un et à la finesse de l'autre, et résolut d'aider celle qui lui apparut comme une victime digne d'intérêt : le lendemain, Azalaïs se retrouva dans la suite de Philippa.

C'était hier, trois mois après le départ de Benqué, qu'ils étaient parvenus à Poitiers et que la ville s'était faite belle pour fêter la nouvelle comtesse que lui apportait cet automne de 1094. Chevauchant une blanche haquenée, aux côtés de son deuxième époux, le fier Guillaume, VIIe comte de Poitou et IXe duc d'Aquitaine, Philippa avait fait son entrée dans la ville

---

2 Ballade anonyme : «Aux premiers jours du temps clair, *eya*, pour la joie recommencer, *eya*, et le jaloux irriter, *eya*, la reine veut montrer comme elle est amoureuse...»

aux fenêtres parées de tapisseries et de vaisselles, sous une pluie de délicates roses d'arrière-saison. Ils étaient suivis d'une escorte nombreuse qui faisait foi de leur puissance. Dans la foule de leurs familiers, deux jeunes filles allaient ensemble : Azalaïs, la brune, et Mahaut, la rousse. De temps en temps, elles se penchaient l'une vers l'autre pour échanger une remarque, mais le plus souvent, leurs chevaux étaient trop éloignés pour cela, et elles se contentaient de regarder la ville et ses habitants.

Le cortège se rendit jusqu'à la cathédrale où le couple princier pria côte à côte. Azalaïs, qui les observait, constata, une fois de plus, à quel point ils étaient mal assortis. Philippa, elle l'avait appris en la côtoyant tous les jours, était très pieuse : à chaque étape du voyage elle faisait oraison, et il était clair que, si elle avait pu le faire sans offenser ses hôtes, qui étaient aussi ses vassaux, et avaient à cœur de la recevoir le mieux possible, elle eût volontiers troqué les soirées de fête contre des nuits de prière. Les intérêts politiques avaient voulu qu'une femme qui n'aspirait qu'au cloître devînt l'épouse d'un jouisseur chez qui tout la heurtait. Il était pourtant bien séduisant aux yeux des dames de la cour, ce duc d'Aquitaine charmeur et arrogant, mais il avait volontiers le blasphème à la bouche, chose que Philippa ne pouvait admettre. La mésentente s'était installée dans le couple au premier regard, eût-on dit, et si Philippa était prête à porter sa croix, elle le ferait sans complaisance. De son côté, Guillaume avait plaisir à heurter ce qu'il tenait pour bégueulerie de bigote. Les temps s'annonçaient difficiles, tant pour les protagonistes de ce combat, qui gardaient les dehors de la civilité, que pour leurs fidèles : la cour était partagée en deux camps, celui des pieux, avec Philippa, et celui des paillards, avec Guillaume. Il n'y avait entre les deux groupes que des échanges formels et publics, et le duc d'Aquitaine affichait déjà des maîtresses, ce qui ne l'empêchait pas, les soirs de libation, d'honorer brièvement la couche conjugale. Les lendemains, Philippa avait les yeux rouges, et priait encore plus longuement. Azalaïs déplorait la situation. Si les malveillants y trouvaient leur compte, les gens honnêtes en étaient chagrins, et certains avaient tenté, sans succès, de rapprocher les souverains. Tandis qu'elle songeait au malheur de Philippa, à laquelle elle s'était très vite attachée, la jeune fille sentit la chaleur d'un regard sur sa nuque, et ne put s'empêcher de se retourner. C'était encore Lui, dont elle ignorait tout sauf qu'il était de l'entourage du duc. Comme par hasard, elle le trouvait toujours sur son passage, et à chaque rencontre de leurs regards, elle s'empourprait, et ressentait un petit choc au creux du corps, douloureux mais infiniment agréable, qui lui amollissait les jambes et troublait son esprit. Mahaut, sa voisine, toujours en éveil comme l'écureuil dont elle portait les couleurs, la tira de son émoi en faisant une remarque ironique sur un seigneur de l'assistance. Elles pouffèrent dans leurs mains, en affectant les signes de la plus profonde piété, pour ne pas encourir les reproches des suivantes plus âgées qui ne badinaient pas avec la tenue à l'église. Mahaut s'amusait de tout. Joyeuse et espiègle, elle était le rayon de soleil du groupe austère qui entourait Philippa. Tout le monde l'aimait depuis que, devenue orpheline, elle vivait chez sa tante, et cette affection s'était étendue à Azalaïs quand, très vite, elles étaient devenues inséparables. Leurs tempéraments semblaient pourtant diamétralement opposés, mais on s'aperçut sans peine que sous la gravité patiemment acquise au couvent, Azalaïs cachait de grandes dispositions à la gaieté.

Après l'action de grâces, le cortège quitta Notre-Dame-la-Grande pour le palais des comtes, où l'on se rendit à pied en raison de sa proximité. Le festin débuterait à quatre heures, et il ne fallait pas perdre de temps pour s'apprêter. Les grands vassaux du Poitou seraient présents, pour faire hommage à leur comtesse, et par ce biais, renouveler la fidélité à son mari. Elle se devait de faire honneur à sa fonction, et prenait son rôle très au sérieux. Les époux s'accordaient sur ce point comme des étrangers ayant un intérêt commun : dans leur cas, c'était le fils qu'ils ne manqueraient pas de concevoir, et à qui ils auraient à cœur de léguer le meilleur des héritages.

Tandis que les servantes s'empressaient autour de Philippa, la couvrant de joyaux comme une châsse, les deux jeunes filles n'étaient pas moins affairées. Elles avaient revêtu leurs plus beaux atours, ainsi que les quelques bijoux offerts par la duchesse, et avaient entrepris de faire valoir mutuellement leur chevelure. Elles n'ignoraient pas, étant toutes deux sans dot, qu'elles n'avaient aucune chance de se marier, mais elles n'en avaient pas moins envie de plaire. Les hommages qui pouvaient venir du camp opposé, qui sentait si fort le soufre, possédaient l'attrait du péril et de l'interdit. Si, pour Mahaut, tout cela était encore impersonnel, pour Azalaïs, le danger avait un visage aux traits accusés dont les boucles blondes ne parvenaient pas à adoucir la virilité. Elle hésitait à en faire confidence à son amie, car mettre les choses en mots les rend plus réelles, et elle ne souhaitait pas plus que cet hommage muet et un peu inquiétant.

Les tables étaient dressées dans la grande salle du palais dont on disait qu'elle pouvait contenir jusqu'à sept cents chevaliers.

Azalaïs, qui n'avait jamais vu une pièce aussi vaste ni aussi luxueuse, fut particulièrement frappée d'admiration par les statues monumentales qui décoraient la cheminée. Il faisait frais ce soir-là, et on y avait allumé un feu. Des arbres entiers y brûlaient, mais ces flammes d'enfer ne parvenaient pas à réchauffer la salle, dont les murs suintaient l'humidité, sous les tapisseries que l'on avait accrochées. Les tables étaient disposées en fer à cheval, et on avait placé les convives d'un seul côté de manière que chacun puisse voir le centre où seraient présentés les jeux. Cette disposition facilitait également le service qui promettait d'être long et compliqué. Les personnages importants occupaient la table centrale, surélevée par une estrade, et Azalaïs, qui était à une table latérale en raison de sa modeste origine, avait une vue d'ensemble de ce tableau vivement coloré. De part et d'autre du duc et de la duchesse étaient placés leurs vassaux les plus puissants : Ebbon, seigneur de Parthenay, Aimeri, vicomte de Thouars, Hugues dit « le Diable », sire de Lusignan, Boson, vicomte de Châtellerault, Guillaume

Taillefer, comte d'Angoulême, Robert, le Bourguignon, Hugues de Doué, Maingot de Melle, Guillaume Freeland, Hugues de la Celle, Hélie de Chauvigny. Ils étaient là, tous ceux dont on parlait quotidiennement à la cour, à la table de leur suzerain, accompagnés de leurs épouses, les uns et les autres vêtus de soie, d'orfroi ou de damas, le col bordé de martre, d'hermine ou de vair, arborant leurs plus beaux pendentifs d'or émaillé. Ils étaient tous là, oubliant pour un temps leurs rivalités incessantes, et leur présence engendrait un espoir de paix pour les temps à venir. Leurs suivantes et leurs écuyers occupaient les tables des côtés, et Azalaïs, répondant distraitement à son voisin qui finit par se désintéresser d'elle pour se consacrer goulûment au contenu du plat d'argent qu'ils parageaient, ne pouvait s'empêcher de jeter de fréquents regards sur Mahaut, que le hasard avait placée, à la table d'en face, auprès de son admirateur inconnu. À un moment, elle eut l'impression qu'ils parlaient d'elle, et se détourna, rougissante et confuse. Pour se donner une contenance, elle se mit à piocher à l'intérieur de son pain de tranchoir, et grignota machinalement une aile de faisan dont la sauce, grasse et violemment épicée, coula le long de ses doigts. Elle les suça délicatement, contrastant de manière charmante avec la gloutonnerie de son voisin. Le premier appétit calmé, il se fit une pause dans la succession des mets, et des ménestrels surgirent au centre de la salle, éclatants dans leurs oripeaux colorés, rivalisant d'adresse et de souplesse, jonglant et cabriolant, encouragés par l'enthousiasme de convives qui, ils le savaient, les chasseraient sans pitié à la moindre maladresse. Mais ils savaient leur métier, et comme par magie, chaque boule de bois et chaque quille revenaient, après avoir virevolté très haut, dans la main de celui qui l'avait lancée. Pendant des heures, nourritures et jongleurs défilèrent. Les conversations et les rires montaient, l'ivresse gagnait, et Azalaïs, qui n'avait pas prononcé trois mots depuis le début du repas, commençait à sentir la fatigue d'une contrainte continuelle : en effet, par dignité, elle s'était imposé de ne plus regarder dans la direction de Mahaut.

Aussi, ce fut avec soulagement qu'elle vit Philippa se lever, et à sa suite, les autres dames. Les hommes pourraient finir de s'enivrer en chantant les chansons paillardes qu'ils avaient de plus en plus de peine à retenir.

La salle du haut était réservée au couchage des femmes, et les paillasses avaient dû être placées fort proches les unes des autres de manière à caser tout le monde. Azalaïs et Mahaut prêtèrent main-forte à Philippa, dirigeant les servantes, écoutant les doléances : souriantes et efficaces, elles étaient partout à la fois. Quand la dernière fut couchée – l'arrogante et impérieuse vicomtesse de Châtellerault – il fut évident pour Azalaïs qu'elle devrait attendre les commentaires de Mahaut au sujet de la soirée : son amie s'était effondrée sur sa couche, et endormie sans délai. Longtemps elle entendit les échos de la fête qui continuait en bas, et se demanda si, comme le chuchotaient les servantes, les hommes faisaient venir des ribaudes après le départ de leurs épouses. Elle ne voulut pas s'attarder à cette pensée, et le sommeil la prit alors qu'elle rêvait d'un Tristan aux cheveux blonds qui lui promettait un amour éternel.

Au matin, on se leva avec le jour, et l'agitation fut grande avant que chacun soit prêt à entendre la messe basse dite par le chapelain du château. Elle serait suivie d'une chasse à laquelle les femmes participeraient. Plusieurs heures plus tard, on se dirigea en bon ordre vers les portes de la ville : venaient d'abord les hommes, les yeux encore bouffis de sommeil, et les traits marqués par la ripaille de la veille, puis les dames, Philippa en tête, toutes soigneusement apprêtées, et le teint avivé par l'air du matin. Depuis sa sortie du couvent, Azalaïs avait découvert ce qu'était une cité : Toulouse, d'abord, puis Bordeaux l'avaient stupéfaite et fascinée, mais Poitiers était bien plus grande, et plus populeuse. Selon les pèlerins, qui en avaient tant vu, aucune, excepté Paris, ne pouvait s'enorgueillir d'une enceinte aussi étendue. Autour du palais comtal et de la cathédrale les maisons se tassaient, occupant tout l'espace disponible. Pour n'en rien perdre, l'étage, fait d'un colombage de bois et de torchis, avançait sur la rue, masquant le soleil et condamnant les échoppes du rez-de-chaussée à une ombre permanente. Si toutes les villes étaient ainsi, Poitiers se singularisait par le fait qu'elle n'était pas maisonnée sur toute sa surface : en effet, elle était si vaste qu'en maints endroits elle abritait de grands jardins, des enclos plantés de vignes, et même des terres labourées.

On franchit les fortifications par la porte nord pour se diriger vers le Clain qui coule au bas d'une forte pente. Sur le Pré-le-Roi, à la faveur du petit galop qui dispersa le cortège, Azalaïs se rapprocha de Mahaut qui, en la voyant, amorça le même mouvement. Elles furent bientôt en mesure de s'entendre sans devoir parler trop haut, et Mahaut, volubile comme à l'accoutumée, apprit à Azalaïs tout ce qu'elle voulait savoir, sans même qu'elle eût à faire des demandes qui eussent pu paraître suspectes. Le bel inconnu avait fait forte impression sur sa voisine de table, l'incitant – Azalaïs la connaissait assez pour imaginer la scène – à le bombarder de questions. Il s'était prêté volontiers à la curiosité de sa compagne, et elle avait appris son nom et sa position : Hugues, fils cadet du vicomte de Thouars, sans fortune, et sans espérances. Cependant, au lieu d'être relégué dans le groupe anonyme des écuyers, selon la coutume, il était admis parmi les proches du duc d'Aquitaine, en raison de la profonde amitié liant Guillaume à l'aîné des Thouars, Herbert, le futur héritier de la vicomté. Il espérait avoir l'occasion de servir son suzerain de manière éclatante, pour que celui-ci, en récompense, lui octroie un fief, ou lui donne en mariage une jeune fille richement dotée. Azalaïs sentit son cœur se serrer. Elle se morigéna : qu'avait-elle espéré ? elle savait bien que c'est ainsi que les cadets s'établissent, alors que leurs aînés cherchent à agrandir leurs domaines, et donc, qu'en aucun cas elle ne pouvait être choisie. C'est alors que Mahaut lui avait parlé de l'intérêt que le jeune homme lui portait, ce qui avait provoqué la violente réaction qu'elle déplorait maintenant.

Ayant rejoint le groupe de Philippa, elle s'en approcha tranquillement, et quand elle croisa Hugues de Thouars, qui rôdait à proximité, elle se força à ignorer les battements de son cœur, et passa, hautaine et indifférente. Il afficha un air dépité qui la réjouit. Cela lui mit du baume au cœur, et elle envisagea la confrontation avec Mahaut de manière plus sereine. Elle allait se glisser parmi les suivantes quand elle comprit qu'on la cherchait : la jeune Esclarmonde de Neuville, qui était grosse, avait eu un malaise, et l'on souhaitait qu'Azalaïs, qui avait appris au couvent à s'occuper des malades, la raccompagne au palais. Elles se mirent en route aussitôt.

En chemin, Azalaïs essaya de réconforter la future mère terrorisée à la perspective de son premier accouchement : les morts étaient fréquentes, et la moins peureuse y songeait, s'affolant parfois à l'approche de la délivrance. Peu après, la jeune femme, installée dans la chambre des dames, sur une cathèdre tirée près de la cheminée, une peau d'ours sur les genoux, commençait à reprendre des couleurs. Azalaïs la laissa pour se mettre en quête de Girarde, la nourrice de Philippa, qui guérissait les maux du corps et ceux de l'âme avec des tisanes et des bonnes paroles. Plus que l'infusion, ce furent les soins affectueux de Girarde qui combattirent le mal, et chassèrent les spectres des femmes mortes en couche. Ayant réussi, une fois de plus, à ramener la confiance et à redonner le goût de vivre, elle laissa les jeunes femmes profiter tranquillement, en devisant, d'un moment exceptionnel de solitude. Le bien-être engendré par le calme et la tiédeur du feu incitait aux confidences, et Esclarmonde commença de parler : elle venait d'avoir quinze ans, mariée dès que pubère au seigneur de Neuville, de vingt-cinq ans son aîné, elle faisait son apprentissage de châtelaine en passant par des alternances d'optimisme et de désespoir. Azalaïs comprit, à demi-mot, la brutalité du mari, l'hostilité de la belle-mère et l'inconfort du château, et elle se promit d'obtenir de Philippa que la jeune femme reste à Poitiers pour la naissance. La suzeraine pourrait aussi user de son influence pour que la mère de Geoffroi de Neuville se retire dans un couvent : le sort de sa bru s'en trouverait grandement amélioré. Azalaïs alla ensuite chercher son psaltérion, et se mit à chanter, bientôt accompagnée par Esclarmonde, maintenant tout à fait réconfortée. Quand la chasse revint, fourbue et affamée, elles étaient devenues amies, et Mahaut se joignit à elles, heureuse de voir Azalaïs calmée et détendue. Pendant la journée, elle avait réfléchi au singulier comportement de son amie, et en avait plus ou moins deviné les raisons. Au grand soulagement d'Azalaïs, elle feignit d'oublier l'incident. Sachant bien que, tôt ou tard, les confidences viendraient, elle ne voulait pas les forcer.

La vie se poursuivit ainsi pendant plusieurs jours, succession de festins, de chasses et de danses, jusqu'à ce qu'un messager apporte la nouvelle d'un conflit armé entre deux vassaux de Melle. Les seigneurs de Prahecq et de Beauvoir, auparavant en bonne intelligence, s'étaient trouvés courre le même cerf. L'hallali avait eu lieu près d'une mare limitrophe de leurs possessions, et tous deux la revendiquaient, ne voulant pas céder la bête, un magnifique dix cors.

Le seigneur de Prahecq l'avait emporté, mais l'affaire n'en était pas restée là : son adversaire avait effectué une action punitive le lendemain, détruisant quelques habitations paysannes, et depuis, l'affrontement était quotidien. L'intervention de Maingot de Melle s'imposait, et Guillaume, son suzerain, avait le devoir de lui prêter mainforte. Les belligérants étaient peu nombreux, et il ne faudrait pas un grand déploiement de forces pour les ramener à la raison. Les grands feudataires repartirent donc chez eux avec leurs épouses, et le duc d'Aquitaine se prépara à accompagner son vassal avec une trentaine d'écuyers et d'hommes d'armes. La basse-cour fut le théâtre d'un joyeux branle-bas : on vérifiait les pièces de l'équipement et les armes avant de charger le tout dans les charrettes qui accompagneraient l'expédition. Ils étaient bien contents de l'aubaine, ces jeunes hommes belliqueux : chasser et guerroyer étaient leurs plaisirs les plus vifs, et s'ils ne se lassaient jamais ni de l'un ni de l'autre, ils trouvaient agréable d'alterner. De plus, ce serait peut-être l'occasion, pour quelque jeune écuyer aux dents longues, de se faire remarquer par son seigneur, et d'en obtenir honneurs et bienfaits. Le surlendemain, il ne resta plus au château que Philippa et ses femmes ainsi qu'Esclarmonde que son époux avait laissée volontiers pour se joindre à la troupe. Depuis le chemin de ronde, elles avaient regardé partir les guerriers dans un envol de sabots, et les échos de leur chant martial leur étaient parvenus pendant un moment, puis s'étaient affaiblis. Bientôt, il ne resta plus qu'un nuage de poussière à l'horizon, et un grand calme dans le château.

CHAPITRE II

Ar em al freg temps vengut,
quel gels el neus e la faingna,
e˙l aucellet estan mut...

« Maintenant est venu le temps froid,
et le gel, la neige et la boue,
et les oiselets sont muets... »

<small>AZALAÏS DE PORCAIRAGUES</small>

En l'absence des hommes – seuls demeu-
raient quelques gens d'armes can-
tonnés dans la salle des gardes – le palais
devint une maison de femmes, ronron-
nante d'activités domestiques, de chants et
de musique. Parfois une dispute éclatait,
que Girarde ou Philippa apaisait, selon
qu'elle survenait en cuisine ou dans l'entourage de la duchesse. On passerait le gros
de l'hiver à Poitiers, et il fallait s'organiser
en conséquence. La bonne marche de la
maisonnée incombait à Philippa qui devait
veiller aussi bien à l'approvisionnement
en bois qu'en vivres, à la confection des
vêtements de chacun, et à la discipline des

serviteurs. Elle était efficacement secondée par Girarde, qui avait toute sa confiance. Chaque jour, des paysans apportaient leurs redevances, et Philippa, aidée de Bertran, son bailli, vérifiait que chacun s'acquittait de son dû : le quart de la récolte et du cheptel. Elle comptait rapidement sur son boulier, à la stupéfaction des paysans qui n'étaient pas loin d'y voir une pratique magique, puis gravait ses résultats, avec un stylet, sur une tablette de bois enduite d'une mince couche de cire noire, provoquant l'admiration de Bertran qui ne savait ni lire ni écrire. Dans la salle du bas du donjon, commençaient à s'entasser les céréales : seigle, épeautre et froment pour les humains, avoine pour les chevaux, ainsi que les jambons et autres charcuteries que l'on suspendait aux poutres pour les préserver de la vermine. Dans les cabanes de bois proches des cuisines couinaient les porcs que l'on finirait d'engraisser avec les reliefs de la table. Les volailles, insolentes et bruyantes, étaient partout, jusque sous les tables, d'où on les chassait à grands coups de balais de bruyère.

La chambre des dames était devenue un atelier où la laine des moutons franchissait toutes les étapes qui la menaient à l'état de vêtement. Les femmes s'étaient regroupées par affinités, lesquelles procédaient essentiellement de l'âge. Le cercle des femmes mûres, sous la coupe de Girarde, cardait, filait, tissait, coupait et cousait, et les conversations étaient fort prosaïques : les enfants, le temps, les récoltes… Philippa supervisait le tout, et lorsqu'elle en avait le loisir, mettait elle-même la main à la pâte en participant à la confection d'une tapisserie de grande taille à laquelle travaillaient une dizaine de jeunes filles. Dans ce groupe, auquel Esclarmonde s'était jointe, car elle oubliait volontiers sa situation de femme mariée, la conversation était plus frivole, et l'on parlait beaucoup d'amour, même si le sujet de la tapisserie était austère. En effet, il s'agissait de la fin édifiante d'un ancêtre de Guillaume, le troisième du nom, surnommé « Tête d'Étoupes », on ne savait plus trop pourquoi : caractère enflammé ou chevelure hirsute ? Quoi qu'il en soit, il avait terminé au couvent une vie qui ne prêtait pas au reproche, et la pieuse épouse de son descendant avait plaisir à le glorifier. Mahaut, qui était habile, traçait le motif que ses compagnes et elle-même brodaient ensuite avec des laines de couleur. Lorsque Philippa était occupée ailleurs, Azalaïs, Mahaut et Esclarmonde s'éloignaient un peu des autres, et bavardaient à perdre haleine. Un de leurs sujets favoris était l'amélioration du sort d'Esclarmonde : elle devait obtenir, soit le départ de sa belle-mère, soit d'être attachée à la suite de Philippa. La deuxième solution lui aurait souri davantage, mais il n'y fallait point trop compter : son mari espérait évidemment engendrer des héritiers – mâles, cela va de soi –, et accepterait sans doute difficilement l'éloignement de son épouse. En attendant, elle profitait du sursis qui lui était accordé pour jouir pleinement des plaisirs de l'amitié, des bavardages futiles, et de la joie ambiante. Pendant qu'elle brodait, l'esprit d'Azalaïs, quoiqu'elle en eût, vagabondait parfois sur les routes de Melle, à la suite des chevaliers partis en expédition. Elle gardait précieusement le souvenir de la dernière soirée de fête qui s'était terminée par une carole : le temps d'un tour de salle, sa main avait reposé dans celle d'Hugues, et elle avait ressenti un trouble profond qui l'avait laissée muette. Lui non plus n'avait rien dit. Depuis, elle revivait la scène, regrettant un silence qui avouait sa gêne, et peut-être, son émoi. Elle se demandait ce qu'il avait éprouvé en dansant avec elle, se reprochant à la fois de se poser la question et de souhaiter en connaître la réponse. À plusieurs reprises, elle avait failli s'en ouvrir à ses compagnes, mais elle avait été retenue par un sentiment de honte : l'homme auquel elle pensait plus qu'elle ne l'aurait souhaité avait sur elle des visées qui ne pouvaient pas être honnêtes compte tenu des ambitions qu'on lui connaissait. Elle essayait de l'éloigner de son esprit, mais lorsque le nom de Thouars surgissait dans une conversation, elle devenait fébrile, et cachait mal son intérêt, confirmant les soupçons de Mahaut. Celle-ci, fidèle à sa décision, ne posait pas de questions, mais s'amusait, sans malice, des réactions de son amie.

Trois semaines passèrent, et l'on approchait de Noël lorsque les guerriers revinrent. La chienne préférée de Guillaume, qui errait comme une âme en peine depuis son départ, avait soudainement dressé les oreilles, une heure avant midi, et avait filé vers la grande porte avec un gémissement d'allégresse, donnant ainsi le signal des préparatifs. Les hommes d'écurie apprêtèrent les litières pendant qu'aux cuisines on poussait les feux pour cuire un repas à la taille de l'appétit des cavaliers. Philippa et sa suite s'avancèrent dans la cour pour les accueillir. Guillaume mit pied à terre, et s'inclina courtoisement devant la duchesse, puis vinrent les écuyers qui plièrent le genou. Azalaïs s'était cuirassée contre la présence d'Hugues, et se faisait fort de simuler une indifférence qu'elle savait bien ne pas ressentir, mais elle fut désarmée par son absence. Alors que son cœur devenait fou elle l'imagina blessé, expirant, mort. Elle n'entendait plus, ne raisonnait plus, obnubilée par son anxiété douloureuse. L'agitation ambiante lui permit de s'éloigner, et elle alla s'effondrer dans l'embrasure d'une fenêtre, la face contre le mur, secouée de sanglots sans larmes. Mahaut, qui avait assisté à son désarroi, la rejoignit, et reçut, enfin, la confidence de son tourment. Elle s'employa à la rassurer : s'il y avait eu des victimes au combat, les chevaliers en auraient parlé, et Guillaume porterait une marque du deuil de son compagnon. Au pire, il était blessé, mais il ne fallait pas exclure qu'il ait été chargé de mission. Azalaïs était paralysée, incapable de la moindre initiative. Mahaut prit les choses en main, et affirma qu'elle reviendrait sous peu avec des nouvelles. En effet, après un délai relativement bref, mais que son amie avait trouvé interminable, elle revint des cuisines, par où transitaient toutes les nouvelles, pour annoncer que le cadet de Thouars avait été laissé à Prahecq avec quelques gens d'armes pour s'assurer que le seigneur du lieu, débouté de ses prétentions, respectait bien les termes de sa reddition. Azalaïs reprit des couleurs, sous le regard attendri, mais un peu ironique, de son amie. Il lui était maintenant difficile de se composer une attitude : elle se jugeait ridicule, et aurait beaucoup donné pour pouvoir retourner en arrière, et contrôler ses impulsions. Son secret, si péniblement gardé, n'en était plus un, et elle redoutait que Mahaut n'en fasse, avec la meilleure intention du monde, un sujet de discussions passionnées, qui prendraient le relais du cas d'Esclarmonde, lequel ne tarderait pas à être réglé, puisque Geoffroi de Neuville venait de rentrer avec son suzerain.

Le repas était prêt, et elles passèrent à table. De sa place, Azalaïs regardait, apitoyée, la frêle Esclarmonde figée aux côtés de son époux. La jeune femme n'était pas présente à l'arrivée des cavaliers, car elle reposait, épuisée par la fin d'une grossesse dont tout le cours avait été pénible. Ayant peut-être oublié qu'elle était restée à Poitiers, il n'était pas allé la voir. En la retrouvant à table, n'ayant rien à lui dire, il s'était contenté de la saluer poliment, et de lui demander des nouvelles de sa santé. Consciente de son peu d'intérêt, elle lui avait répondu brièvement, et il s'était empressé de se tourner vers son voisin avec qui il avait entamé une conversation animée qui regorgeait de chiens courants, de cerfs et de sangliers. Visiblement, il s'amusait beaucoup pendant qu'Esclarmonde, si vive avec ses amies, paraissait maintenant éteinte et sans vie. Azalaïs s'aperçut que la duchesse avait elle aussi suivi la scène, et comprit, à la vue de son regard compatissant, qu'elle ferait tout son possible pour aider leur amie. Son affection pour Philippa s'en trouva accrue, et elle se promit de lui être toujours fidèle.

Comme le souhaitait sa suzeraine, le surlendemain, le seigneur de Neuville repartit en laissant Esclarmonde qui retrouva instantanément, sinon la santé, du moins sa bonne humeur. Elle avait un air tellement enfantin, avec ses yeux naïfs et ses épaules menues, que chacune était émue de sa fragilité, et l'entourait de prévenances. Girarde, surtout, l'avait prise en affection, et la couvait d'un regard protecteur dans lequel la jeune femme cherchait réconfort quand elle était plus dolente que de coutume. La nourrice avait promis de s'occuper de l'accouchement, maintenant tout proche, et Esclarmonde redoutait tellement cette échéance qu'elle devenait anxieuse dès qu'elle ne voyait plus Girarde. Philippa, qui n'était pas encore enceinte, et s'en inquiétait, la regardait avec un mélange de pitié et d'envie. Elle était d'autant plus soucieuse que les huit années de son mariage espagnol ne l'avaient pas rendue mère, et que la fertilité de Guillaume ne faisait pas de doute, étant illustrée par la présence de deux ou trois bâtards qui faisaient la loi dans la basse-cour, entraînant les enfants des serviteurs à faire mille sottises. Matin et soir, elle implorait longuement la Vierge de la rendre grosse. Ses femmes aussi priaient avec ferveur, tant par affection que par souci de leur propre sort, car le destin des bréhaignes était connu et faisait peur : leurs époux n'hésitaient pas à les répudier, d'aussi haute extraction qu'elles soient, et elles finissaient au couvent, livrant leur suite à un avenir hasardeux.

Jour après jour, les travaux d'aiguille continuaient, et l'après-midi était parfois égayée par la présence de Guillaume et de ses compagnons, qui venaient converser et chanter, quand ils n'étaient point occupés à chasser ou à se perfectionner dans le maniement des armes. Le duc était un homme étrange, capable de la plus extrême grossièreté comme du plus grand raffinement, et l'on ne savait jamais, quand il apparaissait, laquelle des faces de sa personnalité ce Janus aurait choisi de montrer. Il composait des vers, certains fort paillards, réservés à ses compagnons de ribote, d'autres courtois, qu'il venait dire dans la chambre des dames. Très fier de ses talents de troubadour, il dédaignait d'avoir recours à un jongleur, comme le faisaient la plupart des poètes et chantait lui-même ses compositions en s'accompagnant d'une lyre; ses compagnons jouaient avec lui, qui de la cithare, qui du rebec. Les chants dont il régalait les suivantes de la duchesse parlaient de printemps et d'amour, et il était plaisant, alors que le ciel était gris, les arbres dénudés, et que l'on avait du mal à résister au vent qui s'engouffrait par les moindres ouvertures, de rêver, grâce à sa voix caressante, à la chaleur du soleil, à la douceur des ombrages, et au babil des oiseaux. Il était agréable aussi d'imaginer un amour partagé, et les jeunes filles non plus que les mal mariées ne s'en faisaient faute. Azalaïs s'y laissait prendre, et Mahaut, et les autres… Philippa était sans doute la seule à être insensible au charme de ces réunions, mais elle ne faisait rien pour les interrompre, ne voulant pas priver ses compagnes d'une distraction appréciée. Toutefois elle avait du mal à respecter son parti pris d'indifférence quand Guillaume prononçait des mots d'amour en regardant langoureusement l'une ou l'autre des jeunes femmes, comme si le poème lui était destiné. Elle ne disait rien, mais serrait les lèvres et pâlissait, et le duc, satisfait de l'avoir agacée, disparaissait sur un éclat de rire. Celle des suivantes qui avait été remarquée était fort mal à l'aise, mais n'osait pas s'excuser, car c'eût été reconnaître qu'elle était coupable en quelque façon. Philippa, toujours bonne, lui disait un mot aimable pour la rassurer, espérant que la prochaine fois il en distinguerait une autre, et que le badinage ne porterait pas à conséquence. Il avait, jusqu'à présent, choisi ses maîtresses hors du cercle de sa femme, et elle pouvait feindre de l'ignorer, ce qui serait plus difficile s'il en élisait une de sa suite.

Dans les poèmes de Guillaume, la Dame aimée était placée sur un piédestal, et son amoureux quêtait humblement la moindre faveur, plus modeste que le plus obscur des vassaux face à un suzerain puissant. Ainsi, Guillaume chantait, un genou à terre, devant une dame d'humble origine, et le temps du jeu, elle lui était supérieure. Cela donnait à rêver à ces femmes qui maîtrisaient si peu leur destin. Elles en parlaient, échafaudaient des plans et il leur naissait des espérances nouvelles et de timides exigences : elles n'auraient plus toléré, par exemple, les compliments grossiers que recevaient leurs mères. Les hommes, pour ressembler aux amants des poèmes, se voyaient forcés de policer leur attitude et leur langage, et il leur venait parfois, par contamination, des élégances de sentiments qui, pour être superficielles, n'en étaient pas moins neuves. Visiblement, l'époux d'Esclarmonde n'appartenait pas à cette catégorie, et malgré la brièveté de son expérience conjugale, elle avait accumulé assez de griefs pour être encline à généraliser sa mauvaise opinion à l'ensemble des hommes. Pendant que ses compagnes rêvaient, à haute voix, de l'amoureux courtois qu'elles souhaiteraient voir à leurs pieds, elle rejoignait silencieusement Philippa, et elles priaient ensemble pour l'heureuse délivrance de l'une et la prompte grossesse de l'autre. Azalaïs et Mahaut aussi s'isolaient pour débattre sans fin du dilemme d'Azalaïs: devait-elle retourner au couvent pour se protéger de la tentation de céder à Hugues lorsqu'il se ferait pressant, ou rester, et courir le risque d'y succomber? Mahaut promettait de la soutenir, et faisait observer que Philippa serait peinée de sa défection et la trouverait ingrate; elle avançait aussi que le sire de Benqué s'emporterait à l'annonce d'une décision qui, selon lui, nuirait à sa fille. Azalaïs se rendait à ses raisons, ajoutant qu'elle n'était pas sûre que la vie contemplative convienne à son tempérament. Rassérénée pour un moment, elle chantait avec ses compagnes, brodait, ou chevauchait avec énergie, mais le lendemain, en proie au même doute, elle reprenait inlassablement les arguments de la veille, et Mahaut, patiente, s'efforçait de la calmer et de la rassurer.

Comme lors de chaque fête liturgique, la cour devait entendre la messe de Noël au « moustier neuf », et assister au repas offert par son abbé. Fondée dix-sept ans plus tôt par Geoffroy-Guillaume, père du duc actuel, l'abbaye, située à proximité du Clain et de la Boivre, était d'une grande magnificence. Elle avait d'ailleurs suscité l'admiration, une décennie plus tôt, du roi de France, Philippe Ier. Venu demander l'aide de son vassal contre le duc de Normandie, Guillaume dit le Conquérant, il l'avait visitée, et s'était exclamé qu'elle était digne d'un roi, s'attirant la fière réplique de Geoffroy : « Ne suis-je pas roi ? » Philippe n'avait pas relevé l'insolence, sachant bien que son vassal, cumulant les titres et les possessions du comté de Poitiers et du duché d'Aquitaine, était, dans les faits, plus puissant que lui.

Depuis la forte chute de neige de la semaine précédente, il faisait un froid intense, et chacun s'était enveloppé dans des monceaux de fourrures. Les fumées de la ville s'élevaient, droites, dans un ciel implacablement bleu. Sous le pas des chevaux, la neige crissait, et les bruits portaient loin. Après le passage des portes, sous l'œil des gardes que le froid semblait avoir statufiés, la compagnie se dirigeait vers l'abbaye lorsqu'elle fut attirée par les croassements sinistres et disgracieux d'une théorie de corbeaux dont une partie tournait en rond alors que les autres étaient au sol, affairés à quelque triste besogne. Lorsqu'on se rapprocha, on vit que les oiseaux du malheur se disputaient les restes de la dépouille d'un homme, un serf, probablement, à en juger par ses haillons. Il avait dû périr la veille, attaqué par les loups – l'état de son corps ne laissait pas de doute à ce sujet – alors que, ironie du destin, il était à quelques dizaines de pieds du salut qu'offrait la ville. Le froid engendrait la famine, aussi bien chez les bêtes que chez les gens, et Guillaume décida d'une battue pour tenter d'éloigner le péril des villages. Philippa envoya un garde à la plus proche habitation afin que quelqu'un vînt chercher le cadavre, et elle donna une obole pour qu'on lui assure une sépulture chrétienne. Un frisson d'horreur avait couru le long des échines tandis que ressurgissait la peur ancestrale du loup, du fauve qui rôde, prêt à attaquer le voyageur isolé, le cheval fatigué, ou la bête blessée. Le loup dont on menace les enfants, mais dont les adultes aussi ont peur, et qu'ils n'osent affronter que lorsqu'ils sont en groupe, et armés. Une fois encore, il avait sévi. Le fait était presque banal, mais il engendrait toujours la même terreur. Le cortège se resserra, et repartit vivement vers son but, pressé de louer le Seigneur qu'il fît jour, et que l'on fût nombreux et vivants.

Azalaïs savait que l'abbatiale était immense, mais elle ne l'avait encore jamais vue. Elle ne fut pas déçue : la façade, flanquée de deux tours, était déjà impressionnante, mais quand elle entra dans l'immense nef, elle fut éblouie, car on y comptait pas moins de onze travées dont les piliers supportaient une voûte en berceau. On avait le sentiment d'entrer dans une forêt de haute futaie, forêt de pierre, créée par les hommes, hymne à la gloire de Dieu. Au contraire de l'autre, pleine de pièges et de dangers, celle-ci était un refuge et un lieu de paix. Guillaume, Philippa et leur suite allèrent s'incliner, au milieu de la grande nef, devant le tombeau de Geoffroy, placé face à l'autel principal, et les moines, après eux, firent de même, comme ils faisaient chaque jour. Le fondateur de l'abbaye avait rompu avec la tradition qui voulait que les comtes de Poitiers, ducs d'Aquitaine, soient enterrés à Maillezais, et avait souhaité que son fils l'imite afin de faire du « moustier neuf », qu'il avait voulu royal, le nouveau lieu de sépulture de sa dynastie. Guillaume l'avait promis à son père et, comme lui, comblait la fondation de ses bienfaits. Azalaïs remarqua que le gisant avait les pieds posés sur un chien : feu le duc devait être, comme son descendant, un grand chasseur. Elle admira les chapiteaux des piliers, sculptés de sujets tous différents : animaux, personnages ou motifs décoratifs, plaisants à regarder ou effrayants, selon que l'artisan avait voulu évoquer la bienveillance divine, ou les tourments de l'enfer.

Chacun prit place en fonction de son rang, et l'office commença. La coutume voulait, lors des fêtes religieuses importantes, que l'on représente l'événement de la vie du Christ qui était commémoré, et les moines n'y avaient pas manqué. Dans le chœur, derrière l'autel, on avait installé un âne, un bœuf et quelques moutons qui reposaient paisiblement sur de la paille fraîche. Des prêtres, costumés en bergers vinrent demander quand viendrait enfin le Sauveur. C'est alors que les rideaux qui masquaient le fond de la scène furent soulevés, et l'on vit apparaître une statue de la Vierge devant laquelle ils se prosternèrent tandis qu'autour d'eux on chantait des hymnes. Respectueux du vœu de Philippa, l'abbé demanda ensuite que l'on prie la glorieuse mère du Christ d'intervenir, en ce jour de la Nativité, auprès de son fils tout-puissant, afin que la descendance du duché d'Aquitaine soit promptement assurée, et Azalaïs pria de tout son cœur.

Pour se rendre à l'abbaye, les invités empruntèrent la porte, percée dans le transept sud, qui permettait aux moines de venir dans l'église. Ils ne s'attardèrent pas dans le jardin, qui présentait peu d'attraits en ces jours hivernaux, mais se rendirent tout de suite au réfectoire, où un somptueux repas les attendait. L'abbaye avait été richement dotée par son fondateur, bien au-delà de ses besoins de subsistance, et pouvait faire au descendant de celui-ci une réception digne de sa puissance. À table, une place restait vide, malgré le couvert mis : c'était celle où Geoffroy se plaçait de son vivant. Ainsi, les moines se souvenaient de lui à chaque repas et l'honoraient.

On prit le chemin du retour avant la nuit, et comme on franchissait les portes, Esclarmonde, qui se plaignait de douleurs depuis un moment, devint pâle et s'affaissa. Sans la vigilance de Girarde, qui chevauchait à ses côtés, elle serait tombée de sa mule. On improvisa une civière pour la conduire au château, et le long martyre commença.

CHAPITRE III

Estenta Mortz, plena de marrimen...

«Mort destructrice, pleine d'amertume...»
Bertran de Born.

E sclarmonde souffrit trois jours et trois nuits avant de mettre au monde une minuscule fillette qui ne vécut que quelques minutes. À son arrivée au château, elle avait perdu les eaux, et son ventre bossué était une monstrueuse excroissance qu'elle considérait, dans ses moments de lucidité, avec un violent ressentiment. Elle hurlait à faire vibrer les murailles, et quand la souffrance devenait trop insoutenable, elle perdait connaissance. Girarde, qui ne la quittait pas, la frottait avec de l'eau vinaigrée, et quand elle reprenait vie, elle suppliait Dieu d'arrêter son supplice, et de la rappeler à lui. Les hommes restaient à la chasse le plus possible et, au retour, se cantonnaient dans des lieux que les cris ne pouvaient pas atteindre. Les jeunes filles aussi avaient fui, pour la plupart. Seules

Azalaïs, Mahaut et Ségolène se rempla-
çaient pour passer un linge frais sur le front
et les bras de la malheureuse. Ségolène, en
ces circonstances, étonna tout le monde.
C'était une jeune fille qui n'avait rien de
remarquable, une blonde aux yeux trop
pâles, à la chevelure sans volume, et au
corps sans grâce, qui était arrivée deux
semaines plus tôt, afin de parfaire son éducation à la cour de Philippa. Elle n'avait
pas encore de fiancé, mais elle était très
recherchée, étant richement dotée. Azalaïs
et Mahaut lui avaient fait bon accueil, mais
n'avaient pas tenté de lier amitié, car elle
leur paraissait superficielle, et pour tout
dire, un peu sotte. La générosité dont elle
fit preuve tout au long de ces jours terribles,
sa patience et sa douceur, plaidèrent en sa
faveur, et on se sentit plus disposé à l'indulgence pour ses gaffes et ses étourderies.

Quand enfin l'enfant vint au monde, la
douleur cessa, et Esclarmonde reposa,
exsangue. Son époux, qu'on avait envoyé
quérir, déçu de ne pas avoir d'héritier, ne
s'apitoya ni sur la fille ni sur la mère. Sans
son secours, on enterra la première, et on

soigna la seconde, et il profita de la chance inattendue de son retour au palais comtal pour se joindre à la suite de Guillaume et partager ses plaisirs. Esclarmonde semblait sauvée, mais les souffrances atroces auxquelles elle avait survécu l'avaient laissée sans forces, et elle gisait, sur un grabat, sans donner le moindre signe d'amélioration. Ses amies se relayaient auprès d'elle et lui parlaient doucement ou se taisaient, attentives à ne pas la fatiguer. Elles lui racontaient les menus incidents de la cour pour essayer de ranimer son attention, de la raccrocher au quotidien, à la vie. Mais leurs tentatives étaient vaines : elle souriait avec lassitude, et fermait les yeux. Girarde lui donna toutes les herbes qui stimulent l'appétit, on essaya des recettes infaillibles et on invoqua tous les saints du paradis, mais rien n'y fit : Esclarmonde s'alimentait de moins en moins, et maigrissait impitoyablement. Après deux semaines, elle était si faible que le chapelain vint la préparer à quitter ce monde. Quand elle s'éteignit, accompagnée des prières et des larmes de toutes, une grande tristesse s'abattit sur la chambre des dames : elles ressentaient le chagrin de la perte d'une amie, ou d'une compagne, mais aussi la malédiction d'être née femme, d'enfanter dans la douleur, et bien souvent d'en mourir. Selon le désir de Philippa, profondément peinée, et sans contestation du veuf, la petite morte fut inhumée dans la chapelle du château, et toutes prièrent avec ferveur pour que Dieu l'accueille en son paradis.

Dans les semaines qui suivirent, les femmes ne parvenaient pas à reprendre leur allant : elles avaient trop lutté aux côtés d'Esclarmonde pour pouvoir accepter sereinement leur défaite. La morosité régnait et le chapelain profitait de cet état d'esprit pour les entretenir de l'enfer qui attendait les pécheresses. Les visions de diables cornus et de feu éternel dont il se complaisait à peupler ses sermons attristaient leurs journées, et hantaient leur sommeil. Las de voir des larmes furtives et des visages fermés, alors que pour lui la vertu première d'une cour était la gaieté, Guillaume ne paraissait plus que rarement chez Philippa, mais la rumeur disait qu'il était assidu dans un château voisin dont la dame était connue pour sa beauté. Par contre, le seigneur de Neuville venait fréquemment. Pendant l'agonie de sa femme, il avait été remarquablement invisible, mais maintenant il affichait une mine de circonstance qui obligeait à le tolérer. Il entretenait longuement Ségolène qui, croyant atténuer une peine dont sa naïveté ne percevait pas qu'elle était fictive, adoucissait le récit des derniers moments de la défunte, et s'ingéniait à être aimable avec cet homme qui lui inspirait, à son corps défendant, une méfiance instinctive et un certain dégoût.

Il eût été d'un aspect plutôt agréable, avec un visage aux traits réguliers et un corps bien bâti, si son regard et son rire n'avaient été si vulgaires : il semblait salir tout ce qu'il regardait. Mahaut, qui avait saisi la manœuvre, tenta de faire comprendre à Ségolène que Geoffroi de Neuville, pressé de reprendre femme et désireux de mettre la main sur une héritière, la courtisait, sous couvert de se faire consoler. Elle se récria, indignée, accusant sa compagne de se laisser emporter par son imagination.

Mahaut n'insista pas, et échangea un regard résigné avec Azalaïs qui partageait son point de vue.

Les jours se traînaient dans la tristesse du deuil et l'austérité du carême quand un événement, minime en soi, eut un grand impact sur la vie des jeunes filles : Hugues de Thouars revint de Prahecq. Les hommes étaient partis à la chasse depuis peu quand un bruit de chevaux dans la basse-cour précipita à la fenêtre une Mahaut toujours à l'affût du moindre événement. Quand elle claironna le nom de l'arrivant, un mouvement d'intérêt passa dans la salle : la diversion qu'il apporterait serait la bienvenue. Azalaïs, d'abord suffoquée par une bouffée de joie, se souvint bien vite qu'elle n'avait rien à attendre de bon de cette présence, et l'appréhension et l'anxiété remplacèrent son premier sentiment. Sentant que l'atmosphère avait changé autour d'elle, elle prêta l'oreille aux conversations et s'aperçut que le cadet de Thouars plaisait beaucoup. Ségolène, affriandée, crépitait de questions, et pendant que les plus jeunes décrivaient la haute taille bien prise, la bouche large aux dents de carnassier, et le regard sous lequel chaque femme se sent belle et désirable, les plus âgées la mettaient en garde – et avec elle les autres étourdies – contre l'espèce des séducteurs qui ne s'embarrassent pas de scrupules : les belles paroles et les œillades brûlantes mènent souvent les crédules trop loin, et ensuite il ne leur reste que la honte et le malheur. Azalaïs le découvrait tel que les autres le voyaient, et se trouva bien sotte de s'être crue choisie, désirée – aimée, peut-être – entre toutes, et la colère, de nouveau, mais cette fois dirigée contre elle-même, balaya tout. Quand il entra dans la pièce, elle avait les dents serrées et le regard baissé. Elle s'absorba dans son travail, et ne releva la tête qu'après son départ. Le sang bourdonnait à ses oreilles, et faisait écran au monde extérieur. Ainsi, elle ne sut rien de son passage avant que Mahaut ne lui en fasse le récit, ce qui ne se produisit que le lendemain, car elle s'était tellement fait violence qu'il en était résulté une forte migraine. Girarde l'avait soignée en l'envoyant se coucher avec une infusion de tilleul, et si elle n'était pas parvenue à trouver le repos, elle avait, du moins, évité de paraître à table.

Elle apprit donc par Mahaut qu'il était entré dans la salle, joyeux et souriant, et que, tandis qu'il se dirigeait vers la duchesse pour lui rendre ses devoirs, c'était elle, Azalaïs, qu'il avait cherchée du regard dans cette assemblée de femmes accueillantes, et qu'il avait semblé s'éteindre en voyant que le seul visage qui l'intéressait était aussi le seul à ne pas lui adresser un sourire de bienvenue. Au début du repas, il avait été placé à la table de Guillaume, de manière à rendre compte de sa mission, mais par la suite, il était venu aux côtés de Mahaut, s'était enquis avec sollicitude des raisons de l'absence de son amie, et il lui avait demandé de lui transmettre ses vœux de prompt rétablissement. Azalaïs, de nouveau, était bouleversée. Elle ne pouvait rien reprocher à la teneur du message, remarquablement anodin et respectueux, mais c'était la première fois qu'il lui adressait autre chose qu'un regard, et déjà, elle se reprenait à rêver, d'autant que Mahaut semblait le croire sincère, et prêchait sa cause. Il ne serait pas le premier, disait-elle, à changer de conduite en découvrant l'amour, et un miracle pourrait survenir, qui changerait sa situation, et ferait d'elle une héritière qu'on lui permettrait d'épouser. Azalaïs savait que Dieu envoyait souvent des miracles à ceux qui le méritaient, mais pourquoi à elle? Elle n'avait jamais rien fait de remarquable qui justifierait une intervention divine, et se jugeait trop impulsive, trop encline à suivre son premier mouvement – qui eût souvent mérité réflexion – pour être une bonne chrétienne. Épuisée par ses sentiments excessifs et contradictoires, elle pensait avec désespoir que, dès que cet homme paraissait, elle perdait la paix.

Elle n'était pas la seule à être troublée: dès qu'elle avait vu Hugues de Thouars, Ségolène avait été subjuguée. D'abord rendue muette par l'excès de son émotion, elle était maintenant intarissable. Ignorant le secret d'Azalaïs, elle la mettait à la torture en l'entretenant sans arrêt de ses sentiments. Elle s'extasiait sur le physique de l'écuyer et sur son courage, et répétait sans

cesse : « Je l'aime, je l'aime, je l'aime… »
Mahaut essayait de détourner la conversation, mais elle y revenait sans cesse, et Azalaïs obligeait sa pensée à se fixer sur autre chose, tout en conservant un sourire appliqué. Ségolène, toute à son amour, ne voyait rien. Geoffroi de Neuville, par contre, voyait tout, et craignant que Ségolène ne lui échappe, décida de précipiter les événements : il envoya chercher sa mère pour qu'elle s'entremette.

Quand on vit arriver de conserve la douairière de Neuville et le père de Ségolène, le seigneur de Villedieu, la seule qui fut trop naïve pour ne pas deviner ce qui se tramait fut la principale intéressée. Maria de Neuville fut accueillie assez fraîchement par la duchesse qui ne lui pardonnait pas la tyrannie qu'elle avait exercée sur Esclarmonde et se souciait guère de lui livrer une autre victime. La dame était peu susceptible et décidée à parvenir à ses fins, elle s'installa donc et commença par se mettre dans les bonnes grâces de Ségolène en employant le même procédé que son fils : un faux apitoiement sur le sort de sa bru décédée. Passant ensuite à une autre phase de son plan, elle lui parla continuellement de Geoffroi dont elle vantait le caractère, la générosité, la bonne humeur... À l'entendre, son fils serait pour une épouse un véritable amant courtois. C'était si évidemment contraire à la réalité que Mahaut et Azalaïs s'en seraient amusées, mais elles craignaient trop pour leur compagne. En effet, pour accentuer sa pression, Maria de Neuville avait laissé entendre que le père de Ségolène avait déjà donné son accord au mariage. La jeune fille, comprenant enfin ce qui la menaçait, était désespérée, mais se gardait bien de vérifier la chose auprès de son père, car elle craignait trop de précipiter, en intervenant, une décision qu'ensuite rien n'aurait le pouvoir de faire changer. Maria faisait la douce, mais elle ne l'était pas, et bien qu'elle fît tout pour le masquer, son tempérament impérieux reprenait fréquemment le dessus. Elle ne pouvait s'empêcher de donner à la jeune fille, dont la maladresse l'agaçait, des conseils qui sonnaient comme des ordres, si bien que Ségolène, terrorisée, avait de plus en plus de mal à cacher son aversion sous la politesse due à une personne d'âge. Son seul espoir était que son père consulte Philippa avant de rendre son arrêt. Elle n'avait rien osé demander à sa suzeraine, dont elle n'était pas assez proche, mais elle était allée pleurer dans le giron de la toujours compréhensive Girarde qui avait promis d'en parler à la duchesse.

Pendant ce temps, Geoffroi de Neuville tentait de se faire valoir auprès de celui qu'il souhaitait pour beau-père. Là non plus, la tâche n'était pas aisée : Gui de Villedieu était un homme de réflexion et de bon sens, et ne souhaitait pas engager à la légère la vie de sa fille unique. Il n'irait pas jusqu'à la consulter pour faire son choix : chacun sait que les filles n'ont pas de jugement en ces matières, et que, la tête pleine des héros des romans de chevalerie, elles ne voient que l'apparence d'une belle figure. Mais il prendrait le temps de juger le prétendant. Il n'était pas pressé d'établir Ségolène, qui n'avait que quatorze ans, et voulait s'assurer que l'avenir de sa lignée serait dans de bonnes mains. Or, il n'en était pas sûr.

L'insistance de Maria, qui était venue le relancer chez lui, l'avait entraîné à Poitiers, et voulait le faire décider sans délai, l'avait mis sur ses gardes, et il observait le gendre potentiel d'un œil critique. Il remarqua assez vite que Geoffroi de Neuville n'était populaire ni dans l'entourage de Philippa, ni dans celui de Guillaume. Il chercha à savoir pourquoi, mais ne put rien obtenir de précis : on n'avait pas vraiment de griefs, mais on ne l'aimait pas. Geoffroi n'était pas aimable, et le seigneur de Villedieu se souciait peu de faire entrer dans sa maison un gendre antipathique flanqué d'une mère autoritaire et acariâtre. Il avisa donc Maria de Neuville, après avoir bien réfléchi, et sans consulter personne, que le mariage ne se ferait pas, et il repartit sur ses terres. Ségolène était sauvée, et ses amies s'en réjouirent. Quand elles virent l'équipage des Neuville quitter le château, mère et fils les lèvres pareillement pincées et le regard mauvais, elles eurent le sentiment qu'Esclarmonde était un peu vengée.

Pendant toute la durée de l'entreprise de séduction de Ségolène, Azalaïs avait été déchirée par des désirs contradictoires : elle souhaitait le bonheur de la jeune fille, mais elle ne pouvait s'empêcher de penser qu'il résulterait de son mariage l'élimination d'une rivale. Chaque fois qu'elle se prenait à espérer la réussite du projet de Geoffroi, elle se reprochait aussitôt avec horreur son manque de générosité. Mais revenait sans cesse l'image insidieuse et torturante de Ségolène épousant Hugues de Thouars. Il était hors de doute qu'il finirait par se laisser tenter par sa dot, et l'on pouvait imaginer que le duc appuierait le frère de son meilleur ami, qu'au besoin il l'aiderait en lui octroyant un fief. C'est ce que tout le monde semblait penser, car les sentiments de la jeune fille n'étaient un secret pour personne. Quand Hugues était présent, elle le dévorait des yeux, lui souriait, et essayait d'attirer son attention de mille manières, provoquant l'amusement indulgent de son entourage. L'attitude du jeune homme était plus difficile à interpréter : il avait l'air de se prêter au jeu, mais toujours flottait sur ses lèvres un sourire légèrement ironique qui s'accentuait quand Ségolène disait quelque bêtise. Par contre, l'ironie s'effaçait quand son regard se portait sur Azalaïs : il semblait alors dévoré par un feu intérieur qu'elle devinait semblable au sien, et un frisson la parcourait, frisson de désir et de crainte. Elle passait de longues heures à la chapelle, priant la Vierge de lui donner la force d'aimer sa rivale, et de lui vouloir du bien. Souvent, en proie à l'exaltation, elle suppliait que vint le miracle qui rendrait tout le monde heureux, mais ces moments étaient immanquablement suivis d'un grand abattement parce qu'elle savait bien qu'une des deux serait malheureuse, car elles aimaient le même homme, et ce ne pouvait être qu'elle puisqu'elle avait les mains vides. Mahaut devinait les combats intérieurs de son amie, et la plaignait beaucoup, mais elle n'abordait plus le sujet pour ne pas ajouter à a torture. Elle regrettait de l'avoir précédemment encouragée, car elle comprenait maintenant qu'elle avait manqué de réalisme et de bon sens.

Dieu merci, Pâques approchait, les chemins ne tarderaient pas à sécher, et on reprendrait la route. Fini le temps d'hiver propice aux rêveries et aux discussions interminables : avec les beaux jours la cour reprendrait son itinérance. De manière à bien affirmer leur puissance et leur domination, les suzerains visiteraient leurs vassaux, et pour en voir le plus possible – et peut-être, aussi, se voir le moins possible – ils avaient résolu de voyager séparément pendant quatre mois, et de se rejoindre à Saintes, au milieu du mois d'août, pour fêter l'Assomption de la Sainte Vierge avant de repartir ensemble pour Poitiers où ils passeraient l'hiver suivant. Le départ fut fixé à la semaine qui suivrait les célébrations pascales et les préparatifs ne commenceraient que le lundi après Pâques, mais néanmoins l'excitation des départs flottait dans l'air. On semblait avoir perdu le goût de ce qui avait fait l'ordinaire des derniers mois et l'on n'entreprenait plus que des tâches d'exécution rapide, et de portée immédiate. Ce qui, quelques jours auparavant, était investi de l'importance des choses consacrées par la routine, semblait devenu insignifiant, parce que promis à une fin proche : on était entré dans le monde du provisoire, où l'on pare au plus pressé, et où, ne sachant pas ce qu'apportera le lendemain, on reste disponible pour faire face à toute éventualité. Les anciennes parlaient des lieux que l'on visiterait, et quand l'absence de Philippa le permettait, c'étaient les habitants des châteaux et des monastères qui étaient décrits, parfois en des termes peu chrétiens. La duchesse maintenait, en sa présence, une haute tenue morale, mais lorsqu'elle n'était pas là, les langues allaient bon train, et l'occasion était belle.

Azalaïs et Ségolène se préparaient toutes deux à ne plus voir Hugues pendant de longues semaines, mais elles envisageaient cette perspective d'éloignement de façon très différente. Ségolène, malheureuse et agitée, en parlait sans cesse, et prétendait ne pas y survivre. Azalaïs, silencieuse et secrète, ne disait rien, mais semblait moins tourmentée : la belle saison serait un répit. Hors du vase clos de la salle commune, il lui serait plus facile de s'éloigner des bavardages de l'héritière de Villedieu, et de retrouver, peut-être, une certaine paix intérieure.

En attendant le départ, chacun s'apprê-
tait à recevoir l'eucharistie en cette fête de
Pâques qui est la plus importante de
l'année. Philippa et ses femmes firent
retraite, pendant trois jours, à l'abbaye de
Sainte-Croix dont l'abbesse fut très fière
d'accueillir une aussi grande dame à la
piété exemplaire. Les cérémonies réunirent
ensuite tout le monde au « moustier neuf »
pour célébrer la résurrection du seigneur,
avant de fêter celle du printemps et le
départ de la cour par de somptueuses
réjouissances qui rassemblèrent les grands
vassaux au palais.

CHAPITRE IV

Lo gens tems de pascor
ab la frescha verdor
nos adui folh'e flor
de diversa color,
per que tuih amador
son gai e chantador...

« Le gentil temps du printemps
avec la fraîche verdure
nous amène feuilles et fleurs
de diverses couleurs,
c'est pourquoi tous les amoureux
sont gais et chantent... »

BERNART DE VENTADORN.

On était parti depuis près de deux semaines et on approchait de la troisième étape du voyage : le château de Gençay. Bien que l'on fût à cheval, le train du convoi était aussi lent, parfois même plus, que celui des pèlerins qui cheminaient à pied, retardé qu'il était par l'interminable suite de chariots et de mulets chargés de tout ce qui était nécessaire à l'intendance d'une troupe aussi nombreuse : meubles, literie, ustensiles de cuisine… Philippa chevauchait en tête, pour n'être point gênée par la poussière du chemin, soulevée en telle abondance par les pas des chevaux qu'elle masquait la queue du cortège. Bêtes et gens étaient reposés par les mois d'inaction forcée de l'hiver, et l'on avait, jusqu'à présent, maintenu sans peine le rythme de quatre lieues[3] par jour. La première étape avait été pour l'abbaye de Nouaillé qui abritait les reliques d'une sainte réputée pour ses miracles en matière de fertilité. Le duc s'y était également rendu puis, à la suite de la nuit que les souverains avaient partagée, leurs cortèges s'étaient séparés, et tandis que la duchesse se dirigeait vers Limoges, Guillaume portait ses pas en l'Aquitaine. Avant l'abbaye, on était passé par Villedieu, tout proche, et Ségolène avait été fière de montrer à tous – et à Hugues – la puissance de son père. Elle avait profité de l'occasion, comme elle le confia par la suite à Mahaut et à Azalaïs, pour attirer l'atten-

---

3 Une lieue équivalait environ à quatre kilomètres.

tion de celui-ci sur le cadet de Thouars. Avec une habileté dont on ne l'eût pas crue capable, elle y était parvenue sans éveiller de soupçons. De fait, pendant le repas, Gui de Villedieu avait observé complaisamment l'écuyer, qu'il avait fait placer à sa table, et l'avait, par la suite, entretenu assez longuement. Ségolène était pleine d'espoir, et sa volubilité était difficile à contenir. Par chance, les déplacements à cheval ne permettaient guère de discourir, et Azalaïs pouvait sans peine s'éloigner de l'importune bavarde, oublier ses propos, et se plonger dans son rêve.

Au pas de sa monture, elle berçait le souvenir qui hantait ses jours et ses nuits : un événement qui s'était produit à la faveur de la folie des préparatifs, quand chacun s'affairait et que le château était sens dessus dessous. La veille du départ, courant à quelque tâche, elle avait heurté de plein fouet, dans l'escalier à vis qui menait à la resserre, quelqu'un qui venait en sens inverse : c'était Lui. Au même instant, ils s'étaient reconnus, et il avait refermé ses bras sur elle, comme un étau. Elle s'était sentie défaillir, avait fermé les yeux, et abdiquant tout libre arbitre, s'était abandonnée aux baisers dont il couvrait son visage. La bouche molle, elle avait entrouvert ses lèvres, et leurs souffles s'étaient mêlés. Il avait été le premier à entendre le pas qui se rapprochait dans l'escalier, et il l'avait lâchée. Ayant perdu son soutien, elle avait failli choir, l'avait regardé avec égarement, s'était ressaisie enfin, et ils étaient partis, chacun de son côté, sans avoir prononcé une parole, sur un regard qui contenait à la fois tout le bonheur et tout le désespoir du monde. À la torture morale qu'elle vivait depuis des mois, s'était ajoutée une frustration physique : le baiser avait éveillé le désir d'autres baisers, et l'attente confuse d'une chose qu'elle ne savait préciser, mais qu'elle pressentait infiniment délectable. Ce désir la tenait éveillée, la nuit, d'interminables heures, et le jour, elle s'abîmait dans une rêverie sans fin, favorisée par les longues et paisibles chevauchées. À l'étape, il y avait tant à faire qu'elle évitait sans peine de se mêler aux conversations, se complaisant dans le monde irréel qu'elle bâtissait jour après jour, levant sans peine les obstacles qui la séparaient de la félicité.

Longtemps cachée par la cime des arbres, la forteresse de Gençay apparut soudain, formidable de puissance. Construite sur un éperon rocheux, comme Poitiers – mais ici, le site était moins vaste – elle surplombait le confluent de la Belle et de la Clouère, et commandait l'accès de leurs vallées. On comprenait aussitôt pourquoi le duc d'Aquitaine l'avait gardée sous son autorité directe : c'était un point stratégique d'une importance capitale. La place forte abritait une garnison qui n'avait pas été relevée depuis l'automne, et où ne vivait aucune femme. Philippa avait réuni ses suivantes pour leur prodiguer avertissements et conseils : leur rôle était d'apporter un intermède plaisant aux guerriers sans pour cela se mettre en danger. Ils étaient jeunes, vigoureux et impulsifs, et une imprudente isolée risquait de l'apprendre à ses dépens. Il fallait donc rester groupées, sous la vigilance des gardes de la duchesse, et lors du banquet, être aimables, mais en évitant le badinage qui pourrait enflammer un peu trop ces frustes guerriers. Toute la troupe des jeunes filles était en effervescence, et c'est en vain que les femmes mûres leur avaient raconté un épisode survenu du temps de l'ancien duc : dans une situation à peu près identique, quelques damoiselles avaient fleureté, pendant toute la durée d'un repas, avec des écuyers courtois et diserts. L'une d'elles avait eu la témérité, et la naïveté, d'accepter un rendez-vous sur le chemin de ronde, après que tout le monde fut couché. Aux petites heures, ses amies, inquiètes de son absence prolongée, avaient donné l'alerte, mais il était trop tard : on l'avait retrouvée morte, et l'état de son corps montrait qu'elle avait été violée par toute la garnison. L'histoire leur semblait ancienne, et le danger illusoire. Mais Philippa prenait la chose au sérieux, et elle s'en félicita quand le chef de sa garde personnelle lui apprit le lendemain, en faisant son rapport, qu'il avait empêché pendant la nuit deux jeunes filles de descendre aux cuisines se préparer une infusion, sous prétexte d'insomnie, au moment même où des pas furtifs étaient perceptibles à proximité.

La duchesse avait prévu de ne pas s'attarder à Gençay, car elle souhaitait fêter l'Ascension à l'abbaye Saint-Martial de Limoges. Réputé dans toute la chrétienté, le sanctuaire avait été fondé trois siècles plus tôt sur le tombeau du saint évêque qui avait converti, en des temps fort anciens, les païens idolâtres qui vivaient sur les terres appartenant maintenant aux très chrétiens comtes de Poitou, ducs d'Aquitaine. Il attirait beaucoup de pèlerins que le convoi rencontra tout au long du chemin, et ils devinrent de plus en plus nombreux quand on eut rejoint la route qui venait de Vézelay en passant par Bourges et Châteauroux. Certains d'entre eux retourneraient chez eux, après leurs dévotions à Saint-Martial; d'autres, se distinguant du commun par la coquille d'étoffe cousue sur leur manteau, continueraient jusqu'à Compostelle. Passant par Périgueux et La Réole, ils rejoindraient à Octobat ceux qui avaient suivi un autre itinéraire : Paris, Poitiers et Saintes, ainsi que ceux qui venaient de Lyon par Conques et Cahors, pour franchir ensemble les Pyrénées et se rendre au tombeau de l'apôtre. Reconnaissables à leur vêture : pèlerine, chapeau rond, bâton ferré et besace, les pèlerins suscitaient le respect, et plus encore s'ils étaient de retour du lieu saint, comme l'attestaient les coquilles, véritables cette fois, qu'ils avaient ramassées sur la plage de Padron, proche de Compostelle, et qui ornaient chaque pièce de leur équipement. L'ivraie se mêlait au bon grain, comme toujours, et dans le sillage des pénitents, frayaient force coquins : faux pèlerins, marchands, voleurs, jongleurs et putains qui faisaient parfois des relais des lieux peu recommandables, voire dangereux. Les gens honnêtes voyageaient par petits groupes pour assurer leur sécurité, et quand ils avaient la chance de rencontrer un convoi important, comme celui de la duchesse d'Aquitaine, ils s'empressaient de se joindre à lui pour profiter de la protection des gardes. À l'arrivée à Limoges, tandis que les humbles se dirigeaient vers la maison des hôtes de l'abbaye où ils pourraient manger et dormir gracieusement, et que les plus fortunés s'installaient dans des auberges proches où, moyennant espèces sonnantes et trébuchantes, ils seraient traités avec plus de confort, Philippa et sa suite furent reçues en grande pompe par l'abbé de Saint-Martial. Il restait une semaine avant la cérémonie religieuse et elle fut consacrée à reposer les corps des fatigues du voyage, rapide et exténuant, et à préparer les âmes aux sacrements par de longues oraisons.

Adémar, l'abbé de Saint-Martial, qui avait tenu à honorer sa suzeraine, n'avait pas lésiné : il lui offrit un festin royal et des divertissements qui ne l'étaient pas moins. Le clou de la soirée avait consisté en une sorte de chasse intérieure : vers le milieu du repas, les serviteurs avaient apporté d'énormes pâtés d'où s'étaient échappés, lorsque l'on avait brisé la croûte, quantité d'oiseaux : cailles, palombes et tourterelles qui s'étaient précipités, affolés, vers les voûtes du plafond. Des émerillons avaient été aussitôt lâchés et leur avaient donné la chasse. Les petits faucons, précis et efficaces, avaient traqué leurs proies jusqu'à la dernière, et rapporté à leurs maîtres les victimes sanguinolentes sous les applaudissements des invités ravis.

Ainsi se poursuivit le voyage, chaque étape ressemblant à la précédente, les réceptions se succédant, plus ou moins grandioses, à la mesure des moyens de leurs hôtes, mais invariablement, chacun faisait tout son possible pour faire preuve de cette largesse ostentatoire qui consacrait son appartenance à l'élite chevaleresque.

Le chemin n'était pas monotone : sur les grands axes, on côtoyait la foule hétéroclite des pèlerins, et quand on s'éloignait des lieux fréquentés, on était pris par le mystère de la forêt. De clairière en clairière, elle était là, enveloppante et dense, pleine de tous les périls et de toutes les merveilles. Les dangers étaient négligeables parce que la troupe était nombreuse : loups et sangliers, brigands et monstres resteraient à distance respectueuse, se réservant pour les voyageurs isolés ou les petits groupes sans défense. Mais le merveilleux, ou l'étonnant, surgissait sans cesse et déterminait souvent les distractions de l'étape. Ainsi, un jour, la vue d'un ermite évoqua la légende de Tristan et Iseut, réfugiés dans la forêt de Morrois pour échapper à la vengeance du roi Marc, et le soir, au souper, Philippa demanda à l'un des jongleurs de raconter l'épisode où les amants rencontrent l'ermite Ogrin. Les jeunes filles, qui rêvaient toutes d'inspirer et de ressentir un amour fatal, ne se lassaient jamais de cette légende.

Une autre fois, à une lieue du château où l'on se rendait, on passa à proximité d'une maladrerie. Quelques lépreux avaient quitté l'enceinte de leur refuge, placé sous la protection de saint Lazare, et mendiaient au bord du chemin. Ils se signalaient de loin par la crécelle qu'ils étaient tenus d'agiter sans cesse, et par le morceau de drap rouge, en forme de patte d'oie, cousu sur la sinistre robe à cagoule qui les enveloppait. Contrairement aux autres miséreux, ils étaient chaussés, afin que les gens sains ne foulent pas le même sol qu'eux. Ces parias inspiraient une profonde répulsion, car il fallait que leur âme fût bien noire pour que Dieu leur envoie cette maladie qui rend le corps hideux, et ils étaient le plus possible écartés de la vie de la communauté, n'ayant pas le droit de s'abreuver aux fontaines publiques, ni de se mêler aux autres fidèles pendant les offices. Jusque dans la mort, ils subissaient l'ostracisme, étant relégués dans une partie éloignée du cimetière ou même, parfois, dans un lieu de sépulture à eux seuls réservé. Mais, s'ils inspiraient du dégoût, ils suscitaient une crainte plus grande encore, et nul n'aurait osé leur refuser l'aumône.

Ce soir-là encore, ce fut la saga de Tristan et d'Iseut la Blonde qui fit les délices de l'étape. On connaissait l'histoire, bien sûr, mais chacun se tut quand le jongleur commença de chanter, et les femmes frissonnèrent à l'énoncé de la sentence impitoyable du roi Marc : Iseut, en punition de son infidélité, serait livrée aux lépreux. Ils étaient plus de cent, une horde de monstres, laids et difformes, haletants de désir à la pensée qu'Iseut serait leur femme à tous. Iseut la Blonde, la reine, la plus belle et la plus noble du royaume. Et Iseut suppliait son époux, le roi Marc, de la livrer aux flammes du bûcher plutôt qu'à l'infamie. Iseut suppliait, et le roi Marc était intraitable. Déjà, Yvain, le lépreux horriblement mutilé qui avait eu l'idée de ce supplice, la prenait par la main, et l'amenait vers les cabanes où ils vivaient. L'assistance frémissait d'horreur, plaignait Iseut, victime du sort et de la méchanceté de son époux. Le récit tenait tout le monde en haleine. Le conteur avait du talent : il entrecoupait sa récitation de musique, faisait des pauses, accélérait parfois son récit ou le ralentissait, et quand il sentit son auditoire prêt, il consentit enfin à la chute, et raconta comment Tristan, aidé de Gouvernal délivra Iseut, et s'enfuit avec elle. Tout le monde respira, le jongleur fut applaudi, et l'on partit dormir en rêvant à la vie des deux amants, seuls dans la forêt.

Aux premières violettes, difficiles à distinguer à l'orée du bois, avaient succédé les jonquilles et les crocus, puis les marguerites et les lilas, et à la douceur du printemps, l'aridité de juillet. Il fallait partir tôt, le matin, faire une pause dans l'après-midi, au plus chaud du jour, et cheminer ensuite jusqu'à la nuit qui survenait très tard. Le rythme s'était ralenti à mesure que la fatigue gagnait, et l'étape de Saintes, qui durerait deux semaines, était attendue avec impatience, tant chacun aspirait au repos.

Philippa semblait plus fatiguée que tout le monde, et trois mois après le pèlerinage à Nouaillé, il apparut que la sainte était intervenue : les nausées matinales confirmèrent ce que Girarde soupçonnait depuis plusieurs semaines, et que toute la cour souhaitait ardemment : la duchesse était grosse.

CHAPITRE V

Tant ai mo cor ple de joya
tot me desnatura.
Flor blancha, vemelh' e groya
me par la frejura...

« J'ai le cœur si plein de joie
qu'il me transfigure tout.
Le froid me paraît une fleur
blanche, rouge et jaune... »

BERNART DE VENTADORN.

Lorsque les souverains se furent rejoints, la nouvelle que la duchesse était en voie d'assurer leur descendance provoqua une grande liesse. Les cérémonies d'actions de grâces, les chasses et les festins se suivirent sans discontinuer pendant plusieurs jours après lesquels Philippa partit se réfugier à l'Abbaye-aux-Dames, un couvent de bénédictines fondé quelques décennies auparavant par la veuve d'un ancêtre de Guillaume, afin de s'éloigner des festivités et de se reposer un peu avant le trajet du retour, qui durerait encore quelques semaines, sous un soleil d'août particulièrement impitoyable. Les deux cours se quittèrent de nouveau, et tandis que les femmes se dirigeaient vers la paix du cloître, les hommes partaient pour une chasse qui durerait une semaine.

Après des mois de séparation, Azalaïs avait enfin revu Hugues. Le soleil avait foncé sa peau et il était superbe avec ses longs cheveux dorés et sa barbe bouclée. Mahaut, mi-amusée, mi-attendrie, écoutait son amie, qui s'était retenue d'en parler depuis si longtemps, lâcher la bonde à ses émotions, et lui dire, d'une voix exaltée, qu'il était le plus beau des hommes de Guillaume, le plus noble et le plus valeureux. Mais Azalaïs ne faisait que des demi-confidences, car elle taisait les regards qu'ils avaient échangés, et surtout le deuxième baiser, qui n'était pas le résultat d'une rencontre imprévue, mais bien d'un rendez-vous qu'il lui avait fixé en dansant, et où elle était allée, après avoir beaucoup hésité, tremblante de joie et de crainte, consciente qu'elle commettait un péché, mais incapable de s'en empêcher. Et là, le jeune et brillant écuyer, redouté pour son ironie, s'était montré respectueux et passionné. Il avait promis de se distinguer auprès de Guillaume, de mériter un fief et de venir lui en faire hommage à elle, Azalaïs, pour qu'elle en devienne la Dame, sa Dame. La jeune fille irradiait de bonheur, et Mahaut, peu à peu, obtint un récit complet, chaque jour comblant les réticences de la veille, car la narratrice brûlait de se confier. Quand elle l'entendait inventer son futur, Mahaut n'élevait pas d'objections pour ne pas peiner son amie, se disant que les épreuves viendraient bien assez tôt. Elle pensait pourtant que l'avenir serait sans doute moins riant que ne le prévoyaient les jeunes gens : en effet, Hugues, pour se marier, devrait obtenir l'approbation de son père et celle de son suzerain, et Mahaut imaginait mal ces deux grands personnages qui eux-mêmes, selon la coutume, s'étaient mariés par raison d'État, favoriser des épousailles qui n'apporteraient aucun bénéfice au garçon.

La duchesse et sa suite se reposaient depuis deux jours lorsqu'un messager vint chercher Girarde dont on requérait les soins pour un blessé. Pressé de questions, il ne put faire qu'un récit confus, n'ayant pas assisté à l'accident. Il savait seulement qu'il s'était produit à la chasse au sanglier : l'énorme animal chargeait le duc, qui s'était imprudemment découvert, et l'aurait piétiné si personne ne s'était interposé. Mais il ignorait le nom du chevalier qui était intervenu et la gravité de son état. Un grand froid prit Azalaïs. Elle sentait que c'était Hugues : il avait promis de saisir la première occasion de se mettre en valeur, et quel meilleur moyen de se faire remarquer que de sauver la vie de son seigneur, dût-il y laisser la sienne ? Pendant des heures, elle se rongea. La griffe, au creux de son corps, ne lâchait pas prise. Son cerveau fiévreux revoyait sans cesse la scène que les récits des unes et des autres, évoquant des accidents similaires, lui avaient permis de mettre au point : le sanglier, monstrueux, armé de terribles défenses, ramassait son corps puissant, et l'œil fou et injecté de sang se jetait sur Hugues qui, face à lui, paraissait étonnamment délicat. Il le déchiquetait avec rage, et… La vision était trop atroce : elle la repoussait, passait par un moment d'espoir, se disant que peut-être Hugues n'était pas assez rapproché du duc au moment de l'accident, et que c'était un autre qui était blessé. Mais, de nouveau, l'horrible image s'imposait et elle ne pouvait penser à rien d'autre, incapable même de prier.

Quand enfin on l'amena, allongé sur une civière et d'une pâleur extrême, Azalaïs vit que son intuition ne l'avait pas trompée : c'était bien Hugues qui avait mis sa vie en péril, avec une folle témérité, pour protéger son suzerain. Lorsque le convoi passa près des femmes, curieuses et apitoyées, il ouvrit les yeux, chercha Azalaïs, et quand leurs regards se rencontrèrent, elle lut : « C'est pour toi que je l'ai fait ». L'exaltation et l'inquiétude se partageaient l'âme de la jeune fille : elle craignait pour la vie de son amour, mais en même temps, elle était immensément fière qu'il se soit comporté à l'égal des héros de chevalerie, risquant sa vie pour mériter sa dame. Girarde fit signe à la jeune fille de la suivre : elles avaient accoutumé de soigner ensemble malades et blessés, et la nourrice aurait besoin de son assistante qui, cette fois, n'aspirait qu'à la suivre.

En reconnaissant la victime, Ségolène, l'heureuse Ségolène à la cervelle d'oiseau qui n'avait même pas été effleurée par le soupçon et la crainte, réagit avec emportement devant le choix de Girarde : elle aussi avait de l'expérience, et elle prétendait s'occuper du blessé. La nourrice refusa avec fermeté : il avait besoin de calme et de soins compétents, et si Ségolène voulait faire œuvre utile, qu'elle aille prier, car l'état de l'écuyer était grave et il aurait besoin d'avoir toutes les chances de son côté pour se tirer d'affaire.

Hugues avait perdu connaissance, et quand il revint à lui, il s'illumina en voyant Azalaïs à son chevet. Il avait été touché au côté gauche : au bras, au flanc et à la jambe, et ses vêtements, raidis de sang séché, empêchaient de voir à quel point il était atteint. Elles commencèrent par faire tremper sa chemise et ses chausses pour les détacher de la peau, et il apparut que la blessure au flanc, celle qui donnait le plus d'inquiétude, bien qu'ayant beaucoup saigné, était superficielle. Le bras n'était que meurtri, mais la jambe, par contre, était fracturée en plusieurs endroits. Quand Girarde entreprit de la redresser, il perdit de nouveau conscience, sous l'effet de la douleur, mais la nourrice avait des mains merveilleuses, douces et légères, robustes et efficaces : s'il y avait une chance qu'Hugues ne demeure pas infirme après cet accident, cette chance était entre les mains de la guérisseuse, à qui Dieu avait donné des doigts faiseurs de miracles. Elle enferma la jambe blessée entre deux planches qu'elle maintint fermement avec des linges serrés. Elle s'occupa ensuite du flanc, qu'elle lava soigneusement, et qu'elle décida de laisser à l'air libre pour qu'il cicatrise plus vite et frotta enfin le bras endolori avec de l'arnica. On ne pouvait rien faire de plus pour lui, sinon le distraire, car il allait devoir rester immobile des semaines durant, le pire des supplices pour un homme jeune et vigoureux, supplice auquel s'ajouterait la terrible crainte de ne plus jamais marcher normalement, peut-être même de ne plus monter à cheval, ce qui l'éloignerait de la chasse, de la guerre et des tournois, de tout ce qui fait le sel de la vie.

La première nuit, il fut très agité, et Azalaïs, qui le veillait, dut sans cesse éponger son front en sueur. Parfois il ouvrait les yeux, et reconnaissant la jeune fille, lui souriait avec effort. Elle lui rendait son sourire, pour le rassurer, mais elle était terriblement inquiète, craignant qu'il ne soit pris par la fièvre. Elle savait que si tel était le cas, rien n'aurait le pouvoir de le guérir. Grâce à Dieu, comme l'aube pointait – l'heure préférée de la mort, qu'Azalaïs attendait avec crainte – il commença à se calmer, respira avec davantage de régularité et finit par s'endormir. L'espoir, qui s'était fait de plus en plus ténu au cours de la nuit, reprit force dans le cœur de la jeune fille : si le blessé avait franchi le cap de la première nuit sans fièvre, il avait des chances de survivre. Le lendemain, Guillaume vint remercier son écuyer, accompagné de toute sa suite. Hugues avait prouvé qu'il était un parfait chevalier : courageux jusqu'à la témérité, loyal et dévoué, il avait gagné le titre de brave et la reconnaissance de son souverain. Tout le monde le fêta, et le soir, au festin, il fut porté par deux de ses compagnons à la place d'honneur, aux côtés du duc qui s'engagea à lui donner, dès qu'il serait rétabli, une preuve matérielle de sa gratitude. Hugues avait atteint son but : il aurait un fief. Encore fallait-il qu'il pût en profiter : un fief se défend à la pointe de la lance, ce qu'un infirme ne saurait faire. Heureusement, le héros de la soirée n'avait pas encore eu le loisir de penser à cette éventualité, et affaibli par la perte de sang, et grisé par le vin et les louanges, il savourait son succès sans arrière-pensée. Azalaïs, pour sa part, savait tout cela, mais elle voulait l'oublier et jouir du plaisir de le voir heureux. Quant à Ségolène, elle était radieuse : incapable d'apprécier la gravité de l'état d'Hugues, elle pensait seulement que son père ne verrait plus d'obstacle à leur union. Les sentiments de la jeune fille, qui avaient longtemps agacé Azalaïs, la laissaient maintenant indifférente : depuis qu'elle se savait aimée, elle ne la voyait plus comme une rivale.

Hugues n'était pas transportable et devrait rester à Saintes que le couple princier se préparait à quitter. Signe de faveur, Guillaume lui laissa quelques gardes qui l'escorteraient au retour et le serviraient en attendant, et Philippa, la garde-malade capable de continuer les soins de Girarde dont elle ne voulait pas se séparer : une Azalaïs folle de joie qui n'aurait jamais osé espérer si grand bonheur. On installa Hugues à l'abbaye Saint-Eutrope, où Azalaïs viendrait chaque jour le rejoindre pour prendre soin de sa santé. Logée chez les bénédictines, elle arrivait après midi et ne repartait qu'à la nuit. Elle vécut là, jusqu'au début de l'automne, des jours qui devaient rester, dans son souvenir, comme les plus beaux de sa vie. Ils n'étaient jamais seuls : les gardes, les hôtes de passage, quelques moines, jouaient aux dés, bavardaient ou travaillaient dans la même salle, mais uniquement préoccupés l'un de l'autre, les jeunes gens faisaient le plus souvent abstraction de leur entourage sans trop de peine. Les seuls moments où la présence des autres leur était importune étaient ceux où les hasards d'un frôlement, d'un regard plus appuyé ou d'un propos allumaient entre eux une flambée de désir qui leur mettait de la fébrilité dans les mains et de la langueur dans le regard. Ils avaient résolu de ne pas évoquer la possibilité d'une guérison incomplète, et d'éloigner toute pensée morose. Passé le moment des soins, qu'Hugues supportait sans gémir, ce n'étaient que conversations plaisantes, interminables parties d'échecs – ils étaient tous deux de belle force – rires, musique et chants. Ils apprenaient à se connaître et allaient de surprise en surprise : les univers masculin et féminin étaient des mondes séparés et clos, et ils s'aperçurent que chacun d'eux ignorait tout de la manière de penser de l'autre sexe. Les valeurs n'étaient pas toujours les mêmes, ni les désirs, ni les ambitions. Ainsi, ils découvrirent que d'un même fait, ils ne retenaient pas la même chose : à propos de l'exploit qu'un héros de roman de chevalerie accomplissait pour sa Dame, par exemple, les femmes s'émerveillaient de la preuve d'amour qu'il illustrait, et les hommes de l'exploit lui-même. La rudesse du guerrier, parfois brutal et souvent sarcastique avec ses compagnons, s'adoucissait au contact de la jeune fille qui, elle, entrevoyait un monde insoupçonné. Azalaïs pensait parfois à Esclarmonde dont le court mariage avait été si malheureux. Elle, elle aurait la chance d'épouser un homme qu'elle connaissait et qu'elle aimait. Elle serait heureuse.

Puis, vint le moment redouté d'enlever les attelles. À mesure que l'échéance fixée par Girarde approchait, l'humeur d'Hugues s'assombrissait, et rompant le pacte de silence, respecté au début sans trop de peine, il répétait sans cesse qu'il ne saurait vivre s'il devait renoncer à monter à cheval. Il devenait irritable et Azalaïs avait souvent du mal à ne pas répliquer lorsqu'il lui faisait un reproche injustifié. Ses yeux s'emplissaient alors de larmes et elle se détournait pour les cacher. Il feignait de n'en rien voir, mais il n'était pas dupe, et sachant qu'il avait tort, mais ne voulant pas l'admettre, il devenait encore plus agressif. Il y avait heureusement des périodes d'accalmie, pendant lesquelles il redevenait un gai compagnon, mais les derniers jours, elles étaient de plus en plus rares : il était temps d'en finir.

Lorsqu'on défit les bandelettes, la jambe apparut, blanche et amaigrie, mais, grâces en soient rendues à l'habile Girarde, elle était droite. Il fallut encore faire comprendre au bouillant chevalier qu'il était normal que la marche soit difficile les premiers jours : il rongeait son frein depuis si longtemps qu'il n'avait plus une once de patience en réserve. Robuste et rompu à tous les exercices du corps, il se rétablit heureusement très vite, et retrouva sa bonne humeur. Cette étape difficile avait appris à Azalaïs que la compréhension et l'oubli de soi devraient venir d'elle lorsqu'ils subiraient des épreuves dans leur vie commune.

Ils prirent la route de Poitiers, se réjouissant à l'avance du bonheur qui les attendait. La petite troupe qu'ils formaient avec les gardes était jeune et point trop encombrée de bagages, ce qui leur permettait d'aller vite et de compenser le fait qu'ils chevauchaient moins longtemps qu'ils ne l'auraient souhaité, car les jours avaient beaucoup raccourci. On était à la même saison qu'à l'arrivée d'Azalaïs à Poitiers, l'année précédente, et tant de choses étaient arrivées ! Elle avait l'impression d'avoir vécu, en douze mois, un laps de temps plus long que toute la période passée au couvent, tellement il avait été meublé d'événements de toutes sortes. À vrai dire, si la vie avait toujours été passionnante à la cour princière, Azalaïs se voyait forcée de reconnaître que les sujets de tourment y avaient été fort nombreux, et que la période la plus heureuse de cette année se situait ces dernières semaines et ce, pas uniquement à cause de l'intimité avec l'homme qu'elle aimait, mais aussi grâce à la stabilité de l'existence conventuelle, où l'assurance que demain sera fait comme aujourd'hui donne le temps de jouir des petites choses qui emplissent l'âme de bonheur : un tour de jardin, par exemple, à la pointe du jour, à aller admirer une goutte de rosée sur un pétale d'églantine que le soleil n'a pas encore chiffonné. La forêt était somptueuse, et si cette beauté laissait ses compagnons de route indifférents, Azalaïs en jouissait de tous ses yeux. Dans son enfance, au scriptorium du couvent, elle avait souvent regardé la nonne qui enluminait les manuscrits préparer sa palette, et la vieille femme, contente de son intérêt, lui avait appris à aimer l'harmonie des couleurs. On était au tout début de l'automne et la nature n'avait pas encore cette fragilité émouvante des choses éphémères qui serait la sienne dans quelques jours, dès qu'une pluie un peu forte aurait commencé à faire chuter les feuilles : les arbres flambaient joyeusement, et Azalaïs était à l'unisson.

Le trajet se déroula sans encombre. Les relais, dans les maisons des hôtes des couvents, étaient peuplés d'une faune bigarrée et bavarde, et Azalaïs eut l'occasion d'y coudoyer des femmes qui revenaient de pèlerinage. Lorsqu'elle voyageait avec Philippa, elle ne les avait vues que de loin, car la duchesse était toujours logée magnifiquement, à l'écart du commun. Curieuse du monde dont elle ne connaissait que le couvent et la cour ducale, Azalaïs écoutait sans se lasser les récits des femmes, ravies d'avoir un auditoire aussi attentif. Et elle se donnait le plaisir inoffensif de rêver – au moment où elle pensait que sa vie allait être définitivement fixée, et dans le sens qu'elle souhaitait – d'un autre possible : paysages étranges aux fleurs inconnues, routes poudreuses parcourues au rythme de la marche, cathédrales lointaines, bizarrement sculptées. Hugues, de son côté, profitait de ses derniers jour exempts de responsabilités pour se frotter un peu à la canaille, dans des parties de dés qui finissaient souvent par des horions, et des libations parfois excessives, qui le laissaient maussade et silencieux pendant les premières heures de chevauchée du lendemain. L'après-midi lui rendait son entrain et tous chantaient en chœur pour se désennuyer de la route.

Un jour, enfin, Poitiers apparut au bout du chemin. Les hommes lancèrent au ciel un cri de joie, et mirent les chevaux au galop. Azalaïs les suivit avec un temps de retard : inexplicablement, à l'instant de toucher au but, elle était saisie d'une appréhension irrationnelle, et avant de s'élancer à son tour, elle murmura avec ferveur : « Vierge Marie, ne m'abandonne pas ! »

CHAPITRE VI

Amic ai de gran valor
que sobre toz seignoreia,
e non a cor trichador
vas me, que s'amor m'autreia.

« J'ai un ami de grande valeur
qui domine au-dessus de tous,
et avec moi il ne montre pas un cœur
trompeur
car il m'avoue son amour. »

Azalaïs de Porcairagues.

Ils tombèrent dans une période de calme plat qui commençait à peser à Guillaume, et leur arrivée fut le prétexte à l'organisation d'une fête : on se mit tout de suite aux préparatifs de la cérémonie d'investiture qui ferait d'Hugues le seigneur de Beaumont. Le duc, tout à la joie de retrouver son vassal ingambe, lui annonça tout de suite quelle serait la récompense de sa bravoure. Hugues en fut ébloui, car il n'aurait jamais osé espérer un aussi beau fief. En tant que seigneur de Beaumont il serait un personnage important puisque, outre la possession d'une forteresse qui dominait le Clain et commandait un de ses gués, il aurait la main sur le pays à l'entour : Saint-Léger-la-Pallu, Saint-Cyr, Moussais et Saint-Genest. Le duc d'Aquitaine, grand seigneur prodigue, récompensait la fidélité avec beaucoup de largesse.

L'hommage devait clôturer les fêtes dont l'attraction principale était un tournoi. Si les chevaliers établis y voyaient une occasion de se distraire – en mettant leur vie en danger, certes, mais cela ajoutait du piquant à la chose – les écuyers en étaient enchantés pour des raisons plus prosaïques : ils étaient fort impécunieux, et c'était pour eux l'occasion d'acquérir quelques biens, car la coutume voulait que le vainqueur soit gratifié de l'équipement du vaincu au grand complet. Armures, armes et chevaux changeaient de mains, pour la plus grande satisfaction des uns, et le désespoir des autres. La crainte de l'échec ne les effleurait même pas, car ils étaient vaillants et belliqueux, et toujours avides de se mesurer les uns aux autres, autant pour le plaisir de dépenser leur énergie débordante que pour prouver qu'ils étaient les meilleurs, et provoquer ainsi l'admiration des hommes, et peut-être, obtenir la faveur des dames. Plusieurs y perdaient la vie, en pleine jeunesse, à l'aube de tous les espoirs, et à l'annonce de chaque tournoi les mères, les épouses et les fiancées ressassaient leurs peurs, qu'elles n'osaient exprimer qu'entre elles, et c'est en vain que les prédicateurs tonnaient au sermon contre ces passe-temps violents que l'Église réprouvait. Les hommes de l'entourage de Guillaume, et le duc lui-même, devaient non seulement se mesurer entre eux, mais encore affronter les chevaliers errants, qui allaient de château en château, pour ne manquer aucune joute, et dont certains avaient acquis, par la pratique, une efficacité redoutable. À l'annonce du tournoi, ils commencèrent à affluer à Poitiers et contribuèrent à augmenter l'effervescence déjà grande.

Dans la basse-cour, des valets fourbissaient les épées, aiguisaient les lances, et dérouillaient les cottes de mailles, qui s'oxydaient très vite, en les enfermant dans des sacs de sable qu'ils secouaient. Hors de l'enceinte, d'autres serviteurs installaient les balustrades qui délimitaient les lices, et fabriquaient les estrades pour que les dames ne manquent rien du spectacle. L'excitation et le vacarme étaient à leur comble, et c'est ainsi que le neuvième duc d'Aquitaine aimait la vie.

Azalaïs s'était rendu compte, en retrouvant le champ clos de la chambre des dames que, aussi heureuse qu'elle avait été, la compagnie des femmes lui avait manqué. Toutes les jeunes filles s'étaient empressées autour d'elle, désireuses d'en apprendre le plus possible sur le bel Hugues, qu'elle avait fréquenté quotidiennement, et qui suscitait d'autant plus d'intérêt qu'il n'était plus simplement un beau garçon, mais un homme établi qui allait devoir prendre femme. Cette perspective les agitait beaucoup. Ségolène était un peu fraîche à l'égard d'Azalaïs dont elle pensait qu'elle avait usurpé sa place auprès du blessé, ce qui lui avait donné l'occasion de le connaître mieux qu'elle. Après le feu roulant de questions, auxquelles elle avait répondu de la manière la plus neutre possible, la curiosité s'était calmée, et elle avait pu s'isoler avec Mahaut, dans un coin de la salle, pour échanger des confidences. Elle avait parlé de l'attachement profond qui les unissait, sans lui cacher le caractère souvent difficile de l'écuyer, ni sa découverte que, sur bien des points, il ne leur serait jamais possible de penser à l'unisson. Elle était trop amoureuse pour s'attarder à cette petite déception, et pensait – avec raison, supposait Mahaut – qu'il était impossible à un homme et une femme d'avoir la même vision du monde, car leurs vies ne faisaient que se croiser, et elles étaient tellement différentes !

Mahaut aussi avait à se confier : le seigneur de Mirebeau, voulant être bien en cour avec Philippa, lui avait demandé, pour son fils aîné, Henri, la main de sa nièce, que la duchesse s'était empressée de doter, comme il y comptait bien. Contre toute attente, les deux jeunes filles pauvres allaient donc se marier, et obtenir, par cet indispensable biais, une place dans la société. Personne à la cour ne connaissait le futur époux de Mahaut, car il avait fait, selon l'usage, son apprentissage chez un oncle maternel, dans le sud du Bordelais, assez loin de Poitiers où il n'avait pas encore paru. Mahaut brûlait de curiosité et était au comble de l'énervement, car il viendrait pour le tournoi, ayant été armé chevalier depuis peu. Elle avait en même temps hâte et peur de le connaître : il y avait tant de mal mariées ! Or, il s'était produit un événement de bon augure : dans la matinée, un valet du jeune homme était venu la trouver de sa part, pour lui demander si elle voulait bien lui donner quelque étoffe, afin qu'il porte ses couleurs au tournoi. Elle lui avait confié, en rougissant, un léger voile indigo dont elle pourrait suivre les évolutions tout au long du combat. Hugues ne porterait pas celles d'Azalaïs, du moins de façon visible, car il n'en avait pas encore le droit puisqu'ils n'étaient pas accordés officiellement, mais elle savait qu'il aurait sur son cœur une petite pièce de lin qu'elle lui avait donnée avant de le quitter. Brodée par ses soins, elle était ornée d'une églantine et d'un sanglier, motif qui était aussi peint sur son bouclier, œuvre d'un moine de Saint-Eutrope. En tenue de combat, les chevaliers étaient tous ressemblants, et le moyen qu'ils avaient trouvé pour se rendre distincts était ces dessins, que chacun choisissait selon sa personnalité ou l'image qu'il voulait donner de lui. Les fils aînés avaient pris l'habitude d'hériter de leur père le motif de l'écu, en même temps que les biens; ils le faisaient broder sur les bannières et graver dans la pierre des châteaux, et ils en tiraient orgueil lorsqu'il était reconnu, car cela prouvait son ancienneté et la bravoure de la lignée qui l'arborait. Hugues était un cadet, et c'était donc son frère aîné qui portait les armes de la famille, mais comme il s'en était montré digne, il allait fonder une maison et il lui revenait d'en choisir le symbole. Il avait élu le sanglier pour perpétuer le souvenir de son exploit et du fondement de sa fortune, et l'églantine parce qu'elle était la fleur préférée d'Azalaïs.

Les derniers préparatifs avant le tournoi furent longs, tant du côté des femmes, qui se paraient soigneusement, que de celui des combattants qui devaient se vêtir des diverses pièces de l'équipement, lourd et encombrant, destiné à les protéger au mieux. Le haubert, en mailles de fer, pourvu de manches et d'une coiffe, couvrait tout le corps dont il épousait la forme, et les chausses, de même fabrication, descendaient jusqu'aux genoux, et même parfois jusqu'aux mollets. Le heaume, casque conique complété d'un nasal qui protégeait le nez et les yeux, serait enfilé au dernier moment, et finirait de les métamorphoser en statues animées à la démarche bruyante et mécanique. Ainsi équipés, ils pesaient deux fois leur poids, et requéraient l'aide de leurs valets pour se jucher sur leurs solides roncins. À les voir pareillement bardés de fer, les femmes qui les aimaient voulaient, de toutes leurs forces, les croire invulnérables.

C'était le premier tournoi où Azalaïs et Mahaut avaient à craindre pour quelqu'un, et elles s'étaient assises côte à côte, se tenant les mains. En réalité, on ne voyait pas grand-chose du combat : entre le moment où les deux lignes de cavaliers s'élançaient l'une contre l'autre, et celui où, toute poussière retombée, on distinguait qui était encore à cheval et qui gisait à terre, désarmé par les soins des valets de son vainqueur, c'était une confusion totale et une cacophonie terrible, faite du galop des chevaux, des cris des combattants et de l'entrechoquement des pièces de fer. Les hérauts annonçaient la reprise de l'affrontement en sonnant de l'olifant, ce qui ajoutait au vacarme une note de gaieté martiale. À chaque interruption, les jeunes filles cherchaient anxieusement à repérer celui pour lequel elles tremblaient, et quand elles y étaient parvenues, retrouvaient pour un temps un cœur léger, se laissant aller à l'atmosphère de liesse qui les entourait. La joute dura longtemps, et elles eurent le bonheur, quand ce fut terminé, de voir que leurs héros étaient dans le groupe des vainqueurs. Pendant que l'on soignait les blessés – par bonheur, ce jour-là, il n'y avait pas eu de morts –, et que l'on pansait les chevaux couverts d'écume, les gagnants de la journée défilèrent devant l'estrade pour saluer les dames. Quand Henri de Mirebeau approcha, le cœur de Mahaut battait à se rompre. Il enleva son heaume, et la jeune fille pâlit. Ce n'était pas tout à fait un monstre, certes, mais il était d'une laideur remarquable. Elle comprit la duplicité du seigneur de Mirebeau qui lui avait fait choisir une jeune fille pauvre qui n'aurait pas d'échappatoire et sceller l'accord avant que quiconque ait pu voir son fils. Tout était excessif dans son visage : la grosseur du nez, la petitesse des yeux et l'exubérance du poil. Mahaut, soutenue par la conscience aiguë que tous les regards de femmes l'épiaient, réussit à faire bonne figure : elle sourit, salua d'un geste gracieux, et ne s'effondra, en sanglotant, sur l'épaule d'Azaïs que quand elles furent parvenues dans un coin isolé, à l'abri de la fausse commisération des jalouses que la laideur du fiancé consolait de l'improbabilité de leur propre mariage. Azalaïs parla longtemps du peu de valeur de la misérable enveloppe terrestre, mais elle avait du mal à être convaincante, partageant la croyance commune que Dieu a donné à chacun un visage à l'image de son âme, et elle pensait, en son for intérieur, qu'un homme aussi laid ne pouvait pas être bon. Elle plaignait son amie de tout son cœur, et elle-même se sentait tellement comblée qu'elle ressentait l'injustice du malheur des autres avec une acuité exacerbée. Mahaut était inconsolable : elle avait tant espéré ! Même l'anecdote qui circulait, disant qu'il avait fallu l'enclume et le marteau du forgeron pour délivrer un malheureux combattant de son casque trop déformé par les coups de masse qu'il avait reçus ne parvint pas à la dérider, elle si prompte à s'amuser de tout.

Le festin eut lieu quelques heures plus tard, et Mahaut avait eu le temps de se ressaisir. Après avoir rafraîchi son visage, gonflé par les larmes, elle était allée se réfugier dans la chapelle, seul lieu du château où l'on pouvait espérer un peu de calme et de solitude, pour réfléchir en paix. Se forçant à oublier sa déception, elle écouta la voix du bon sens. Elle savait que la duchesse n'accepterait pas d'annuler son mariage, car cela eût provoqué un conflit armé pour rupture de contrat; en conséquence, elle résolut d'essayer de tirer le meilleur parti d'une situation inévitable. L'état de châtelaine de

Mirebeau présenterait bien des avantages par rapport à la précarité de son actuel statut de suivante de la duchesse, resterait à s'accommoder du mari qui allait avec. En premier lieu, elle décida d'être aussi aimable que possible avec lui, le soir même, lorsqu'il serait son voisin de table, car ce ne serait pas en lui montrant de la répulsion qu'elle pourrait espérer qu'il la traite bien. Après, elle aviserait.

Henri de Mirebeau se savait laid, chacun le lui avait répété depuis sa petite enfance : ses nourrices, sa mère, ses compagnons de jeux, jusqu'aux putains, lorsqu'elles étaient assez ivres pour ne plus le craindre. Attentif à déceler le moindre signe de répugnance chez autrui, il avait saisi la pâleur de Mahaut et l'avait interprétée avec justesse. Furieux de la faiblesse qu'il avait montrée en la priant de lui laisser porter ses couleurs, il voulait extirper le début de sentiment tendre qui s'était glissé dans son cœur pour la vive et plaisante Mahaut qu'il avait entrevue à son insu quelques jours auparavant. À table, cuirassé dans sa méchanceté d'homme trop souvent blessé, il était prêt à justifier toutes les appréhensions que son aspect faisait naître. Mais la résolution de Mahaut d'engager au mieux leurs futures relations lui donna la finesse nécessaire pour désarmer le grognon malveillant, et vers la fin du repas, Azalaïs, étonnée, les vit deviser tranquillement et même, à un moment, Henri éclata de rire à une remarque de sa voisine, amusé par une des facéties dont elle était coutumière. À mesure qu'elle se rassurait pour son amie, Azalaïs commençait de craindre pour son propre avenir : Hugues avait été placé aux côtés de Ségolène, et depuis la table d'en face, où elle était assise, elle pouvait voir l'œil satisfait que le seigneur de Thouars portait sur le couple. À ce moment-là, le jeune homme la regarda et lui sourit. Elle se rassura : le lendemain, il annoncerait à tout le monde sa décision de l'épouser, et les petites manœuvres de Ségolène n'y pourraient rien. Elle éloigna sans peine l'anxiété qui avait refait son apparition, comme cela se produisait de temps en temps depuis son arrivée à Poitiers. Mahaut, à qui elle en parla le lendemain, l'encouragea à être confiante dans l'avenir et lui raconta comment elle avait entrepris la conquête de son rétif et peu plaisant fiancé. Azalaïs l'écouta avec étonnement: Mahaut avait un caractère foncièrement optimiste, et si elle ne pouvait imaginer vivre un jour une reation harmonieuse avec son époux – elle le jugeait bien trop laid pour cela –, elle ne désespérait pas de l'amadouer et le rendre malléable, encouragée par les progrès qu'elle avait faits en une soirée, l'amenant à passer d'une hostilité déclarée à une réserve désarmée. Elle jugeait l'amélioration de taille, et ayant relégué ses rêveries de jeune fille dans le coffret aux songes qui serait son refuge en cas de trop grande détresse morale, décida de se tourner désormais vers l'avenir, avec la ferme résolution de le façonner au mieux de ses intérêts.

La cérémonie de l'hommage se déroula tôt, le lendemain matin, de manière à pouvoir faire, avant le souper, une chevauchée à travers les terres concédées par Guillaume à son vassal. Le moment était solennel, et les assistants silencieux et attentifs. Sur une estrade, pour que chacun vît la scène,

Guillaume était debout, et Hugues, devant lui, avait un genou à terre. Hugues plaça ses mains jointes dans celles de son seigneur qui referma les siennes sur elles. Ensuite, le vassal prononça à haute et intelligible voix : « Sire, je deviens votre homme », et le duc répondit : « Je te reçois et prends comme homme. » Hugues se releva et se dirigea vers le prêtre qui tenait les saints Évangiles. Il mit la main sur le livre et dit : « Dès cette heure je te serai fidèle, moi, Hugues, fils d'Aimeri, à toi, Guillaume, fils de Guillaume, comte de Poitiers, et duc d'Aquitaine, par droite foi, sans tromperie, comme un homme doit l'être à son seigneur. À partir de cette heure, je m'engage à ne pas capturer ta personne, à ne te priver ni de ta vie, ni de tes membres, ni moi-même, ni un homme ou une femme sur mes conseils. Ainsi m'aident Dieu et ces saints Livres[4]. » Il se tourna à nouveau vers son suzerain pour échanger le baiser clôturant la cérémonie, et le duc lui remit une poignée de la

---

4 D'après le serment de fidélité vassalique prêté vers 1034 par Roger, comte de Foix à Pierre, évêque de Géronne, cité par F.-L. Ganshof, *Qu'est-ce que la féodalité ?* Paris, Tallandier, 1982, 262 p., p. 124-125.

terre de son fief. C'est alors qu'éclatèrent les vivats : Hugues était devenu le seigneur de Beaumont. On se dirigea joyeusement vers la basse-cour prendre les montures des mains des valets, et on partit dans la fraîche matinée d'octobre pour une plaisante promenade qui, pour Hugues qui chevauchait aux côtés de Guillaume, était la plus exaltante de sa vie.

Les hommes étaient partis devant, dans un galop rapide, et les femmes suivaient plus lentement. On sillonna plusieurs heures les terres de Beaumont, de belles terres fertiles, plantées, pour une bonne part, de vignes que les paysans étaient en train de vendanger. Azalaïs regardait ces hommes avec émotion, espérant être bientôt leur dame. Ce tour du propriétaire lui semblait être le sien, et elle se réjouissait d'avance à l'idée de le refaire avec Hugues, suivis de leurs seuls gens d'armes, lorsque les hasards de la chevauchée placèrent à ses côtés Ségolène qui gâcha son plaisir. Elle était particulièrement excitée et lui annonça, d'un ton mystérieux qui prétendait être informé, qu'une surprise les attendait au château de Beaumont. Ségolène, Azalaïs le savait, n'était pas capable de se concentrer sur deux idées, et son idée fixe était Hugues, qu'elle voulait obstinément. Avait-elle obtenu une promesse ? Et de qui ? Azalaïs parvint à oublier les interrogations importunes, mais elle ne put retrouver sa joie du matin, et une pointe d'inquiétude persista tout le jour.

Quand on arriva à Beaumont, le pont-levis était baissé, et les gardes et les serviteurs, que Guillaume cédait avec la forteresse, étaient respectueusement rassemblés dans la cour pour accueillir leur nouveau maître. Le prévôt du château parla au nom de tous, exprima le souhait que son seigneur serait content d'eux, et annonça qu'il avait fait préparer un festin pour que le maître de Beaumont puisse convier son suzerain et le recevoir dignement. Hugues sourit avec satisfaction : cela commençait bien. On entra dans la salle, de dimensions modestes mais suffisantes, et Hugues installa le duc et la duchesse à la table d'honneur où lui-même prendrait place, puis il parcourut l'assemblée du regard. Azalaïs se dirigea vers lui, car elle savait que c'était elle qu'il cherchait pour l'imposer à tous avant que quiconque puisse intervenir. Elle n'était plus qu'à quelques pas, et il esquissait déjà un geste dans sa direction quand Guillaume prit la parole. Elle entendit, comme dans un cauchemar, le duc dire : «Maintenant que te voilà fieffé, il te faut une épouse. Je t'en donne une : Ségolène, fille de Gui de Villedieu. Elle tiendra ta maison et te donnera de beaux enfants.» Ségolène était là, prête. Elle tendit sa main que Guillaume prit et plaça dans celle d'Hugues. Leurs pères se rapprochèrent et se congratulèrent. C'était fini. Hugues et Ségolène étaient unis par la volonté de leurs parents et de leur suzerain qui s'étaient accordés de manière à assurer au mieux l'avenir des jeunes gens. Il n'y avait rien à faire. Hugues ne pouvait pas refuser Ségolène, car c'eût été un signe de mépris envers le seigneur de Villedieu, geste dont il aurait dû rendre raison par les armes, et surtout, un acte de rébellion contre son seigneur à qui il venait de jurer fidélité. Il jeta un regard de désespoir à Azalaïs, qui était livide, et se détournant résolument, il s'apprêta à jouer son rôle en présidant, avec sa jeune épouse, ce repas qui fêtait à la fois son investiture et ses épousailles.

CHAPITRE VII

Tant ai lo cors deseubut,
per qu'ieu soi a totz estraingna,
e sai que l'om a perdut
molt plus tost que non gasaingna...

« J'ai le cœur tellement déçu
que je suis étrangère à tous
et je sais que l'on perd
beaucoup plus que l'on gagne... »

Azalaïs de Porcairagues.

Azalaïs ne sut jamais comment elle avait été capable d'endurer sans défaillir ce repas à Beaumont. Elle s'était assise à sa place, avait fait les gestes qu'il fallait faire et dit les mots qu'il fallait dire, mais elle était hébétée et ne percevait qu'un bourdonnement confus. Elle avait dans la tête un grand vide et ne ressentait rien, comme assommée par la force excessive du coup qu'elle venait de recevoir. Sa vie venait de s'écrouler, mais elle ne souffrait pas encore; le chagrin viendrait plus tard, avec les inévitables images que son esprit composerait :

Ségolène maîtresse de Beaumont, Ségolène dans les bras d'Hugues, Ségolène portant dans ses flancs les fils d'Hugues.

Puis la douleur avait fait son nid, s'était installée en elle comme en pays conquis, la rongeant sans désemparer; une douleur sourde et continuelle, traversée de fulgurances lorsqu'une vision particulièrement insoutenable s'imposait à son imagination. Elle la portait comme on porte un enfant, avec précaution, évitant de se heurter aux angles vifs, se fermant aux ragots qui parlaient de Beaumont, voulant tout ignorer de ce qui se vivait là-bas. Elle la portait comme un cancer que l'on nourrit, à son corps défendant, de toutes ses forces vives. Les événements du début de l'hiver passèrent sur elle sans éveiller son attention : elle agissait comme une somnambule, insensible à tout ce qui n'était pas sa souffrance.

En novembre, au concile de Clermont, le pape, Urbain le deuxième, avait harangué la foule et provoqué un superbe élan de foi qui allait jeter la chrétienté sur les routes d'Orient, la croix cousue sur la poitrine, impatiente de délivrer le tombeau du Christ de la présence des infidèles. Pour les chrétiens, le pèlerinage en Terre Sainte, le plus long et le plus hasardeux que l'on pût faire, était celui dont on pouvait attendre le plus de bienfaits : il valait au pénitent la rémission de ses péchés, et s'il avait la chance de mourir à Jérusalem, il était assuré d'être auprès du Christ au moment du Jugement dernier. Or, depuis qu'ils occupaient la région, les Turcs empêchaient l'accès aux Lieux saints. C'est pour cela qu'Urbain demanda aux chrétiens d'aller conquérir la Palestine. En échange, il leur promit l'absolution de leurs fautes et la protection de leurs biens pendant leur absence. Sa prédication déchaîna l'enthousiasme de bien des chevaliers qui entreprirent d'organiser leur départ, mais aussi celui de nombreux pauvres gens, qui se lancèrent à l'aventure sans préparation ni ressources et allèrent se faire massacrer sans avoir atteint leur but.

Clermont étant sur les terres du comté, toute la cour avait assisté au concile. Azalaïs avait entendu le prêche, mais elle n'avait pas saisi l'importance du fait, son univers étant réduit à elle-même. Noël apporta une diversion à sa rumination obsessionnelle : la duchesse accoucha d'un garçon. Girarde, qui avait mis au monde Philippa, n'avait fait confiance qu'à elle-même pour jouer le rôle de la matrone pendant l'accouchement, mais elle était trop âgée pour s'occuper seule de l'enfant, et elle désigna Azalaïs pour l'assister, car elle tenait en grande estime ses connaissances médicales, son efficacité et sa douceur. Elle avait, au préalable, soigneusement choisi la nourrice, parmi les nobles vassales, car une paysanne eût donné, par son lait, une âme vile à l'enfant. Pour Azalaïs, c'était à la fois un grand honneur et une grande responsabilité que d'avoir la charge de l'héritier du Poitou et de l'Aquitaine, et la nécessité de s'occuper de ce petit être fragile, sur qui convergeaient tant d'espoirs et tant d'ambitions, la força à négliger sa propre peine. La souffrance persistait, certes, mais elle l'oubliait de longues heures, durant la journée, étant occupée à toutes sortes de choses, et quand le soir venait, elle la retrouvait, intacte, croyait-elle, mais en réalité, chaque jour un peu plus émoussée. Après quelques mois, elle se surprit à moins souffrir, mais son entrain l'avait quittée, et elle ne participait plus aux fêtes, prenant prétexte de sa charge pour s'en éloigner. Elle avait ainsi évité Hugues, que ses devoirs de vassal amenaient souvent à Poitiers, et n'avait plus prononcé son nom depuis le soir d'octobre où il était sorti de sa vie. Il avait tenté de lui faire savoir, par l'entremise de Mahaut, qu'il n'aimerait jamais d'autre femme qu'elle, mais la jeune fille avait jugé plus charitable de ne pas transmettre le message pour ne pas donner à son amie le prétexte à une fidélité sans issue. Le seul à émouvoir désormais Azalaïs, et à pouvoir lui tirer un sourire, était le petit Guillaume sur lequel elle avait reporté son amour sans objet.

Mahaut était partie à Mirebeau avant Noël, et Azalaïs avait dû attendre le Mardi gras pour avoir de ses nouvelles. C'est par Henri, son époux, qu'elle en eut, et malgré la banalité des paroles, et l'indifférence affichée, elle crut percevoir une lueur de tendresse dans son regard, et une nuance de chaleur dans sa voix, quand il prononçait le nom de son amie. Mahaut semblait aimée, et Azalaïs en fut heureuse pour elle, même si cela rendait plus aigu son propre isolement. Le carême arriva, interrompant pour quarante jours les fêtes et les jeux, réduisant l'ordinaire à un seul repas quotidien, essentiellement composé de poisson. Le jeûne remplaça les festins, la pénitence les divertissements, et chacun se consacra à se laver de ses péchés, par des macérations ou des prières, selon ses fautes ou son tempérament. Le pape profita de cette période vouée au recueillement pour prêcher le départ à la croisade sur l'ensemble des territoires du duc qu'il parcourut sans relâche. Ayant consacré en grande pompe Saint-Martial à Noël et le « moustier neuf » en janvier, il prêcha à Angers, Tours et Vendôme, avant de revenir célébrer à Poitiers les cérémonies pascales. Malgré son éloquence, il recevait peu d'écho en Poitou : le duc étant réticent à tenter l'aventure, ses vassaux ne bougeaient pas. Par contre, l'oncle de Philippa, le comte de Toulouse, Raymond IV, s'était engagé, dès le concile de novembre, à Clermont, à prendre la croix et se préparait à quitter ses possessions languedociennes pour la Terre Sainte avec ceux de ses fidèles – et ils étaient nombreux – qui voudraient bien le suivre.

Après la tristesse de cette période de pénitence, Pâques réunit tout le monde et apporta le plaisir d'accueillir Mahaut, et le déchirement de revoir Ségolène. Il n'y avait aucun moyen de l'éviter, et Azalaïs y avait souvent pensé, espérant être assez forte pour franchir l'épreuve sans trop souffrir. Mais ce fut pire encore que ce qu'elle avait craint : Ségolène était enceinte, Mahaut aussi, et même Philippa dont le nourrisson n'avait que trois mois. Entourée de tous ces ventres féconds, Azalaïs qui n'était et ne serait jamais autre chose qu'une mère de remplacement se sentit, irrémédiablement, exclue du cours normal de la vie. Elle ravala son amertume et prêta une oreille complaisante aux confidences de Mahaut.

Il n'avait pas été facile à la jeune fille de conquérir son mari : il était toujours sur la défensive, affichant un cynisme et une méchanceté qu'elle mit plusieurs semaines à désarmer. Dépensant des trésors de patience et de bonne humeur, elle parvenait à l'amadouer, mais elle se heurtait à une belle-mère qui ne voulait pas céder la place et qui défaisait le jour ce qu'elle avait tant de mal à édifier la nuit. Avec perfidie et constance, elle suggérait à son fils que sa jeune femme affichait un attachement qu'elle ne pouvait éprouver, en raison de sa laideur, et qu'il était dupe d'une menteuse. Chaque jour, il redevenait amer et méchant, et Mahaut commençait à désespérer de le convaincre de sa sincérité quand les circonstances l'aidèrent: sa belle-mère fut contrainte de partir. En effet, le seigneur de Mirebeau avait fait appeler son fils parce qu'il souhaitait se retirer dans un couvent et lui laisser la place. Aussitôt assuré qu'Henri était capable d'en assumer la charge, il partit, l'âme sereine, et sa femme – nettement moins enthousiaste – fut contrainte d'en faire autant. Dès lors qu'elle ne fut plus là pour la dénigrer, Mahaut n'eut plus à refaire sans cesse la conquête de son mari, et peu à peu, la confiance s'installa entre eux. Elle finit par ressentir les sentiments qu'elle s'était obligée à feindre pour s'assurer une existence supportable, et à mesure qu'elle s'attachait à lui, elle le voyait s'épanouir et oubliait sa laideur, car il avait une bonne nature et ne demandait qu'à en faire usage. Gentil et attentionné, il se conduisait avec sa femme comme le plus raffiné des amants courtois, et Mahaut conclut en déclarant à son amie qu'elle aimait son époux, et qu'elle était enchantée à la perspective de lui donner un descendant. Ce bonheur inattendu laissait Azalaïs un peu éberluée, mais le visage radieux de Mahaut la forçait à y croire.

Du côté de Ségolène, les choses n'avaient pas l'air de tourner aussi bien : elle avait souvent les yeux rouges, et s'en expliquait en disant que sa grossesse la faisait souffrir, mais il était de notoriété publique qu'Hugues la délaissait : après quelques mois de mariage, il avait une maîtresse qu'il logeait à Beaumont. Ségolène avait prié son père d'intervenir, mais il s'y était refusé : elle était enceinte, donc elle n'était pas négligée. Pour le reste, tous les hommes se conduisaient ainsi, et il n'y avait rien à dire. Azalaïs fut déçue. Certes, elle n'eût pas appris de gaieté de cœur qu'il était amoureux de sa femme, mais sa conduite le rabaissait au rang des hommes ordinaires, lui qu'elle avait placé si haut. Sa peine s'en trouva atténuée, et si elle n'alla pas jusqu'à retrouver toute sa vivacité, elle ne refusa plus de se mêler aux plaisirs de la cour. Il est vrai que le séjour de Mahaut était stimulant : sa seule présence rendait les gens heureux. Elle évita prudemment la rencontre solitaire qu'Hugues tenta de provoquer pendant toute la durée des festivités, car elle se sentait encore trop vulnérable et ne voulait pas courir le risque d'accepter des propositions qui feraient d'elle une femme méprisable à ses propres yeux, et à ceux de la société. Elle s'était promis de ne jamais être sa maîtresse et savait que pour ne pas faillir il valait mieux l'éviter, car elle était consciente d'être encore terriblement sensible à son charme. Elle se contraignait à ne voir en lui que l'époux – volage de surcroît – d'une autre femme, mais savait qu'un tête-à-tête lui serait fatal, car il lui restituerait le fiancé d'un été plein de promesses, et un temps de bonheur qu'elle ne pouvait oublier. Elle avait le souvenir de la force de persuasion de sa voix, et elle connaissait sa propre incapacité à lui résister. Le salut exigeait donc d'éviter un rapprochement, et elle y parvint, non sans mal, car elle l'aimait toujours, et une reddition lui eût été douce. Mais les nonnes lui avaient inculqué trop de rectitude morale pour qu'elle puisse envisager de perdre l'estime de soi et celle des autres. Au prix de bien des soupirs et de quelques insomnies, elle conserva sa vertu et sa solitude, et ce fut avec soulagement qu'elle vit s'éloigner Hugues qui lui jeta en partant un regard de rancune qui la blessa profondément. Ainsi, il s'arrangeait égoïstement pour que ce soit elle qui se sente coupable, elle à qui la vie n'avait rien donné, alors que lui avait tout reçu – ou presque – de ce qu'il désirait.

Deux années passèrent, apportant un nouvel enfant à la cour ducale et la promesse d'un troisième. Azalaïs suivait Philippa dans tous ses déplacements, ayant la haute main sur l'éducation donnée au futur héritier et faisant office de confidente pour la souveraine que la perte brutale de Girarde avait laissée désemparée. Ce rapprochement avec la duchesse ne comblait pas les besoins affectifs d'Azalaïs, car c'était une sorte de relation à sens unique, dans laquelle la suivante donnait – son attention, son égalité d'humeur, son dévouement, éventuellement ses conseils –, mais recevait peu. Ayant accordé sa confiance, Philippa croyait avoir beaucoup donné et attendait en retour une dévotion sans faille. Azalaïs au cœur vide – ou présumé tel – ne la décevait pas et se comportait en suivante idéale : discrète et attentive, toujours disponible, d'une fidélité exemplaire. Elle lui était indispensable, mais elle était tellement accoutumée à son attachement qu'il lui était naturel, et qu'elle n'aurait jamais songé à l'en remercier de quelque manière. Malgré ses seize ans, Azalaïs pensait que sa vie était définitivement figée, et elle s'était résignée à vieillir ainsi, dans ce rôle de demi-servante, assumant de plus en plus les tâches de sa suzeraine dont l'activité était limitée par les grossesses continuelles, veillant à tout et se confondant de plus en plus avec le décor. Elle avait renoncé à plaire, à aimer et même à espérer. De loin en loin, elle voyait Mahaut, que les grandes fêtes ramenaient à Poitiers. Elles étaient toujours aussi attachées l'une à l'autre, mais leurs vies avaient radicalement divergé, et elles se comprenaient moins qu'avant. Par la force des choses, elles en venaient à limiter leurs rapports à des échanges de banalités, et si Mahaut, comblée dans sa vie de femme et de mère, ne s'en apercevait pas vraiment, Azalaïs en souffrait comme d'un rejet supplémentaire. Ségolène quittait peu son château de Beaumont, prétextant des ennuis de santé dont on ne savait trop s'ils étaient réels. Hugues menait toujours une vie dissipée. Il venait souvent à Poitiers, mais ne tentait plus de prendre contact avec Azalaïs, se contentant de lui montrer, par des regards douloureux, qu'elle incarnait toujours un regret et une peine encore vive. Il devait la croire indifférente, car elle cachait bien ses émotions. Pourtant, elle avait le cœur qui battait toujours aussi fort quand elle le voyait, ou que le hasard d'une conversation faisait surgir inopinément son nom, et il lui fallait chaque fois un peu de temps pour se reprendre.

Après ces deux années paisiblement routinières, un événement capital vint bouleverser la vie des souverains aquitains : Raymond IV, l'oncle de Philippa, enfin prêt à partir à la croisade, annonça, en cédant ses possessions toulousaines à son fils Bertrand, qui tenait déjà le comté de Saint-Gilles et toutes les seigneuries de Provence, hérités de sa mère, qu'il ne reviendrait jamais sur ses terres. Cette déclaration éveilla l'ambition de Guillaume qui résolut de faire valoir les droits de son épouse à l'héritage de son père : le comté de Toulouse. L'opération était hasardeuse, car le pape avait promis la sauvegarde des biens des Croisés par la protection du clergé, mais Guillaume n'en eut cure, et il se prépara, au printemps de 1097, à investir le Languedoc.

CHAPITRE VIII

... platz mi, quan vei sobre˙ls pratz
tendas e pavilhos fermatz;
et ai gran alegratge,
quan vei per champanha renjatz
chavaliers e chavals armatz.

« ... cela me plaît quand je vois dans les prés
tentes et pavillons plantés;
et j'ai une grande joie,
quand je vois, rangés dans la campagne,
chevaliers et chevaux armés. »

Bertrand de Born.

Après plusieurs semaines de préparatifs fiévreux, l'expédition put enfin prendre le départ. Le duc irait devant, accompagné des grands vassaux de Poitou et d'Aquitaine qu'il avait requis pour effectuer leur service d'ost, chacun accompagné de ses écuyers et de ses gens d'armes : au total, une troupe impressionnante, propre à faire réfléchir les seigneurs du Toulousain qui verraient quelque objection à la mainmise de Guillaume sur le comté. Philippa suivrait, avec ses femmes et les enfants, à quelques jours, de manière, à la fois, à être protégée s'il y avait affrontement, et à pouvoir sans délai tenir son rôle de représentation, si l'accueil était favorable.

La distance entre Poitiers et Toulouse fut franchie à un train d'enfer : les vassaux, qui étaient tenus d'effectuer un service militaire de quarante jours, s'en retourneraient chez eux passé ce délai, laissant Guillaume avec ses seuls écuyers et gens d'armes ; il fallait donc que l'affaire fût conclue dans ce laps de temps, et que l'on ne musât point en route.

Malgré le train de la chevauchée, Philippa et Azalaïs avaient le temps de s'imprégner du paysage, et à mesure qu'il changeait, se rapprochant de celui de leur enfance, l'ardoise cédant peu à peu devant la tuile, le relief commençant de doucement moutonner, l'émotion les étreignait, et elles avaient plaisir à rester silencieuses, côte à côte, pour la savourer à l'abri des bavardages importuns. Il était toutefois un de leurs compgnons que Philippa accueillait toujours avec plaisir : Robert d'Arbrissel que la duchesse avait attaché à sa maison depuis quelques mois. Elle faisait grand cas de ses avis, car il avait la réputation d'être un saint homme. Prêchant une vie de renoncement et de sobriété dont sa propre existence était le modèle, auréolé du prestige de l'ermite qu'il avait été pendant plusieurs mois, dans la forêt de Craon, où il avait vécu de fruits sauvages et des aumônes de ceux qui désiraient entendre son enseignement, il avait une grande influence sur Philippa. Il avait trouvé une disciple sincère chez cette femme qui préférait la prière aux honneurs et qui, comme lui, était scandalisée de la conduite des prêtres qui, trop souvent, vivaient dans le péché et accordaient sans scrupules l'absolution des fautes en échange de cadeaux des pénitents. Il prêchait aussi avec feu contre l'adultère et incitait les grands de ce monde à occuper la place où Dieu les avait mis en pratiquant la pauvreté volontaire et le renoncement au luxe et aux plaisirs. Si Philippa approuvait sans réserve, Guillaume, au contraire, le regardait d'un œil torve, et ses supérieurs, à l'évêché, trouvaient quelque peu importun son ascétisme tapageur. Mais il avait un appui de choix en la personne du

pape, qui l'avait nommé prédicateur aposto-
lique après avoir entendu un de ses sermons,
et le duc et l'évêque étaient bien obligés de le
tolérer. Il était devenu très vite le directeur
de conscience très écouté de la souveraine,
et chacun le respectait. Il n'avait d'ailleurs
aucun mal à s'imposer, car Dieu l'avait
doté d'un talent d'orateur qui lui permettait
de convaincre ceux qui l'écoutaient. Pour
suivre le train de l'équipée, il avait dû
prendre une mule, mais ordinairement « il
allait un cilice sur la peau, vêtu d'une robe
usée et trouée, nu à mi-jambes, la barbe
inculte, les cheveux rasés sur le front, marchant pieds nus parmi la foule[5] », provoquant toutes les marques de l'admiration et
du respect dès que se profilait sa longue
silhouette austère.

Azalaïs écoutait l'homme de Dieu avec
autant de ferveur que sa suzeraine, et les
paroles de renoncement qu'il distillait,
ajoutées à l'éloignement des lieux qui
avaient vu la naissance et l'effondrement de

---

5 D'après la description de l'évêque Marbode, son contemporain.
Cité par Suzanne Tunc, *Les Femmes au pouvoir. Deux abbesses de
Fontevraud aux XIIᵉ et XVIIᵉ siècles,* Paris, Cerf, 1993, 200 p., p. 21.

ses espoirs, contribuaient à fermer les dernières plaies qui avaient trop tendance à recommencer à saigner, à Poitiers, à chaque rencontre inattendue et à chaque récit d'une portion de vie qui aurait pu être la sienne. Elle pensait de plus en plus à consacrer sa vie à la prière, et quand Robert d'Arbrissel parlait du couvent de femmes qu'il espérait fonder, elle était séduite et songeait à répondre à son appel dès que le projet verrait le jour.

Aux approches de Toulouse, le convoi s'arrêta pour attendre des nouvelles de l'entreprise. Elles vinrent par bribes, portées par les messagers de Guillaume qui se succédaient à une grande fréquence: la ville était tombée très vite, pratiquement sans combattre, excepté le bourg de Saint-Sernin qui avait opposé une vive résistance. Le duc, voulant mener rondement sa campagne, frappa vite et fort, et le bourg récalcitrant, entièrement ruiné, fut contraint de se rendre. Cette partie de la ville abritait une magnifique église, consacrée depuis quelques mois par Urbain II, lors de son passage, et Philippa et Robert d'Arbrissel, qui se réjouissaient d'aller y faire leurs dévotions, apprirent avec consternation qu'elle avait subi de grands dommages lors de l'assaut.

Lorsque la ville fut entièrement pacifiée, Guillaume fit prévenir Philippa qu'elle devait le rejoindre sans délai pour s'imposer comme détentrice du comté. À l'exception de Géraut, l'évêque de Cahors, qui réunit une petite troupe que le duc d'Aquitaine défit sans difficulté, la revendication de Philippa fut considérée comme juste, et les plus puissants vassaux du comté, Adémar, vicomte de Toulouse, et Bernard, vicomte de Béziers, prêtèrent hommage, entraînant à leur suite les seigneurs de moindre importance, ainsi que les chanoines de Saint-Sernin chez qui l'octroi de plusieurs privilèges calma la déconvenue d'avoir à réparer l'église.

L'entrée de Philippa à Toulouse fut triomphale, et sa visible émotion plut au peuple qui accentua ses vivats. Elle avait eu le sentiment de retourner chez elle quand elle s'était installée dans le château de son enfance où, malgré l'inévitable empreinte laissée par son oncle, tout lui parlait de son père et des années insouciantes où elle n'était qu'une fillette sans responsabilités. Celles qui pesaient maintenant sur ses épaules étaient fort lourdes, et elle devait prévoir, pour asseoir son influence, un séjour prolongé dans la ville, sans le soutien de son époux, requis en Normandie pour y soutenir Guillaume le Roux, roi d'Angleterre contre Philippe Ier, roi de France. La perspective n'aurait pas été pour lui déplaire, si ce n'avait été la vie de faste qu'elle devrait mener pour s'attacher ses vassaux. Passé le temps des couches, qui était proche, les fêtes seraient continuelles, et la seule chose qui lui permettait de l'envisager sans trop d'horreur, c'était l'espoir de faire régulièrement retraite dans un cloître, avec la bénédiction et le soutien des chanoines de Saint-Sernin, qu'elle s'était attachés par de généreuses donations, et dont le prévôt, Munion, était devenu un adepte enthousiaste de Robert d'Arbrissel.

En respirant l'air de Toulouse, Azalaïs reprenait goût à la vie. Tôt le matin, elle allait prier à Saint-Sernin, et elle était chaque fois frappée par la gaieté de l'aspect extérieur de la construction : la brique toulousaine contrastait avec la pierre poitevine comme un ciel de novembre avec un soleil de juillet. Et c'est ainsi qu'elle se sentait : l'âme réchauffée après un grand froid. À l'intérieur du sanctuaire, intimidée par la majesté du lieu, elle se réfugiait, humblement, dans la plus modeste des chapelles d'où elle ressortait, en paix avec Dieu, et réconciliée avec la vie. Pour achever de faire provision de courage, avant les multiples tâches de la journée, elle se mêlait un moment à l'animation du marché qui entourait l'église. Des artisans et des marchands rivalisaient de cris et de gesticulations pour attirer le chaland avec ces voix rocailleuses qui, sans qu'elle s'en soit vraiment rendu compte, lui avaient manqué dans son exil septentrional. L'animation était grande, car on était proche du port, et la Garonne, navigable jusqu'à la mer, permettait de commercer avec les autres villes riveraines, et avec Bordeaux qui envoyait des vins en échange de laines et de peaux. L'atmosphère créée par l'activité joyeuse de cette cité florissante agissait sur Azalaïs en lui insufflant l'énergie dont elle avait besoin.

De retour au château, il lui faudrait accomplir sa tâche quotidienne de supervision, car elle avait peu à peu été promue au rôle d'intendante qu'occupait Girarde de son vivant. Pour Azalaïs, non plus que pour la nourrice, la charge n'était pas officielle, mais son autorité était implicitement reconnue, non seulement à cause de la confiance dont elle était investie de la part de la duchesse, mais aussi en raison de son efficacité, de sa probité, et de sa fermeté non exempte de compréhension. Elle se faisait obéir sans peine, malgré son jeune âge, et s'épanouissait dans ce rôle d'autorité. Une autre eût trouvé écrasante la responsabilité du train d'une maison aussi importante et aussi complexe, mais elle y prenait la justification de son existence, et si une chose pouvait la retenir hors du couvent, après l'avoir tirée du désespoir, c'était bien ce pouvoir qu'elle avait insensiblement acquis à mesure que Philippa s'en défaisait et qui, la rendant indispensable, lui donnait un statut autrement respectable que la vague fonction de suivante qu'elle avait anonymement occupée dans ses débuts. Si son caractère s'en était trouvé modifié – elle avait désormais perdu sa timidité au profit d'une aisance sans morgue qui forçait le respect –, son physique aussi avait été influencé, en cela que maintenant sa démarche était assurée, son regard ferme, et son attitude envers les autres, quel que soit leur rang social, d'une simplicité tranquille.

La domesticité était importante – sans doute plus que nécessaire –, mais exigeait une surveillance constante car, composée de serfs qui ne recevaient aucun salaire et devaient se contenter d'être logés, nourris, et habillés une fois l'an, l'émulation était nulle. Comme Girarde, qu'elle avait vue agir lorsqu'elle l'assistait, elle prenait soin de traiter avec bonté ces individus, généralement méprisés et maltraités, et en obtenait, en retour, plus que ce que l'on en espérait d'habitude. Elle ne les considérait certes pas comme des égaux, mais à la manière d'animaux familiers, un peu simples, mais susceptibles d'attachement et de reconnaissance : le système de la carotte et du bâton fonctionnait à merveille.

En raison de la multiplicité des tâches à accomplir, elle n'assurait plus seule l'éducation de l'héritier des souverains, mais si elle en avait délégué une partie, elle avait conservé un rôle dont elle escomptait de grandes satisfactions : celui de lui apprendre à lire. Bien que très jeune et à l'ordinaire fort turbulent, il était avec elle étonnamment docile et attentif. Dans la belle Bible enluminée que Philippa réservait à cet usage, elle lui montrait les lettres dans l'espoir qu'il finirait par les reconnaître. Il manifestait un grand désir de la satisfaire, mais elle dut se rendre bientôt à l'évidence : il avait davantage de bonne volonté que d'aptitudes. Quand il voyait Azalaïs approcher, portant avec respect le livre sacré, il battait des mains, de ses mains encore aussi potelées que celles d'un bébé, et s'appliquait de son mieux pour obtenir la récompense tellement désirée : l'autorisation de tourner lui-même les grandes pages de parchemin richement illustrées. Quand la jeune fille voyait la tête brune et bouclée penchée sur l'ouvrage, elle fondait de tendresse. C'était un bel enfant, sensible et attachant que l'affection et l'admiration de l'ensemble des femmes de la cour n'arrivaient pas à gâter. Néanmoins, s'il montrait à sa mère un amour inconditionnel, il était beaucoup plus réticent à l'égard de son père à qui il manifestait même parfois une franche hostilité. Les suivantes faisaient tout leur possible pour masquer ce comportement en affichant une exubérance destinée à détourner l'attention, mais le duc avait perçu cette inimitié, et il en avait pris ombrage. Pour tenter de l'atténuer, et réduire les risques de conflits qui ne pourraient qu'être préjudiciables au garçon, la consigne était de toujours lui dire du bien de son père, mais l'enfant, trop sensible, n'était pas dupe : il sentait le désaccord profond qui existait entre ses parents et prenait courageusement, de toutes ses forces enfantines, le parti de sa mère.

Pour l'heure, le duc était loin et l'humeur de la cour au beau fixe. Si Philippa redoutait les festivités, car elles empiétaient sur ses dévotions, les jeunes suivantes en attendaient le début avec impatience : en effet, elles avaient pu constater, dès leur arrivée à Toulouse, que les seigneurs languedociens faisaient grand cas de leur présence, qu'ils s'entendaient à merveille à tourner un compliment et qu'ils n'en étaient pas avares. Elles escomptaient que la nécessité de séduire ses vassaux rendrait la duchesse moins intransigeante, et qu'elle fermerait les yeux sur un léger badinage, sans conséquence mais bien plaisant. Même Azalaïs, qui se croyait entièrement détachée de toute vanité, immunisée par son chagrin d'amour et prête pour l'appel de Dieu, n'avait pu se défendre d'un frisson de plaisir lorsque le seigneur de Pibrac, un bel homme sec et nerveux, avait approché son cheval du sien, lors de la traversée solennelle de la ville, et lui avait murmuré qu'elle avait les plus beaux yeux du cortège, des yeux qui, désormais, l'empêcheraient de dormir. Le séjour toulousain promettait d'être gai, et chacune en attendait monts et merveilles.

Philippa accoucha, la quinzaine suivant

son arrivée, d'un gros garçon, le troisième. La dynastie était maintenant solidement assurée et la jeune mère montrait la satisfaction d'avoir accompli au mieux son devoir. Dès après ses relevailles, les vassaux commencèrent à affluer en apportant des présents, saisissant l'occasion d'affirmer leur soumission par ce geste. Ils venaient en compagnie de leurs épouses, ravies de l'aubaine qui leur permettait de quitter l'ennui de leur château isolé pour séjourner quelques jours dans une grande ville et participer aux réjouissances que leur offrait la suzeraine. Chaque soir ramenait festins, spectacles et danses, et tous repartaient enchantés de la prodigalité de la duchesse, qui les séduisait beaucoup plus que l'austérité qu'affichait son oncle, au cours des deux dernières années de son règne, alors qu'il devait faire face aux multiples dépenses engendrées par son départ à la croisade.

Au début de l'été, les visites étant terminées, Philippa entreprit de rendre la politesse à ses vassaux et de faire la tournée du Languedoc. Il fut convenu de commencer par l'est et d'aller vers Béziers en passant par Castres. Outre les festivités, chaque étape fut ponctuée par les sermons de Robert d'Arbrissel. À Lavaur, chez les bénédictins de Saint-Alain, il parla du célibat des prêtres, chez ceux de Saint-Benoît de Bellecelles, à Castres, de la pauvreté évangélique, mais c'est dans la cathédrale Saint-Nazaire de Béziers qu'il donna toute la force de son éloquence et de sa foi. Stimulé par la qualité de son auditoire et par la ferveur de sa protectrice, il prêcha longuement chaque jour, stigmatisant l'opulence et les distractions profanes, les chants, les danses et les festins. Et chaque jour, tous allaient l'entendre, et sortaient de l'église avec un grand désir de vie humble et simple, mais chaque soir la fête reprenait, car on eût cru manquer de respect à la souveraine en ne la recevant pas avec un maximum d'honneurs. Cela n'ébranlait pas le prédicateur qui, longue silhouette maigre et noire, reprenait son discours sans se lasser.

Après la chaleur suffocante de Toulouse, balayée par le vent d'Autant, le vent qui dessèche et qui rend fou, la fraîcheur des châtaigneraies de la Montagne Noire avait été la bienvenue. Ils furent princièrement traités par les moines qui s'entendaient à merveille à la salaison de leurs porcs et faisaient d'excellents fromages du lait de leurs brebis. Philippa, peu portée sur les plaisirs de la table, se réjouissait cependant de la qualité des mets, car ils prouvaient qu'elle avait conquis pour son fils un riche patrimoine. Béziers, jolie ville prospère, séduisit tout le monde, particulièrement le petit Guillaume à qui l'on avait dit que l'on pouvait apercevoir la mer du chemin de ronde et qui s'usait les yeux à essayer de la distinguer du ciel. On avait dû lui promettre d'aller la voir, avant d'arriver à Narbonne, et il trépignait de hâte, harcelant jusqu'à l'exaspération les femmes qui s'occupaient de lui.

Quand il la vit enfin, il ne trouva pas de mots, et resta figé, ébloui. Il était sur la mule d'Azalaïs, qui le maintenait de ses bras, et elle sentit qu'il tremblait de tout son corps tandis que les larmes lui venaient aux yeux. Son cœur s'émut pour l'enfant trop vulnérable qui la quitterait, dans trois ou quatre ans, pour partager la dure vie des hommes, sous la coupe d'un père qui s'appliquerait à lui affermir le caractère, sans respecter sa personnalité. Elle devinait qu'elle accepterait mal cet arrachement et considérait que sept ans est un âge bien tendre pour se passer de la protection et de la sollicitude des femmes. Refoulant les larmes qui lui venaient à elle aussi, elle s'emplit les yeux du paysage qu'elle ne s'était pas attendue à trouver aussi différent de l'océan qu'elle avait découvert aux Sables-d'Olonne, quelques années auparavant. Ici, la fureur était absente, et si l'on n'avait craint les monstres qui y vivent, on se serait plongé dans les flots avec délices. Mais chacun, et surtout l'enfant, avait présentes à l'esprit les terribles illustrations du bestiaire offert à Philippa par les chanoines de Saint-Sernin. On y voyait cet horrible monstre, appelé sirène, qui était décrit ainsi :

Elle ressemble à une femme
Jusqu'à la ceinture,
Et elle a des pieds de faucon

Et une queue de poisson[6].

On disait que son chant avait le pouvoir d'attirer vers les profondeurs ceux qui l'entendaient. Qu'arrivait-il ensuite ? Sans doute le monstre dévorait-il ses proies après les avoir entraînées dans des abîmes insondables. Il y avait aussi un terrible serpent de mer, doté d'une tête à la gueule effrayante, et dont le corps hideux était bien plus long que le bateau qu'il entourait, et bien d'autres encore. En prédicateur soucieux de ne pas laisser échapper une occasion, Robert d'Arbrissel rappela que la beauté apparente peut cacher bien des laideurs.

Ils revinrent vers l'ouest en prenant par les Corbières. Les paysages étaient ici fort différents de ce qu'ils avaient accoutumé de voir : habitués aux châtaigniers et aux noyers, aux pommiers et aux pruniers, ils s'émerveillaient de découvrir des arbres nouveaux portant des fruits aux saveurs inconnues; l'amandier et l'olivier les étonnèrent et les séduisirent, mais ce fut le

---

6 Philippe de Thaun, trad. Jacqueline Cerquiglini.

figuier qui les émerveilla. Quand leurs papilles découvrirent la chair sucrée des grosses figues qui éclataient sous le soleil de la fin d'août, ils oublièrent la chaleur, la poussière et la fatigue, et furent aveugles à la pauvreté de la terre qui portait ces arbres : il leur sembla qu'un pays qui produisait de telles délices ne pouvait être que riche et prospère. Philippa revint à Toulouse avec sa suite, satisfaite de l'accueil de ses vassaux, et se prépara à faire retraite pour consacrer quelques semaines à Dieu. Cette pause lui était nécessaire pour reprendre les forces morales qui lui permettraient de continuer à jouer son rôle de suzeraine. Pendant ce temps, Azalaïs ferait officiellement marcher la maison, ce qui ne changerait rien, dans les faits, à son activité, mais lui conférerait un grand prestige.

CHAPITRE IX

… conseillatz mi segon vostr'escïen :
penrai marit a nostra conoissenza ?
o starai mi pulcela ? e si m'agenza,
que far filhos no cug que sia bos ;
essems maritz mi par trop angoissos.

« … conseillez-moi selon votre expérience :
prendrai-je mari de notre connaissance ?
ou resterai-je pucelle ? Et ceci me plaît,
car faire des enfants, je ne crois pas que ce
soit bon ;
mais être sans mari me paraît trop
angoissant. »

ALAISINA, ISELDA ET CARENZA.

A zalaïs occupait ses fonctions de suppléante de la duchesse depuis quelques
jours quand on annonça un messager de
Guillaume. Son cœur tressaillit, d'espoir et
de crainte mêlés, lui prouvant, s'il en était
besoin, qu'elle n'avait pas accédé à l'oubli.
Quand il entra – car le messager était bien
Hugues, comme elle l'avait pressenti tout
de suite –, elle ne put cacher son émoi, et

il parut aussi affecté qu'elle. C'était la première fois qu'ils étaient face à face, et trois ans avaient passé. Azalaïs ne pourrait plus se dérober : il y aurait un affrontement et ce qui serait dit, elle en était sûre, ne lui rendrait pas la paix. Elle allait malgré tout bénéficier d'un bref répit, car ils étaient présentement entourés de plusieurs personnes, mais elle ne pourrait pas lui refuser un entretien particulier lorsqu'il le lui demanderait en s'adressant à elle en tant que substitut de la duchesse.

À l'intérieur du château, les nouvelles allaient toujours très vite, en raison du surpeuplement, et un secret ne tenait jamais bien longtemps. C'est ainsi qu'Azalaïs apprit, par la rumeur, une nouvelle qui la bouleversa : Hugues était devenu veuf, à la suite des deuxièmes couches de Ségolène. Cela expliquait sans doute sa présence à Toulouse, et elle devinait qu'il avait dû intriguer auprès du duc pour obtenir cette mission. Malgré son désarroi, elle se réjouissait d'avoir quelques heures pour mettre de l'ordre dans son esprit et trouver dans la prière une ligne de conduite.

Elle se rendit à la chapelle et pria longuement pour la paix de l'âme de Ségolène qui lui inspirait depuis longtemps plus de pitié que de ressentiment. Mais la jeune femme n'était plus, et Azalaïs devait songer à son avenir que cette disparition ouvrait de nouveau. Cependant, la douleur l'avait mûrie et elle n'était plus la jeune fille qui, trois ans auparavant, était prête à suivre Hugues les yeux fermés. L'attrait physique était resté puissant, elle ne pouvait le nier, mais elle avait suffisamment écouté les sermons de Robert d'Arbrissel pour se méfier des élans de la chair. Et là, seule dans le calme de la chapelle, se demandant de quelle nature était l'attirance qu'ils avaient toujours l'un pour l'autre, elle commença par analyser l'attachement d'Hugues, de manière à retarder ses interrogations sur ses propres sentiments. Elle dut convenir qu'aussitôt libre il s'était précipité vers elle, mais l'indifférence que cela supposait à l'endroit de Ségolène ne plaidait pas en sa faveur. Ce n'était pas un homme d'une grande sensibilité, et elle se demanda si ce désir qu'il avait gardé d'elle n'était pas nourri de sa seule frustration. Il l'avait voulue de toutes ses forces et ne l'avait pas eue; maintenant libre, il venait vers elle sans autre réflexion. Après l'avoir vu se comporter, avec Ségolène, en mari décevant – il n'avait fait preuve, dans l'infortune d'un mariage imposé, d'aucune grandeur d'âme, se consolant dans les plaisirs faciles de l'adultère –, Azalaïs, non seulement ne pouvait plus l'admirer, mais avait du mal à lui faire confiance: elle avait dépassé l'âge où l'amour est aveugle et avait suffisamment goûté au malheur pour ne pas être tentée de l'essayer sous une autre forme. Si elle était raisonnable, elle dirait non à la demande en mariage qu'il était certainement venu faire.

Mais voilà, être raisonnable, cela aurait nécessité une perte totale de la mémoire, et celle d'Azalaïs était fidèle. Elle se souvint de Beaumont, en ce jour d'octobre où ils avaient chevauché parmi les vignes. Cette journée-là s'était si bien gravée dans son esprit qu'il lui semblait voir les visages des paysans qui les regardaient passer, et dont elle avait imaginé qu'ils étaient prêts à l'honorer comme leur maîtresse. Elle se souvint des baisers d'Hugues, qui lui ôtaient le pouvoir de lui résister, et de ses mains fortes qui lui avaient donné le désir d'autres étreintes. Elle pensa au petit Guillaume, et au plaisir qu'elle aurait à éduquer un enfant qui serait son fils. Elle resta à la chapelle une partie de la nuit, elle pria, elle pleura, et quand elle rejoignit sa couche, quelques heures avant le jour, elle n'avait rien arrêté, et son esprit était dans la plus totale confusion.

Le lendemain, il se présenta aussi tôt qu'il le put, et ils s'isolèrent dans l'embrasure d'une fenêtre. Il empoigna énergiquement ses épaules et lui dit sans préambule : « Je suis libre. Je vais te demander pour épouse à la duchesse, puis à ton père ».

Azalaïs ne répondit pas tout de suite. Elle détourna la tête, et son regard se perdit sur les toits roses de la ville et au-delà, sur les voiles du port ; elle songea à la grisaille du Poitevin, où il voulait la ramener, poussa un profond soupir et lui fit face, enfin, tremblante d'appréhension, mais résolue à l'affronter. Car elle venait de prendre la décision à laquelle elle n'avait pas pu arriver pendant la nuit : elle ne l'épouserait pas. C'était devenu brusquement une évidence pour elle : cet homme était à la fois excessif et léger, capable de passion, mais non de tendresse. Et, enfuie la passion, après quelques semaines ou quelques mois, que resterait-il du beau rêve de bonheur ? Le cloître, quand elle aurait achevé sa tâche d'éducatrice auprès du petit héritier, lui offrirait une félicité beaucoup plus sûre, à laquelle elle aspirait plus qu'à tout autre chose.

Elle lui parla de ses responsabilités présentes, de l'appel de Dieu, et tandis qu'elle tentait d'expliquer l'inacceptable, elle le vit passer de la stupéfaction à la fureur. Il broya ses épaules dans ses fortes mains et lui dit, les dents serrées : « Tu seras à moi. Malgré tous, et malgré toi. Je vais de ce pas te demander à la duchesse. Si elle refuse, je t'enlèverai. Il y a trois ans que je t'attends et je ne renoncerai pas à toi une deuxième fois. » Et il partit à grands pas, provoquant beaucoup de curiosité sur son passage.

Azalaïs ignora les regards interrogateurs et se réfugia, une fois de plus, à la chapelle.

Le contact des mains d'Hugues l'avait bouleversée, et sa décision lui paraissait maintenant dénuée de sens. Elle eût souhaité revenir en arrière afin de lui dire «oui», ou bien qu'il l'enlève sur le champ et l'emporte avec lui sur son cheval. Elle était sûre que s'il l'avait fait, elle n'aurait pas protesté. Mais il n'était plus temps, et la duchesse ne le soutiendrait pas : elle eût sans doute combattu généreusement les scrupules qu'Azalaïs aurait pu mettre à la quitter, mais elle ne contrecarrerait pas une vocation religieuse.

Cependant, Hugues s'était un peu calmé sur le chemin du couvent et, après réflexion, il jugea qu'il serait plus adroit de ne pas brusquer les choses. Il négligea donc de parler d'Azalaïs lorsqu'il obtint une audience de Philippa, et s'ingénia à prolonger son séjour, de manière à avoir le temps de reconquérir son pouvoir sur la jeune fille, dont il connaissait la faiblesse à son endroit, et dont il ne s'expliquait pas le refus. Avec une grande habileté, il se garda d'aborder de nouveau le sujet brûlant, et se contenta d'être présent le plus possible et de couver la jeune femme de regards qu'elle ne pouvait ignorer. Personne, d'ailleurs, ne les ignorait et cela alimentait les conversations, qui s'arrêtaient à l'approche d'Azalaïs, mais pas assez vite, malgré tout, pour qu'elle puisse en faire abstraction. Elle se trouvait enveloppée dans une atmosphère de passion et d'intrigues qui sapait sa tranquillité. Elle ne savait plus où elle en était, ni ce qu'elle voulait. Elle regrettait de ne pouvoir demander conseil et aide à Robert d'Arbrissel, retenu auprès de Philippa, et passait de nombreuses heures à prier, à Saint-Sernin ou à la chapelle du château. Mais bientôt, la consolation de Saint-Sernin lui fut refusée, car Hugues avait appris où elle faisait ses dévotions et s'arrangeait pour se trouver sur son chemin. De ce fait, la paix que lui avait apportée la prière disparaissait aussitôt et elle renonça à ses pieuses sorties matinales. Confinée à l'intérieur du palais, elle s'étiolait et était incapable de penser raisonnablement. Il eût suffi de dire à Hugues qu'elle l'acceptait, et c'était sans doute ce qu'elle désirait, mais il lui répugnait d'y être forcée, et elle s'accrochait à ce

« non » qui n'avait plus d'autre sens que sa détermination à ne pas se laisser imposer ce qu'elle avait refusé. Hugues continuait avec acharnement sa guerre d'usure, aidé par le retour de la duchesse qui marqua le début d'une période de réceptions. On festoyait et on dansait tous les jours, et il avait beau jeu d'être sans cesse sur le passage d'Azalaïs dont le cœur bondissait chaque fois, et que sa rougeur trahissait, et de presser sa main lorsque la ronde d'une danse les plaçait côte à côte.

Elle était à vif. Le sommeil l'avait fuie et elle passait les heures de la nuit à ruminer douloureusement son dilemme. Dans ces moments-là, elle ressentait cruellement l'absence de Mahaut qui dans d'autres circonstances difficiles lui avait prêté une oreille attentive. Elle n'eût peut-être pas suivi ses conseils, mais le fait d'expliquer la situation et de la discuter avec une amie bienveillante lui aurait permis d'y voir clair. Robert d'Arbrissel, qui l'aurait aidée à mesurer la qualité de sa vocation religieuse, continuait à faire retraite, et il lui répugnait de se confier à Philippa, car la duchesse aurait pris la décision à sa place, et elle aurait eu l'impression de commettre une lâcheté, de ne pas se comporter comme l'adulte qu'elle avait prouvé qu'elle était en tenant seule le château comtal.

Mais Philippa, c'était inévitable, finit par avoir vent de la situation, du moins de ce qu'en savaient les habitants du palais qui observaient passionnément le couple – car aucun d'eux n'avait fait de confidence à personne –, et demanda à Azalaïs de lui expliquer clairement ce qu'il en était. La jeune fille n'entra pas dans le détail de leur relation passée et dit seulement à la duchesse qu'Hugues voulait l'épouser, mais qu'elle croyait, sans en être tout à fait sûre, vouloir se consacrer à Dieu. Elle aurait souhaité consulter Robert d'Arbrissel et surtout, y penser en paix, loin de la présence obsédante d'Hugues. Philippa ne pouvait hâter le retour de leur directeur de conscience, engagé dans sa retraite, mais il lui était facile d'éloigner un vassal : elle lui confia un message pour le duc, priant celui-ci de ne lui renvoyer le porteur que si une nouvelle missive le demandait ; ainsi, si

Azalaïs choisissait le couvent, elle ne serait pas obligée de le revoir.

Hugues parti, elle se calma peu à peu, mais ne fut pas davantage capable de prendre une décision. Un jour, elle s'arrêtait à un choix et le lendemain à son contraire. Tout était si simple trois ans auparavant! En ce temps-là, elle n'avait pas le moindre doute quant à ce qu'elle souhaitait et pensait que le bonheur allait de soi. Certains aspects du caractère d'Hugues, tels son emportement et sa violence, lui étaient connus autrefois, mais elle avait éloigné de son esprit tout ce qui pouvait ternir l'image qu'elle avait de lui. Elle y songeait maintenant, et trouvait cela inquiétant. Inquiétante aussi l'opiniâtreté qu'il mettait à vouloir obtenir ce qu'elle refusait, et qui prouvait qu'il n'avait pas de respect pour ses aspirations à elle. Si elle devenait son épouse, elle devrait faire son deuil de toute indépendance: elle serait son esclave. Au bout de ce raisonnement, elle était résolue à dire non. Mais une voix lui soufflait que le couvent n'était pas la liberté, au contraire, et que celle dont elle jouissait auprès de Philippa était bien précaire et aléatoire. La dame de Beaumont aurait, malgré un mari impérieux, un pouvoir domestique, une reconnaissance sociale et des enfants. Ce dernier argument l'emporta, et elle se décida finalement à accepter. Heureuse d'avoir enfin choisi, et décidée à ne plus y revenir, elle partit d'un pas léger l'annoncer à Philippa.

Une surprise l'attendait. La duchesse écoutait d'un air grave un homme dont les vêtements poussiéreux attestaient qu'il avait fait une longue route. Elle appela Azalaïs et lui dit : « Viens avec nous, ceci te concerne. » La jeune fille fut alarmée par l'expression des deux personnages dont le visage était loin de refléter la joie. Qu'allait-elle apprendre de pénible ? Quand l'homme se tourna vers elle, il lui parut vaguement familier, mais elle ne le reconnut pas. Ce n'est que par la suite qu'il lui revint qu'il était présent à l'enterrement de sa mère : c'était Guiraut, l'homme de confiance de son oncle maternel. Plus âgé que sa mère, qui était tard venue, l'oncle d'Azalaïs, Guilhèm de la Moure, avait une nombreuse famille dont elle se souvenait vaguement. Elle revoyait surtout l'aîné, un jeune homme orgueilleux, impatient d'hériter les biens et le pouvoir. Le messager lui annonça, d'un ton accablé, qu'une épidémie avait décimé la famille et que son oncle, le patriarche, était le seul à en avoir réchappé. Pour ajouter au malheur du vieil homme, il venait d'apprendre que son héritier, parti en Terre Sainte avec le comte Raymond, avait succombé dans un combat contre les infidèles. Azalaïs était sa seule parente survivante et il l'envoyait chercher pour qu'elle assure la survie de sa lignée en épousant l'homme qu'il avait choisi pour elle. En l'apprenant, elle fut effondrée : si elle avait été moins longtemps indécise, elle serait, à l'heure actuelle, l'épouse d'Hugues. Mais maintenant c'était trop tard, car il était exclu de se dérober à son devoir, d'ailleurs elle n'y songeait pas.

Cachant ses sentiments, elle s'occupa du voyageur, comme c'était son rôle, l'amena se rafraîchir et se restaurer, et continua à vaquer aux occupations de la journée. Ce n'est que le soir, après avoir épuisé ses larmes, qu'elle essaya d'imaginer ce que l'avenir lui réservait. Elle résolut d'y faire face, quel qu'il soit, courageusement et sans regrets stériles, mais elle ne put retenir un sourire de dérision à la pensée qu'elle s'était crue maîtresse de son avenir.

DEUXIÈME PARTIE

Châtelaine
en Comminges

CHAPITRE I

Las! qu'ieu d'Amor non ai conquis
mas cant lo trebalh e l'afan,
ni res tant greu no's covertis
com fai so qu'ieu vau deziran;
ni tal enveja no'm fai res
cum fai so qu'ieu non posc aver.

« Hélas ! d'Amour je n'ai acquis
que la peine et le tourment,
et rien n'est aussi difficile à obtenir
que ce que je désire le plus,
ni ne me fait autant envie
que ce que je ne peux avoir. »

CERCAMON.

Azalaïs alla jeter un coup d'œil à la préparation du repas du soir et retourna
à sa broderie, résignée : quoi que l'on
serve, son oncle mangerait sans appétit. Le
vieillard ne semblait vivre que par accou-
tumance et rien ne parvenait à lui arracher
une lueur d'intérêt. Il évoquait autrefois,
par sa haute taille et sa force physique,
la solidité du chêne, mais il n'était plus

désormais qu'un homme prématurément vieilli, au dos voûté, au regard terne et à la chevelure blanchâtre, sur lequel, c'était à craindre, plus personne ne pourrait s'appuyer. La jeune fille savait que seule l'annonce de la naissance d'un héritier le sortirait de sa torpeur, mais cet espoir ne serait pas réalisé avant longtemps puisque l'époux qu'il lui avait choisi, un voisin, ami de son fils défunt, était à la croisade et ne reviendrait pas avant de longs mois, voire de longues années. Azalaïs, à vrai dire, ne le déplorait pas vraiment : certes, elle eût souhaité voir son oncle heureux, mais elle n'était pas fâchée que soit retardé le moment où un inconnu, déplaisant peut-être, viendrait prendre, entre ses bras, la place qu'elle avait rêvé de donner à Hugues.

Hugues. Il était définitivement sorti de sa vie et elle s'interdisait d'y penser, mais souvent elle s'apercevait que, sans qu'elle l'eût voulu, il était présent dans son esprit, et qu'elle poursuivait inconsciemment une chimère de bonheur à ses côtés. Le renoncement à son amour n'avait pas été le seul déchirement d'Azalaïs au départ vers sa nouvelle existence : il avait fallu quitter Philippa et le petit Guillaume. Avant qu'elle monte à cheval, l'enfant s'était accroché à elle, et à demi étouffé par les sanglots, l'avait suppliée de rester. Il avait pourtant eu l'air de comprendre la nécessité de son éloignement lorsqu'elle le lui avait expliqué longuement, la veille, mais alors c'était encore abstrait, et le lendemain paraît ne jamais devoir arriver pour un enfant de trois ans. Au petit matin, au contraire, il avait bien saisi ce qui advenait et dans les bras de sa nourrice, qui avait du mal à le maîtriser, il avait hurlé son malheur et son impuissance, rendant ce départ encore plus triste pour la jeune fille à qui il était imposé. Affligée, elle serra contre elle le présent que le petit garçon lui avait fait la veille : un chiot de sa chienne préférée, un de ses biens les plus précieux. L'animal, nommé Flamme, était un épagneul au pelage fauve, d'à peine plus de deux mois qui pleurait sa mère lamentablement. Azalaïs le réchauffa contre son cœur et il s'apaisa peu à peu, tétant et léchant le doigt tiède que la jeune fille lui donnait pour le consoler.

La séparation d'avec Philippa avait aussi été bien difficile : il y avait plusieurs années qu'Azalaïs était dans l'entourage de la duchesse, et la disparition de Girarde les avait beaucoup rapprochées. Au moment de la perdre, Philippa s'était rendu compte à quel point elle s'était appuyée sur Azalaïs, et ne pouvant rien faire pour conserver l'intendante, elle trouva le moyen de garder la confidente : un courrier serait affecté au transport de leurs messages. Toutes deux savaient lire et écrire, et elles confieraient au parchemin les pensées, les soucis et les espoirs dont elles avaient accoutumé de débattre au cours des longs apartés qu'elles se ménageaient quotidiennement. À vrai dire, c'étaient essentiellement les préoccupations de la duchesse qui faisaient jadis l'objet des conversations, mais lorsque l'éloignement eut mis entre une missive et sa réponse une durée telle que les problèmes évoqués avaient dans l'intervalle trouvé une solution, les échanges des deux femmes prirent peu à peu un tour moins prosaïque, et elles réduisirent tout naturellement l'espace accordé aux petits faits quotidiens pour atteindre à une réflexion spirituelle dans laquelle, indirectement, la pensée de Robert d'Arbrissel tenait une grande place. Pour l'une et l'autre, le couvent, qu'il leur montrait comme l'étape obligée vers le salut, paraissait inaccessible, mais elles caressaient l'espoir d'y terminer une existence qui n'aurait pas apporté beaucoup de joies à Philippa, et dont Azalaïs attendait peu. C'est du moins ce qu'elle laissait entendre dans ses lettres, conservant le ton – mélange de résignation et de regrets – qu'elle avait adopté au début de leur correspondance en s'alignant sur celui de la duchesse.

En réalité, en attendant l'arrivée redoutée d'un hypothétique époux auquel elle pensait le moins possible, la jeune fille, avec l'énergie de la jeunesse et l'opiniâtreté inhérente à son caractère – qualité qui faisait tellement défaut à Philippa – s'était attelée à sa nouvelle tâche avec ce qu'elle aurait été obligée de qualifier d'enthousiasme si elle s'était posé la question. Mais elle n'y pensait pas, toute à son activité, et elle ne changeait de personnage, inconsciemment et brièvement, que le temps de l'écriture et pour le seul bénéfice de sa lectrice. Entre-temps, elle remplissait au mieux, et avec plaisir, son rôle de châtelaine d'une seigneurie importante, suzeraine de tout le pays à l'entour.

Elle s'était aperçue très vite que le domaine de la Moure, administré par un prévôt auquel son oncle avait délégué tout pouvoir, faisait l'objet d'une exploitation anarchique, et de ce fait était très éloigné de donner tout ce qu'il pouvait rendre, situation à laquelle elle avait décidé de porter remède. Guilhèm de la Moure, elle le comprit au hasard des demi-confidences qu'elle glanait ici et là, ne s'était jamais intéressé de bien près à ses terres ni à ses paysans, se contentant d'interventions sporadiques et désordonnées, au gré de son humeur et de sa fantaisie. Ces velléités de contrôle étaient redoutées, tant par les paysans que par Guiraut, le prévôt, car le seigneur était un homme chez qui les sentiments s'exprimaient toujours avec violence, aussi bien la joie que le déplaisir, et que ses incursions dans les greniers et les comptes mettaient rarement de bonne humeur. Il s'ensuivait le plus souvent des bastonnades auxquelles Guiraut n'échappait pas toujours, et il n'était pas rare que quelque serf finisse au gibet. Depuis ses malheurs, le vieux seigneur n'avait pas manifesté le moindre souci pour ses possessions, et chacun – le prévôt le premier – le volait avec constance et application.

Azalaïs pouvait aisément se rendre compte qu'un domaine était mal administré car elle avait eu, à deux reprises, l'occasion de voir l'inverse. Dans les deux cas, il s'agissait d'un couvent : d'une part celui de Saint-Laurent, où elle avait été élevée, éloigné de moins d'une lieue du château qui était dorénavant sa demeure, et d'autre part, celui de Saintes où elle avait résidé lors de la convalescence d'Hugues. La prieure des bénédictines était une personne affable et Azalaïs ne doutait pas d'obtenir une réponse si elle lui écrivait pour lui demander conseil. Elle était plus réticente au sujet de la religieuse qui avait effrayé son enfance car, bien qu'elle eût beaucoup gagné en assurance et qu'elle fût devenue l'héritière de la seigneurie dont dépendait le couvent, ce qui en faisait sa future suzeraine, elle l'intimidait encore.

Elle eût souhaité tout réformer et le faire rapidement, mais elle s'était heurtée à un mauvais vouloir généralisé et une hostilité plus ou moins masquée. Guiraut voyait en elle une ennemie, incapable de surcroît, et grommelait, quand il la savait à portée d'oreille, mais pouvait feindre de l'ignorer, contre les femmes qui ne restent pas à leur place, dans la chambre des dames, devant leur métier à tisser. Le seigneur de la Moure, malgré les prières d'Azalaïs, n'intervenait pas, alors qu'il eût suffi d'un mot de lui de temps en temps pour établir la légitimité de son action. Si elle eut été l'épouse, momentanément solitaire, d'un seigneur parti à la croisade, son autorité eût été acceptée sans problème, mais elle n'était pas encore mariée et n'avait donc aucun statut social. De plus, les châtelains du voisinage, son père le premier, tenaient pour excentricité ce désir de se substituer à un intendant alors qu'eux-mêmes, non seulement s'en accommodaient, mais n'auraient jamais eu l'idée de se soucier de la façon dont se faisaient les rentrées qu'ils exigeaient. Quant aux paysans, ils la regardaient d'un air sceptique, habitués qu'ils étaient à ce qu'il ne leur advienne rien de bon du château. Elle s'était fait une alliée en la personne de Maria, la nourrice des défunts enfants de la Moure. C'était une femme forte, point trop âgée, qui avait un grand bon sens et beaucoup d'équité. Contrairement à l'ensemble des domestiques, qui voyaient d'un mauvais œil la nouvelle maîtresse combattre le laisser-aller qui prévalait depuis le décès de l'épouse du seigneur, elle avait attendu sans préjugés que la jeune fille fasse ses preuves et, satisfaite de l'examen, avait résolu de l'aider. Ainsi, elle avait conseillé la patience et la lenteur : pour qu'Azalaïs parvienne à s'imposer, selon Maria, il lui faudrait éviter de heurter de front habitudes et gens, et introduire les changements petit à petit, sans qu'il y paraisse. La jeune fille avait admis la justesse de ses propos, et modéré, malgré sa déception, son ardeur réformatrice.

Le désir qu'elle avait de s'occuper de chaque chose avait de quoi surprendre de la part de la fille d'un sire dont l'éducation ne l'avait pas préparée à cela. Chez les nonnes, elle avait appris, comme il se devait, à choisir les viandes et les laines et à couper un bliaud; à reconnaître les plantes médicinales, les cultiver et les utiliser pour soigner les malades; à chanter et jouer d'un instrument de musique : toutes les choses utiles à une future châtelaine; de plus, elle avait eu accès à la lecture et à l'écriture. Chez les ducs d'Aquitaine, elle avait mis ses connaissances en application et les avait parachevées : elle était maintenant capable de décider de la succession des plats d'un festin ou de l'ordonnance d'une fête, et d'organiser les déplacements d'une nombreuse compagnie. À Toulouse, elle faisait tout cela, et plus encore.

À vivre parmi les grands de ce monde, dans le caravansérail des palais ducaux, elle avait oublié l'isolement d'un château de campagne : il ne s'y passait rien, les visiteurs de passage étaient fort rares, et les relations avec les seigneurs des alentours, espacées; chacun s'ennuyait chez soi et trouvait cela normal. De plus, les petites haines de voisinage étaient soigneusement entretenues, ce qui limitait encore le nombre des personnes à fréquenter. Arrivée à la Moure, le calme, l'inactivité et l'ennui avaient menacé de l'ensevelir, c'est pourquoi elle avait décidé de se mettre à l'ouvrage, et il ne manquait pas.

Mais avant tout, elle avait besoin de compagnie féminine : outre Maria, qu'Azalaïs aima tout de suite, mais qui n'avait guère de conversation hormis les questions domestiques, il n'y avait que les serves de la cuisine. Elle fit savoir, par un messager envoyé dans les châteaux voisins, qu'elle se chargerait volontiers de parfaire l'éducation de quelques jeunes filles. Avant cela, pour parer à de probables réticences, elle avait prudemment demandé à la prieure du couvent si elle pouvait lui envoyer une veuve, qui accepterait de vivre au château, pour donner de la respectabilité à l'essaim de jeunesse qu'elle comptait bien réunir autour d'elle.

Rassurées par la présence de Garsenda, qui s'était empressée de répondre à l'appel d'Azalaïs et de quitter un couvent où elle ne s'était réfugiée que faute de pouvoir aller ailleurs, chassée par une bru autoritaire et jalouse de l'affection que ses enfants portaient à leur grand-mère, les dames des environs envoyèrent volontiers leurs filles apprendre les bonnes manières que l'héritière de la Moure avait acquises auprès de la duchesse d'Aquitaine. C'est ainsi qu'arrivèrent Beatriz de Sélherm, pâle et maladive, Clara de Saint-Frajou, robuste et rougeaude, Iselda de Guittaut, la seule blonde du groupe, et Bieiris de Peguilhan, vive et gracieuse. Un moment intimidées par Azalaïs, leur aînée de quelques années, parée du mystère de ceux qui ont voyagé, et investie de l'autorité déléguée par leurs parents, les jeunes filles remplirent bien vite la triste demeure de leurs rires juvéniles. Toutes éduquées dans le même couvent, elles se connaissaient depuis longtemps et semblaient être de bonnes amies.

Azalaïs attendait avec curiosité, et un peu d'inquiétude, la réaction de son oncle, se demandant si toute cette gaieté le ramènerait à la vie, ou bien si elle offenserait sa tristesse. Mais le vieil homme ne réagit pas, se contentant de s'éloigner du bruit et des rires. De longues heures, il restait sur le chemin de ronde, guettant le retour des guerriers partis si loin chercher la gloire ou la mort. Son esprit battait la campagne et il semblait confondre dans ses propos le fils défunt et l'ami de celui-ci qu'il attendait pour lui succéder. Il n'intervenait en rien dans la marche de la maisonnée, et Azalaïs s'affirmait peu à peu, sans hâte excessive, suivant les judicieux conseils de Maria. Elle bénéficiait aussi de l'expérience d'une autre femme, d'autant plus précieuse que celle-ci avait été l'épouse d'un seigneur et avait eu la responsabilité de l'organisation interne d'un château : Garsenda, qui ne s'imposait jamais, mais avait généralement une solution à proposer lorsqu'on la consultait, et était toujours prête à aider quand on avait besoin d'elle. Azalaïs ne comprenait pas que sa bru se soit privée de cette auxiliaire bonne, généreuse et d'humeur égale. Grasse et molle, comme une brioche qui sort du four, elle en avait aussi la tiédeur rassurante. De plus en plus, la jeune fille, qui avait tôt perdu sa mère et sa nourrice, allait chercher auprès de cette femme affection et réconfort.

Azalaïs eût souhaité organiser des fêtes qui réuniraient au château quelques familles alliées, mais il n'en était pas question, car le deuil de son oncle, qui était aussi le sien, était encore récent. Pour pallier l'ennui, et éviter le risque de sombrer dans le laisser-aller habituel des seigneuries paysannes qui ignoraient tout des raffinements de la vie citadine et courtoise, elle entreprit d'établir les règles d'un décorum copié – à petite échelle – sur celui de Poitiers où il y avait des hôtes chaque jour. Le donjon, carré, et assez vaste si on le comparait à ceux des voisins, comportait deux grandes salles : celle du premier étage, à laquelle on avait accès de l'extérieur par une échelle que l'on tirait derrière soi la nuit et en cas de danger, était réservée au corps de garde et aux festins, celle du dessus servait aux femmes pour leurs travaux et l'on y dormait dans un angle. À l'arrivée d'Azalaïs, son oncle passait ses journées dans la salle du bas, assis sur une cathèdre bancale, à l'opposé des quatre gardes de permanence qui disputaient une interminable partie de dés, ponctuée de jurons sonores et copieusement arrosée du vin des coteaux de la Moure. De temps à autre, l'un d'eux se levait et disparaissait dans l'escalier à vis qui menait au toit; il était peu après remplacé par le collègue qu'il venait de relever. Guilhèm ne prenait plus la peine de monter pour se coucher, et sa paillasse, grouillante de vermine, restait tout le jour dans le coin de la salle où il dormait. Cette pièce n'avait pas été nettoyée depuis le décès de la dame, et elle était devenue une soue immonde. L'étage du dessus ne valait guère mieux, et tout ce qui aurait pu être utilisable, excepté les quelques meubles – mais ils avaient souffert aussi – avait été mangé par les rats qui venaient de la réserve du rez-de-chaussée, où les céréales en nourrissaient de véritables colonies qui se répandaient dans tout le donjon depuis que personne ne prenait la peine de les chasser. Le premier acte d'autorité d'Azalaïs avait été d'exiger des seviteurs qu'ils balaient les deux salles et en lavent le pavage à grande eau. Ils s'étaient exécutés de mauvaise grâce, mais une fois le travail fait, et après qu'ils eurent répandu une fraîche jonchée de genêts, le jaune éclatant des fleurs, qui poussaient en abondance sur les friches alentour, donna de la clarté et de la gaieté à des salles qui, au premier abord, avaient paru sordides.

Elle fit l'inventaire des meubles qui étaient peu nombreux : le lit du maître, assez grand pour accueillir cinq ou six personnes, quelques bancs, des tables et des tréteaux. Tout cela était en fort mauvais état, et elle coucha quelques semaines sur une paillasse, avec Flamme allongée à ses côtés, le temps de faire réparer le cadre du lit et les piliers auxquels des courtines déchirées pendaient lamentablement. Elle avait heureusement apporté un peu de linge, cadeau de Philippa à son départ, car on n'était qu'au printemps et il faudrait attendre l'hiver pour transformer en étoffes la laine des moutons qu'elle voyait paître sur les collines. Elle fit également refaire les pieds cassés des bancs, consolider les deux coffres qui, après nettoyage, lui parurent assez beaux, et installer une chaise percée à chaque étage. Elle avait décidé que les repas seraient désormais pris tous les jours dans la grande salle, sur une table recouverte d'une nappe, et que l'on userait quotidiennement du plat, des écuelles, des cuillères et des hanaps d'étain, autre cadeau de la duchesse. Ce ne fut qu'après ces travaux préalables et l'établissement de ce rite, que son oncle respectait avec indifférence, qu'elle fit venir les jeunes filles dans ce qu'elle commençait de considérer comme sa maison.

Elle fut récompensée de son travail par leur réaction admirative. Ce qu'elle avait réalisé était peu de chose en regard de ce qu'elle avait admiré ailleurs, mais pour les petites campagnardes, c'était déjà beaucoup. D'abord impressionnées par le château, le plus grand et le plus riche des environs, elles le furent par la beauté du linge, de la vaisselle – bien modeste pourtant, à comparer avec celle d'or et d'argent utilisée à Poitiers –, et par l'ordre qui réglait le déroulement des journées. Ne voulant pas paraître gourdes, elles s'y plièrent avec application et devinrent même plus intransigeantes que la châtelaine qui l'avait instauré.

Elle avait agi là dans le domaine de Maria, qui souffrait de l'état des lieux sans posséder le pouvoir d'intervenir, et qui s'était empressée de la seconder. Les difficultés commencèrent quand elle voulut se mêler de ce qui relevait de la responsabilité de Guiraut. Il venait tous les jours au château rendre compte des détails de son administration et prendre les ordres; il était généralement peu écouté et encore moins dirigé, et sa visite quotidienne s'était peu à peu réduite à une démarche de politesse, au salut déférent qu'un inférieur doit chaque jour à son seigneur. En réalité, sous son apparence servile, il était le véritable maître de la seigneurie: il dirigeait l'exploitation agricole, s'occupait de l'approvisionnement du château, levait les impôts, rendait même la justice à la place de Guilhèm lorsque celui-ci se désintéressait de l'affaire, situation maintenant habituelle. Il vivait au village, avec une servante jeune et plaisante, à proximité des paysans, dans une modeste mais solide maison de briques que les seigneurs réservaient à leurs prévôts pour asseoir leur autorité. Elle impressionnait en effet les misérables voisins de Guiraut, mais faisait pauvre figure comparée au château. Ignoré des seigneurs et haï des paysans, il se payait du mépris des premiers sur le dos des seconds. Dès la première semaine, il fut surpris de la demande d'Azalaïs d'aller inspecter la resserre, au rez-de-chaussée, afin de vérifier ce qu'il restait pour arriver à la moisson. Elle constata que c'était peu et elle songea au proverbe *Lonc com la fam de mai*[7]. Il y en aurait toujours assez pour nourrir les gens du château, bien sûr, mais si les paysans n'avaient plus rien à manger, il serait difficile de les aider. Les insectes avaient dévoré une partie des grains, des fèves et des pois, et dès l'entrée, elle fut assaillie par l'odeur de pourriture qui émanait du coin où étaient entassées les pommes de l'automne. Il eût fallu, tout au

---

7 Proverbe que l'on peut encore entendre en Comminges. Sa traduction est : « Long comme la faim du mois de mai ». On pourrait l'expliquer ainsi : le mois de mai précède les premières productions agricoles de l'année, c'est donc le dernier où il faut vivre sur les réserves de l'année d'avant qui, bien souvent, devaient être épuisées.

long de l'hiver, trier les fruits abîmés pour qu'ils ne corrompent pas les autres, mais Guiraut avait négligé de le faire et Azalaïs le lui reprocha vivement. L'homme la regarda avec haine et elle réprima un frisson à la vue de ce faciès bestial : il ne fallait surtout pas qu'il ait l'impression qu'elle avait peur de lui, mais il ne faudrait pas négliger non plus le danger que représentait un familier qu'elle devinait vindicatif. C'est d'une voix ferme qu'elle lui intima de veiller à ce que le nettoyage soit fait et qu'elle commanda que, durant la nuit, on enferme des belettes dans cette pièce pour qu'elles chassent les rats. Elle termina en déclarant que ce serait elle, désormais, qui conserverait la clé de la resserre et qu'elle viendrait chaque matin décider de ce qui serait prélevé pour la journée. Il acquiesça et sembla prêt à obéir, mais lorsqu'elle y retourna, le lendemain, elle constata que rien n'avait été fait : après son départ, Guiraut avait annulé ses ordres et les serfs, qui avaient bien plus peur de lui que d'elle, lui avaient obéi. Elle comprit qu'elle devait s'y prendre autrement, et devant un prévôt furieux, qui avait espéré qu'à la manière du vieux seigneur elle ne s'intéresserait qu'épisodiquement aux questions matérielles, elle resta sur place pour vérifier que le travail était fait, et bien fait, et elle fit ainsi jusqu'à ce que ce soit terminé. Elle n'eut plus à lui confier la clé, qu'elle pendit à sa ceinture, et qui y demeura.

La mise en route quotidienne était son premier travail de la journée; elle était suivie de la messe à laquelle elle assistait avec son oncle, Garsenda, les jeunes filles et Maria. Il n'y avait malheureusement pas de chapelain attaché au château et Azalaïs le déplorait, car il eût fait un commensal lettré dont l'apport dans la conversation quotidienne eût amené la dimension spirituelle qui lui manquait. C'était le curé du village, débonnaire et rondouillard, qui arrivait sur sa mule avant le dîner qu'il prenait ensuite au château, pour célébrer l'office dans la petite chapelle dont le seul luxe était la profusion de fleurs qui la décorait. Dès le mois de mai, la frondaison du rosier grimpant qui couvrait en tonnelle le dessus du puits, au centre de la basse-cour, avait disparu sous une multitude de petites roses rouges. Maria en faisait des bouquets qui éclairaient le sévère autel de pierre ainsi que les statues de la Vierge et de saint Laurent qui semblaient veiller sur les fonts baptismaux. Le curé était un homme simple et peu instruit qui marmonnait des bribes de latin dont on n'était pas sûr qu'il les comprenait lui-même, et l'ennui de ses sermons donnait à Azalaïs la nostalgie des homélies enflammées de Robert d'Arbrissel. Il rabâchait interminablement le même discours sur la culpabilité de la femme adultère sans se rendre compte de la double ironie de la situation : lui-même contrevenait à ses propres mandements puisqu'il vivait en concubinage – ce que le pape Grégoire avait fermement condamné, et Urbain à sa suite – et de plus, le public auquel il s'adressait était composé d'une veuve et de jeunes filles privées de présence masculine. À l'entendre, Garsenda avait dans l'œil une lueur railleuse, et les anciennes couventines pouffaient discrètement.

Après la messe, à l'heure de tierce[8], le dîner était servi. Levés à l'aube, qui au prin-

---

8 Vers neuf heures.

temps survient fort tôt, tous étaient affamés et faisaient honneur au copieux repas : soupe, de choux ou de pois, viandes diverses, pain, fromages et fruits, le tout arrosé de vin herbé dont Azalaïs aimait varier le goût en y mélangeant chaque jour des aromates différents. Elle avait fixé l'horaire des repas et exigeait une grande exactitude, car elle croyait à la vérité du proverbe qui dit :

Lever a six, disner a neuf,
Souper a six, coucher a neuf,
Font vivre d'ans nonante neuf[9].

Les jeunes filles allaient ensuite tirer l'aiguille dans la chambre du haut, mais Azalaïs ne les rejoignait que plus tard, quand elle avait fait, avec Guiraut, le tour des champs et du village, tournée pendant laquelle ils s'affrontaient sans cesse, n'étant en rien du même avis, et dont elle sortait parfois gagnante – récompense de son opiniâtreté – mais toujours fatiguée et

---

9 Cité par Georges Matoré, *Le Vocabulaire et la société médiévale*, Paris, P.U.F., 1985, 336 p., p. 219.

nerveuse. Au retour, elle passait un moment à la chapelle, pour se calmer et se détendre, avant d'aller se joindre aux travaux et aux bavardages féminins. La tâche qu'elle s'était imposée pesait parfois bien lourd sur ses épaules, mais dès qu'elle franchissait le portail dont la voûte de pierre contrastait plaisamment avec la brique du reste de la construction, le silence et la fraîcheur du lieu l'apaisaient. Certains jours, flottait encore un reste d'encens qu'elle humait, les yeux fermés.

Sous la houlette de Garsenda, les adolescentes restauraient la grande tapisserie qui décorait, les jours de réception, la salle des festins. Du temps de la dame, après chaque occasion, elle était soigneusement secouée, enroulée et conservée dans le lieu le moins humide du donjon. Mais les malheurs étaient survenus après une fête, et le seigneur ne s'était pas occupé de la faire décrocher. Azalaïs l'avait trouvée couverte de toiles d'araignées, fanée dans la partie la plus exposée au soleil et mangée aux mites en maints endroits. Après que les serviteurs l'eurent longuement battue, dans la cour, pour en extraire la poussière, elle vit qu'elle représentait une chasse. Les personnages, aux vêtements très colorés, étaient rassemblés dans une vallée, au pied d'une haute falaise qui s'élevait à la droite du motif, alors qu'à gauche foisonnaient des arbres aux troncs réguliers, couverts d'une végétation printanière. Au loin sinuait une rivière vers laquelle tous semblaient se diriger. Les hommes étaient montés sur des étalons rouans et les femmes, de blanches haquenées. Autour d'eux couraient en tous sens de nombreux lévriers, et dans le ciel, impeccablement bleu, volaient des faisans mordorés, des colombes aux tons tendres et de noirs rapaces. Azalaïs avait hâte de pouvoir l'accrocher de nouveau dans la salle, mais il faudrait avant cela y travailler de longs mois.

Souvent, tandis qu'elles brodaient, elles chantaient les chants qu'Azalaïs avait elle-même appris chez les nonnes qui, elle put le constater, n'en avaient pas introduit de nouveaux. Elle avait plaisir à les accompagner, car cela lui remémorait de doux souvenirs de son enfance au couvent, mais elle leur

enseigna aussi, pour augmenter leur répertoire, et pour se rappeler des moments plus
récents et des amies éloignées à jamais, des
chansons qu'elle avait connues à Poitiers, et
qui parlaient de séduisants chevaliers et de
dames cruelles. Certains de ces chants
étaient en langage poitevin, qu'elles ne
comprenaient pas, et qui faisait entrer
parmi ces jeunes filles ignorantes, dans ce
donjon du Comminges où il ne venait
jamais rien d'ailleurs, un peu du mystère
des contrées lointaines.

Elles bavardaient aussi beaucoup; leur
sujet de prédilection était l'amour et les
jeunes gens. Beatriz, devinant la curiosité
d'Azalaïs même si celle-ci n'en disait rien,
parlait souvent de son frère Bernart, le
cadet des garçons de Sélherm, que Guilhèm
de la Moure avait choisi pour remplacer son
fils. Peu à peu se dégageait un portrait qui
était à l'opposé de celui d'Hugues : brun et
de taille moyenne, comme beaucoup de
Méridionaux, il aimait rire et chanter, et ne
prenait jamais la vie au sérieux. Volontiers
insouciant, il ne s'inquiétait guère de son
établissement, disant que Dieu y pourvoi-

rait en son temps. Et en effet, il y avait pourvu. En riant avec les autres au récit des continuelles taquineries, jamais méchantes, qu'il faisait subir à sa sœur, Azalaïs pensait qu'elle aurait pu tomber plus mal. Elles avaient toutes des frères, partis au loin sur les pas du comte de Toulouse, et elles en parlaient d'abondance, questionnées par leurs amies qui savaient que ce serait probablement parmi eux qu'on leur choisirait des maris. Iselda de Guittaut avait été fiancée à l'héritier de la Moure et aurait dû occuper la place d'Azalaïs, mais elle ne montrait aucune aigreur et elle était aussi joyeuse et insouciante que les autres : il était clair qu'elle avait peu aimé le jeune homme que l'on disait violent et impérieux.

Parfois, elles prenaient des chevaux et elles partaient, escortées de deux gardes, faire une visite à Benqué. Azalaïs se faisait un devoir de visiter sa famille, mais cela lui procurait peu de plaisir : l'intérieur était mal tenu, la conversation d'Élissandre sans intérêt et ses deux plus grands frères, des gamins de sept et huit ans, grossiers et mal élevés. Son père ne faisait que de brèves apparitions, mais il en profitait pour se plaindre et comparer, sur un ton geignard, les ressources de la seigneurie de la Moure à celles de Benqué. La jeune fille faisait semblant de ne pas comprendre ses appels à demi déguisés, car elle ne se sentait pas le droit de détourner au profit des siens des revenus qu'elle gérait, certes, mais qui ne lui appartenaient pas encore. Élissandre avait plusieurs enfants pendus à ses basques et un à la mamelle : le couple était prolifique. Dans cette bande mal lavée et vêtue à la diable, une petite fille tranchait sur les autres : âgée de trois ans, elle était la seule à ne pas avoir hérité la solide constitution de ses géniteurs et au lieu de courir et criailler sans cesse comme le reste de la troupe qui évoquait irrésistiblement un troupeau de pintades, elle traînait, à chaque visite, autour des belles jupes de sa demi-sœur et de ses amies et, toujours silencieuse, ouvrait sur elles des yeux émerveillés et attentifs. Entre deux visites, Azalaïs repensait parfois à cette enfant, et la tentation l'effleurait de la demander à son père pour se charger de son éducation. Seulement, elle ne voulait pas qu'il ait l'impression de lui faire une faveur, car il la lui ferait payer cher. Au contraire, il fallait l'amener à le proposer lui-même et le laisser insister un peu avant de prendre en charge la petite qu'il devait considérer comme une bouche inutile.

Elles rentraient toujours avant la nuit pour ne pas imposer à Benqué la charge de leur repas et le souci de leur coucher, et parfois elles s'arrêtaient en chemin pour prendre une collation chez les religieuses qui les accueillaient toujours à bras ouverts. Azalaïs, laissant ses compagnes à leurs confitures, allait rejoindre la sœur apothicaire, invariablement penchée sur ses plates-bandes pour parfaire ses connaissances en plantes médicinales cultivées en abondance dans le clos du couvent. Elle en repartait avec quelque bouture qu'elle s'empressait de planter, à son retour, dans le jardin aménagé à l'extérieur de l'enceinte, dans un lieu abrité du vent et proche d'un ruisseau. Elle passait là beaucoup de temps et soignait avec amour la rose, la marguerite, l'iris et le glaïeul, ainsi que l'œillet, dont elle aimait le parfum par-dessus tout, mais aussi le plantain, souverain contre les maux de tête, le lys qui guérit les brûlures, et tous les simples qui permettent de soulager les maux. Elle y trouvait la même paix de l'âme qu'à la chapelle, et quand elle se résignait à le quitter, elle emportait quelques feuilles de menthe qu'elle froissait avec délices afin de bien en extraire toute la senteur poivrée et les glissait ensuite dans sa manche pour que le parfum l'accompagne quelques moments encore. Ses talents de guérisseuse commençaient d'être connus et les paysans venaient de plus en plus souvent la trouver quand ils nécessitaient des soins. Elle profitait de l'occasion pour leur parler avec gentillesse, et ils repartaient toujours avec un morceau de pain, une pomme ou quelques noix. Elle savait par Maria que l'on parlait de la bonté de la dame du château et elle s'en réjouissait, car elle avait besoin de se sentir aimée.

Suivie ou précédée de Flamme, qui l'accompagnait partout et qui était toujours suivie des regards des paysans, étant d'une race espagnole inconnue en Comminges, elle rejoignait chaque matin Guiraut qui l'attendait pour l'escorter dans sa ronde. Ils commençaient par le village. Groupées autour d'une église de torchis couverte de chaume, deux douzaines de maisons, de même construction, occupaient le bas de la pente au sommet de laquelle se dressait la forteresse en briques rouges des seigneurs. Elles étaient à peu près à égale distance du moulin, construit sur la Houytère, tout proche du couvent. La forge était au centre du village, près de l'église, ainsi que la maison du prévôt et l'atelier du bourrelier. Azalaïs confiait son cheval à Guiraut et entrait dans l'une ou l'autre des masures. À cette heure-là, il n'y avait que des vieux et des bébés : les hommes, sur un banc devant la porte, appuyés au bâton avec lequel ils chassaient les chiens et les volailles qui rôdaient trop près, crachaient de temps en temps dans la poussière, et les femmes, à l'intérieur, faisaient, en surveillant les derniers-nés, une maigre soupe de choux dont l'odeur violente mêlée à la fumée qui s'échappait mal par le trou du toit faisait tousser et larmoyer l'arrivante. Elle franchissait, en se penchant, les portes trop basses, clignait des yeux un moment pour distinguer la vieille femme, disait un mot aimable, donnait quelque aumône, puis repartait vérifier le travail des champs. Les terres étaient divisées en deux parties : d'une part, proches de la Save, les tenures qui étaient louées aux paysans pour le quart de leur récolte, et d'autre part, entre le château et la Houytère, la réserve qui était directement exploitée pour le seigneur, grâce aux journées de travail gratuit dues par les serfs. Le moulin lui appartenait, et les villageois étaient obligés d'en utiliser les services, ce qui était une autre source de profits. Enfin le pont, construit sur la Save, rapportait quelques revenus grâce au péage perçu auprès de ses utilisateurs.

Les terres étaient riches et les paysans nombreux : les greniers de la Moure auraient dû être pleins. Or, il n'en était rien et Azalaïs chercha à savoir pourquoi. Elle s'aperçut que les serfs avaient naturellement tendance à négliger les terres de la réserve au profit des leurs et que Guiraut trouvait moins fatigant de lever des impôts que de les forcer à travailler pour le château. Il surveillait donc superficiellement les corvées, mais il était fort exact à réclamer le dû du seigneur sur les terres louées qu'ils cultivaient sans méthode et qui rapportaient peu. Azalaïs apprit, par un enfant du village qu'elle avait mis en confiance en le guérissant d'une vilaine blessure, que Guiraut était haï car il désignait arbitrairement les paysans qui seraient astreints à la corvée, et que ceux qu'il n'aimait pas étaient cités plus souvent qu'à leur tour. Elle commença donc par ouvrir un registre dans lequel elle tint un compte exact et équitable des journées; les paysans, d'abord méfiants comme ils l'étaient devant toute nouveauté, comprirent que le système était à leur avantage – du moins à l'avantage du plus grand nombre, car les protégés du prévôt étaient furieux – et commencèrent de regarder la châtelaine d'un œil nouveau. Cela prendrait encore des années avant qu'ils n'adoptent les nouvelles méthodes de culture qu'elle comptait mettre en place, mais elle avait le temps et ne désespérait pas d'y parvenir. Ils pratiquaient, comme presque partout, l'alternance des récoltes :

un an sur deux, les champs étaient laissés en jachère de telle sorte que le sol se repose et soit engraissé par les déjections des moutons que l'on y faisait paître. L'année suivante, on y semait la même chose qu'auparavant. Chez les religieuses de Saintes, Azalaïs avait observé une façon de procéder tout à fait nouvelle : au lieu de séparer l'espace cultivé en deux parties, elles le séparaient en trois, et elles variaient les cultures dans les champs exploités, alternant semailles d'hiver et semailles de printemps : ainsi, la surface de sol utilisée éait supérieure, et ce n'étaient pas toujours les mêmes éléments qui étaient puisés dans la terre par les plantes. Guiraut ricana, prédit la famine, essaya de faire intervenir le vieux Guilhèm qui ne lui répondit même pas, et dut, de fort mauvaise grâce, en passer par ce que voulait sa maîtresse. Les paysans étaient aussi sceptiques que lui, mais ils n'osaient pas l'exprimer, se contentant de refuser farouchement d'appliquer ces méthodes sur leurs propres terres.

Deux années passèrent ainsi, laborieuses et souvent gaies, sans événement majeur. La paix régnait car les hommes guerroyaient ailleurs, le domaine prospérait, le donjon était bien tenu et Azalaïs continuait d'améliorer l'apparence et le confort des pièces habitées. Elle avait fait peu à peu de la Moure une résidence bien supérieure à toutes celles des alentours même si, faute de moyens suffisants, elle était encore loin de ce qu'elle aurait souhaité. Au nombre des innovations qui paraissaient un peu superfétatoires aux voisins comptait l'aménagement d'une salle d'étuves où, pendant les grandes chaleurs de l'été, dans de grands cuveaux de bois recouverts de draps épais pour protéger les corps des échardes, les servantes déversaient sur les jeunes filles, au milieu des rires et des exclamations, de grandes seilles d'eau qui avaient chauffé dans la cour de longues heures.

Les visites étaient rares, et celle du messager de Philippa, qui survenait deux ou trois fois entre mai et septembre, était une distraction très attendue. Elle commençait invariablement par un petit drame car, lorsque le guetteur annonçait l'approche d'un cavalier semblant venir de loin, le vieux Guilhèm reprenait vie, faisait seller son roncin et partait à la rencontre de celui qu'il espérait depuis si longtemps. Chaque fois déçu, il éperonnait son cheval, traversait en trombe le village où il estourbissait quelques volailles, et allait cacher son affliction dans l'immense forêt de Sélherm où il chevauchait jusqu'à l'épuisement de sa monture. Après quelques heures, il était hébété de fatigue, presque inconscient, et les gardes, qui l'avaient suivi à quelque distance, pouvaient alors le ramener. On le couchait sans qu'il proteste, et le lendemain il semblait avoir tout oublié.

Pendant que les jeunes filles s'empressaient auprès du messager, Azalaïs s'isolait, à proximité de la fenêtre, pour prendre connaissance de la missive de Philippa. L'émotion l'étreignait à la lecture des nouvelles d'un monde qu'elle avait aimé et qu'elle ne reverrait plus. Les faits contés étaient souvent anodins et ne présentaient de l'intérêt que pour qui connaissait les personnes mentionnées, mais à l'automne de 1099 la lettre de la duchesse apporta une nouvelle venue d'Orient qui revêtait une importance capitale : Jérusalem était tombée, le 15 juillet, aux mains des Croisés. Ce succès des armes des soldats de Dieu allait remplir de liesse toute la chrétienté puisque l'on pourrait maintenant faire sans danger le pèlerinage de Terre Sainte auquel tous les croyants aspiraient. Azalaïs envoya un messager en informer d'abord les nonnes, puis les châtelains voisins qui avaient presque tous des fils à la croisade et qui seraient heureux et fiers de cette victoire. Elle fit ensuite mander le curé pour qu'il dise une messe d'action de grâce dans la chapelle du château; il en dirait une autre, plus tard, dans l'église du village, comme tous les prêtres d'Occident l'avaient fait, ou le feraient, en apprenant l'événement. Puis elle reprit la lettre pour la savourer à son aise.

Philippa y disait que le duc d'Aquitaine, aiguillonné par cette nouvelle, allait partir, à son tour, en Orient, à la tête de ses chevaliers. La duchesse se réjouissait que son époux se résolve enfin à devenir un soldat du Christ, mais elle estimait que cela n'excusait pas l'attitude scandaleuse qu'il avait eue lors du dernier concile qui s'était tenu en novembre, à Poitiers, et dont elle faisait le récit à sa correspondante. Les légats du pape avaient pour mission de renouveler l'excommunication qui avait frappé déjà par le passé le roi de France, Philippe Ier, en raison de ses rapports adultères avec la femme d'un de ses vassaux: Bertrade de Montfort, comtesse d'Anjou. La sanction avait été levée sur la promesse du coupable de s'amender, mais il était de notoriété publique qu'il n'avait pas obéi et le pape était intraitable sur ce sujet. Guillaume avait longuement plaidé la cause de son suzerain devant les légats et une nombreuse assemblée. N'obtenant pas gain de cause, il était devenu menaçant, puis avait fait une violente sortie, imitée par plusieurs personnes; il y avait même eu une bousculade et du sang versé. Heureusement, les Pères du concile et quelques membres de l'assemblée, parmi lesquels Robert d'Arbrissel, avaient su ramener le calme par la dignité de leur attitude. Philippa débordait d'indignation au sujet de Guillaume qui avait justifié son intervention en disant qu'il soutenait toujours les jolies femmes. Elle se demandait même – et Azalaïs était tentée de partager cette opinion – si ce n'était pas davantage l'attrait de l'inconnu et l'appât du gain qui l'attiraient vers l'Orient que le désir d'affirmer sa foi. La duchesse ne disait pas si Hugues se joindrait à la croisade, mais elle ne parlait plus jamais de lui et Azalaïs n'osait rien demander. Toutefois elle imaginait mal l'ancien écuyer, qu'elle avait connu entreprenant et téméraire, se laisser priver d'une aussi belle aventure.

Philippa racontait aussi que le même concile, inquiet des désordres provoqués par l'errance des fidèles de Robert d'Arbrissel, avait exigé que le prédicateur se fixe et mette fin à la mixité qui faisait scandale. Ainsi, hommes et femmes vivraient séparés dans de modestes huttes érigées sur le site de Fontevraud.

Quand l'agitation provoquée par la nouvelle fut retombée, elle saisit ce qu'impliquait le départ de troupes fraîches : les Croisés de la première heure seraient relevés et retourneraient dans leurs foyers. C'était donc un mari, à plus ou moins brève échéance – quelques mois, au mieux une année –, que lui apporterait cette victoire. Elle y songea souvent, dans les mois qui suivirent, d'autant que les jeunes filles en parlaient sans cesse : les fêtes allaient recommencer, et les chasses, et les tournois. La vie entre femmes était douce, mais qu'elles avaient donc hâte que les hommes viennent la compliquer un peu ! Azalaïs enviait leur légèreté et leur insouciance : elle avait maintenant dix-neuf ans et avait eu le temps d'apprendre que la vie ne se résume pas à une succession de bals et de festins. Elle laissait les têtes folles s'échauffer, et si elle ne participait pas à leurs fiévreux bavardages, elle avait plaisir à les écouter. Elle pensa beaucoup à Mahaut, pendant tous ces mois, au bon sens qui avait dicté sa conduite et au bonheur qui s'en était suivi; elle se promit d'en tenir compte au moment opportun. Mais, si Azalaïs redoutait que les relations avec son mari ne lui apportent pas le bonheur, elle avait aussi autre chose à craindre : la perte du pouvoir qu'elle avait peu à peu gagné, qui était maintenant bien établi, et auquel elle savait qu'elle tenait beaucoup. Il lui serait douloureux de passer la main, mais pouvait-elle raisonnablement espérer que son époux lui permettrait de continuer? Toute l'année elle se prépara, par la prière et la réflexion, mais quand le guetteur annonça qu'une troupe nombreuse approchait, tout son calme la quitta et son cœur se mit à battre follement, comme battaient les cœurs des autres jeunes filles lorsqu'elle se précipita à leur suite sur le chemin de ronde.

CHAPITRE II

Valer mi deu mos pretz e mos paratges,
e ma beltatz e plus mos fis coratges...

« Mon mérite, ma noblesse et ma beauté
doivent me servir à quelque chose,
et encore plus mon cœur fidèle... »

COMTESSA DE DIA.

L a fête battait son plein et les trognes
étaient enluminées aux couleurs du
claret que l'on servait avec prodigalité en ce
jour de noces au château de la Moure. La
table du banquet regorgeait de viandes : à
l'exception d'un magnifique paon, servi avec
ses plumes, on avait délaissé les nourritures
fournies par la basse-cour, telles qu'oies et
chapons, au bénéfice des proies que les chas-
seurs avaient ramenées toute une semaine
durant. Il y avait un cerf qui avait été rôti
dans la cour, et dont le vent portait jusqu'au
village la riche odeur de chair grillée qui
ferait paraître aux paysans leur brouet quotidien encore plus maigre, ainsi qu'une quantité de gibier de petite taille : lièvres, faisans,

231

hérons et grues, écureuils et hérissons, le tout complété par les anguilles et les brochets pris dans la Save. Il montait de la table de puissants effluves, car il faisait chaud et les animaux chassés en début de semaine étaient déjà très faisandés. À leurs fortes odeurs, s'ajoutaient celles des épices, poivre, piment, gingembre et muscade, destinées, avec l'ail et l'oignon, eux aussi utilisés en abondance, à lutter contre le goût douceâtre des chairs corrompues.

Azalaïs était un peu pâle, mordue d'angoisse à la pensée de ce qui allait se passer, bientôt, quand elle rejoindrait avec son beau mari la couche qu'elle avait fait tendre de ses meilleurs draps. Garsenda lui en avait parlé, le matin, répondant à la question que la jeune fille n'avait pas posée, mais qu'elle devinait bien. Elle avait dit que les hommes sont brutaux et qu'elle devait s'attendre à souffrir, mais que ce serait d'autant plus bref qu'après le repas son époux serait sans doute ivre, comme ils le sont toujours quand ils festoient. C'était une information sans surprise qui correspondait à ce qu'elle avait déjà entendu ici et là et qui ne l'avait pas troublée davantage; par contre, ce que lui avait dit Maria l'avait autrement émue: les ragots de cuisine faisaient état de manières nouvelles que les hommes avaient rapportées d'Orient. Les servantes disaient, avec des sourires en coin, que les femmes des infidèles leur avaient appris beaucoup de choses, et qu'elles n'allaient certes pas s'en plaindre. Elles donnaient sans doute des détails que l'on n'avait pas répétés à Azalaïs, et celle-ci ajoutait à son inquiétude de devoir livrer son corps à un autre corps celle d'être obligée de se plier à des pratiques de païens qui perdraient son âme.

Tout en flattant distraitement Bérangère, la demi-sœur que son père lui avait finalement cédée, et Flamme, la grande chienne aimante, qui étaient venues toutes deux se blottir contre elle, de la même manière, à la fois confiante et craintive, comme si elles redoutaient qu'une situation nouvelle ne leur enlève la protectrice à laquelle elles étaient tellement attachées, elle regardait de temps en temps ce mari qu'elles lui enviaient toutes. C'était un homme mince, au corps musclé et harmonieux, dont la belle tête brune était encadrée de cheveux bouclés que l'on devinait soyeux et qui, pour l'occasion, étaient tressés de fils d'or. Il portait la barbe longue, séparée en deux pointes, et Maria avait appris que le soir, il l'enserrait dans un sac, avec des onguents, pour qu'elle soit douce et parfumée. Ses yeux couleur de châtaigne brillaient de joie et de malice, et quand éclatait son rire sonore et communicatif, on voyait les dents très blanches dans le visage hâlé par les soleils lointains. Elle croisa son regard posé sur elle alors qu'il caressait une grosse poire juteuse, avant de mordre dedans avec appétit, et elle eut le sentiment que pour lui elle était comme ce fruit : bonne à cueillir et à déguster. Elle eut à cette pensée un frisson de plaisir anticipé qui dilua un peu son anxiété, mais qu'elle se reprocha comme un péché.

Guilhèm de la Moure paraissait heureux, ou presque. Entouré de ses vassaux, à qui il n'avait plus parlé depuis si longtemps, il échangeait avec eux des souvenirs de chasses anciennes, comme un homme qui a enfin trouvé la paix. Lorsque les Croisés étaient arrivés, trois semaines auparavant, il avait prouvé qu'il était moins égaré qu'il n'avait paru : il avait regardé arriver la troupe depuis le chemin de ronde, sans rien dire, sans descendre dans la cour pour l'accueillir ni se mêler aux exclamations de joie des habitants du château, et il y était resté, à songer, jusqu'au soir. Il avait attendu que tous soient installés dans la salle du banquet pour entrer, et les rires s'étaient tus à la vue de ce vieillard noble et douloureux ; il s'était ensuite approché de Bernart et lui avait dit, simplement : « Parle-moi de mon fils ». Bernart avait évoqué avec éloquence le guerrier valeureux qui avait péri en se couvrant de gloire et l'on sentait dans sa voix l'émotion qui le prenait à faire revivre le compagnon de son enfance, de ses folies d'adolescent et de son aventure orientale. Guilhèm hochait parfois la tête, l'air satisfait. Bernart dit alors : « Il y a ici quelqu'un qui vous décrira mieux que moi ce que nous avons vécu là-bas : c'est le troubadour de notre troupe, Arnaut, le cadet de Guittaut, qui était son écuyer. » Un homme s'avança alors, qu'Azalaïs n'avait pas encore remarqué car il se tenait en retrait, un homme grand et fort dont la blondeur, semblable à celle de sa sœur, étonnait au milieu de tous ces bruns, et elle eut un coup au cœur en le voyant tant il ressemblait à Hugues. Il avait une lyre dont il s'accompagna pour chanter d'une belle voix chaude :

> *Del gran golfe de mar*
> *e dels enois dels portz*
> *e del perillos far*
> *soi, merce Dieu, estortz,*
> *don posc dir e comdar*
> *que mainta malananza*
> *i hai suffert'e maint turmen;*
> *e pos a Dieu platz q'eu torn m'en*
> *en Lemozi ab cor jauzen,*
> *don parti ab pesanza*
> *lo tornar e l'onranza*
> *li grazisc, pos el m'o cossen*[10].

La bruyante gaieté se calma au son de sa

---

10 Poème de croisade de Gaucelm Faidit, première strophe : « Du grand gouffre de la mer et des ennuis des ports, et du dangereux phare, je suis, grâce à Dieu, sauvé, pour cela je peux dire et conter que j'y ai souffert maint malheur et maint tourment ; et maintenant qu'il plaît à Dieu que je revienne avec un cœur joyeux en Limousin dont je suis parti avec chagrin, je lui rends grâce du retour et de l'honneur puisqu'il me les accorde. »

voix et les yeux des guerriers se voilèrent au souvenir des compagnons morts, des rigueurs des montagnes et des déserts, des traîtrises de la mer et, déjà, aussi, alors qu'ils commençaient à peine à goûter aux joies du retour, de la nostalgie des pics inaccessibles, des mirages d'oasis et du bleu de l'eau se confondant avec celui du ciel. Cependant le troubadour continuait et s'adressant à la dame du château, Azalaïs, il lui paya son tribut d'éloges courtois :

Ben dei Dieu mercejar,
pos vol que sanz e fortz
puesc'el pais tornar,
un val mais uns paucs ortz
qe d'autra terr'estar
rics ab gran benananza;
qar sol li bel acuillimen
e˙il onrat fag e˙il prezen
d'amorosa coindanza
e la douza semblanza
val tot qan autra terra ren[11].

---

11 Deuxième strophe : « Je dois bien remercier Dieu qui veut que je puisse retourner sain et fort au pays où mieux vaut un petit jardin que la richesse et la prospérité sur une autre terre, car seulement l'accueil aimable, les nobles actions, les paroles agréables, l'amoureuse amabilité avec laquelle elle fait des présents et le doux visage de notre dame valent tout ce que peut donner une autre terre. »

Pendant qu'il disait les phrases convenues, la célébrant comme la plus belle, la plus noble et la plus généreuse, elle regardait à la dérobée son fiancé plongé dans une rêverie qu'elle imagina peuplée de dames elles aussi belles, nobles et généreuses, mais dont l'œil oriental, la peau mate, les parfums subtils et les voiles transparents lui paraîtraient sans doute encore plus éloignés et désirables quand il jetterait un regard sur la jeune femme à la vêture et au maintien modestes qui lui était destinée. Elle reporta son attention sur le musicien qui lui sembla mettre une passion inaccoutumée dans sa chanson et lorsque leurs regards se croisèrent, un courant passa, qu'elle sut reconnaître comme une attirance réciproque qu'elle eût plutôt souhaitée avec son futur époux. Elle sourit à chacun pour cacher son trouble, et quand le chant se termina, Arnaut se retira hors de vue et elle resta silencieuse, étant dispensée de parler par l'animation qui régnait. Chacun avait maintes anecdotes à raconter, et cela durerait longtemps, toute la vie, sans doute.

Et en effet, trois semaines plus tard,

autour de la table du festin, les souvenirs d'Orient alimentaient toujours la conversation et ceux qui n'y étaient pas allés, les anciens et les femmes, essayaient d'imaginer les lieux et les palais qu'on leur disait si différents de leurs paysages et de leurs châteaux forts. Ils y étaient aidés par la vue des esclaves qui avaient été ramenés et qui donnaient, avec leurs visages aux grands yeux veloutés et leurs vêtements chatoyants, une touche d'exotisme qui portait à rêver. Le rêve devint lascif lorsque les femmes chantèrent des mélopées plaintives, que nul ne comprenait, tout en dansant sur des rythmes lents et impudiques qui faisaient paraître guindées les sages caroles. Iselda, qui avait une imagination vive, du talent pour le dessin et une grande sensibilité, comme son frère le troubadour, composait dans son esprit une grande fresque célébrant les exploits des Croisés : ce serait le motif d'une tapisserie destinée à décorer la grande salle. Elle en avait déjà parlé à Azalaïs qui avait donné son accord avec enthousiasme, et lorsqu'elle avait ajouté qu'elle consulterait souvent Arnaut, car on pouvait se fier à sa mémoire et à son don d'observation, la châtelaine songea à la belle vie que ce serait de broder et de chanter en compagnie de ce jeune homme si beau qui la couvait d'un regard d'adoration. Souvent son esprit s'égarait et elle pensait à lui. Pas de la même manière qu'à Hugues dont l'évocation lui apportait toujours trouble et détresse, mais comme à une chose douce, un présent que Dieu aurait mis dans sa vie pour qu'elle se sente belle et aimée sans avoir à offrir en retour autre chose qu'un sourire ou une parole aimable. Après cette plaisante digression, elle revenait à Bernart qui allait partager son existence et elle ne savait toujours pas qu'en penser. Comme sa sœur l'avait décrit, il était gai et farceur et semblait facile à vivre, mais depuis le retour des Croisés, c'était toujours la fête, et d'ailleurs il n'était pas encore installé à la Moure et elle ne l'vait vu que dans les châteaux voisins, ce qui ne lui permettait pas d'imaginer ce que serait la vie au quotidien avec la seigneurie à administrer et les problèmes à affronter.

La ripaille dura longtemps, et les chants,

et les danses, mais vint quand même le moment attendu et redouté où Garsenda lui fit signe qu'il était temps de se retirer pour aller attendre, dans le grand lit à courtines, l'époux que Dieu et son oncle lui avaient donné.

CHAPITRE III

Ben volria mon cavallier
tener un ser en mos brtaz nut,
q'el s'en tengra per ereubut
sol q'a lui fezes cosseillier...

« Je voudrais bien tenir mon chevalier,
un soir, nu entre mes bras,
et qu'il soit transporté de joie du seul
fait que je lui serve d'oreiller... »

COMTESSA DE DIA.

Guiraut, mielleux et sournois, faisait son rapport au maître, Bernart, seigneur de la Moure – qui d'ailleurs l'écoutait à peine – sans jeter un regard sur Azalaïs ramenée à son rôle de dame du château, sorte d'intendante domestique qui organisait la vie de la maisonnée, mais dont le pouvoir s'arrêtait maintenant au jardin, qu'elle entretenait jalousement, sous l'œil amusé de son époux. Quelques mois auparavant, lors de leurs épousailles, au lendemain des festivités, elle avait fait seller leurs chevaux et conduit Bernart au village, puis dans les champs des paysans et ceux de la réserve. À mesure qu'elle lui expliquait les changements qu'elle avait apportés, montrant fièrement les parcelles cultivées dont la bonne tenue lui donnait de la fierté, elle s'enflammait, ses joues rosissaient et elle devenait plus belle. Heureuse de l'attention que lui portait son mari, elle continuait sur sa lancée, sans voir ce que Guiraut avait perçu tout de suite : Bernart la regardait, l'œil allumé de désir, mais ne s'intéressait pas le moins du monde à ses explications. Le travail de la terre le laissait indifférent : il était à son sens du ressort d'un prévôt, et il ne voyait pas pourquoi il distrairait, pour s'y consacrer, le temps qu'il pouvait passer à la chasse ou au maniement des armes, occupations autrement passionnantes. Si Azalaïs se laissa abuser les premiers jours, elle comprit vite et en fut blessée. Elle eût continué avec plaisir la tâche qu'il ne voulait pas prendre en charge, mais il n'en était pas question : un temps suppléante d'un homme vieilli et malade et d'un absent, elle devait réintégrer sa place à l'arrivée du maître. Ce fut une grosse déception : elle avait tellement mis d'elle-même dans cette entreprise qu'elle se serait sentie dépossédée même si Bernart avait continué son œuvre, mais le voir se dessaisir des rênes avec une totale indifférence au profit de Guiraut qui, ne cachant ni son triomphe ni son animosité, remit aussitôt en vigueur ses anciennes méthodes, la laissa désenchantée et amère. Les jeunes files, frivoles et irresponsables, ne lui étaient pas d'un grand secours, mais Garsenda l'écoutait patiemment et la réconfortait de son mieux, entretenant en elle, pour la consoler, l'espoir de transmettre ses valeurs au fils que Dieu lui donnerait.

Si elle excluait cette déception, Azalaïs devait convenir qu'elle n'était pas malheureuse : Bernart était un époux aimable et respectueux dont bien des femmes, nanties d'un compagnon violent et méprisant, auraient aimé partager les jours… et les nuits. Le premier soir, elle s'était demandé comment elle supporterait qu'un autre homme qu'Hugues touche son corps et elle serra très fort les yeux quand il se glissa sous les draps et que ses jambes se mêlèrent aux siennes. Mais il sut éveiller son désir, avec lenteur et délicatesse, et le satisfaire quand il sentit que ses dernières craintes avaient disparu. Les leçons d'Orient, pensa-t-elle le lendemain, après une longue nuit de plaisirs auxquels elle ne pouvait songer sans confusion. Au petit matin, à genoux dans la chapelle, elle se demandait si elle était, au regard de Dieu, une grande coupable car, si elle avait obéi à son mari, comme c'était son devoir, cela n'avait pas été l'épreuve qu'on lui avait annoncée, au contraire, et elle savait, même si elle n'osait se l'avouer, qu'elle attendait la nuit suivante pour retrouver cet éblouissement où, toute pensée abolie, elle n'avait plus existé que par son corps. Des mois plus tard, il en était encore ainsi. Le jour, elle se torturait à se remémorer les sermons de Robert d'Arbrissel qui condamnait le péché de chair avec virulence, le qualifiant de porte de l'enfer, et le visage douloureux de Philippa lorsque Guillaume l'avait visitée durant la nuit, et elle pensait avec frayeur qu'elle était du bois dont sont faites les grandes pécheresses et qu'elle était en train de se damner. Et puis la nuit revenait, Bernart – parfois un peu ivre, mais cela le rendait plus lascif encore – s'emparait de son corps qu'il baisait, léchait, mordillait dans ses moindres replis et elle soupirait d'aise, consentante et offerte. Il l'avait aussi, peu à peu, amenée à remplacer sa passivité par une participation active aux caresses et elle avait d'autant plus honte de s'y prêter qu'elle en tirait du plaisir. Non, elle n'était pas malheureuse avec Bernart même si, malgré la passion des nuits, elle ne ressentait pour lui qu'un sentiment léger qui ne ressemblait en rien à ce qu'elle avait éprouvé pour Hugues. Son époux manquait tellement de maturité et de sens des responsabilités qu'elle avait l'impression, bien que leur âge soit sensiblement le même, qu'il était un jeune frère turbulent et facétieux et elle soupçonnait qu'il ne sortirait jamais de cette sorte d'adolescence prolongée, joyeuse et sans soucis. C'était elle la personne forte de la seigneurie et elle devait trouver le moyen d'évincer Guiraut pour mettre à sa place un homme à elle qui lui permettrait de reprendre en sous-main son œuvre interrompue. Seulement, le prévôt avait l'appui de Guilhèm, qui intervenait peu, mais l'aurait soutenu. Le vieil homme attendait la naissance du premier fils d'Azalaïs pour se retirer au couvent et il serait possible à ce moment-là de se débarrasser de Guiraut pour lequel Bernart n'avait qu'indifférence. Il fallait tenir prêt le remplaçant pour ce moment-là et en attendant elle rongeait son frein. Elle n'avait, de toute façon, dans son entourage, personne qui fût pourvu des qualités requises : il lui aurait fallu un homme jeune et instruit, mais c'était généralement le fait de cadets de familles seigneuriales destinés à devenir prélats, et aucun jeune seigneur n'accepterait un poste d'intendant qui l'eût rabaissé au niveau des paysans. L'idéal serait un oblat[12] formé dans un couvent bien géré, mais il était rare que les moines rendent au monde un jeune homme qu'ils avaient pris la peine de façonner. À moins qu'elle n'ait la

---

12 Enfant offert à un monastère par des parents pieux qui n'ont pas les moyens de l'élever et qui assurent ainsi son avenir. Il est éduqué au couvent, participe à ses activités et, normalement, devient moine.

chance de tomber sur l'un de ceux dont la foi n'était pas assez vive pour rester au couvent. Elle écrivit dans ce sens à la prieure de Saintes avec laquelle elle entretenait maintenant une correspondance suivie et lui précisa que le candidat devait être ouvert aux idées nouvelles. La religieuse, elle le savait, était en contact épistolaire avec plusieurs couvents, tant d'hommes que de femmes, et s'il y avait une chance d'aboutir dans ce projet, elle serait un atout d'importance.

N'allant plus visiter les champs, car elle supportait mal de voir les résultats de l'inefficacité et de l'ignorance butée de Guiraut sur les cultures et, par voie de conséquence, sur la vie des paysans, elle passait plus de temps qu'autrefois dans la chambre des dames dont elle eut la surprise de constater que le caractère batailleur et le goût de l'intrigue de Bieiris de Peguilhan avait fait un nid de frelons. Sans cesse, des clans se formaient et se défaisaient, mais Bieiris n'en était jamais exclue car, sans qu'il y paraisse vraiment, elle était toujours l'instigatrice de la chicane. La laisséepour-compte – car il y en avait toujours une – pleurait dans son coin, sous les regards en coulisse des autres qui ne songeaient pas qu'à la première occasion elles seraient à sa place et pleureraient à leur tour. Quiconque ne connaissait pas Bieiris la trouvait charmante : avenante et flatteuse, elle savait se mettre dans les bonnes grâces de chacun et tous avaient plaisir à la fréquenter. Mais peu à peu, de paroles perfides en allusions voilées, l'atmosphère se dégradait, les sentiments d'hostilité, inévitables dans une aussi forte promiscuité, s'exacerbaient et on allait vers une crise. Quand l'abcès était crevé, on pansait les plaies, et chacune s'adressait aux autres avec mille précautions, comme si elles eussent perdu un être cher. Cela durait deux jours, trois jours, puis le cycle recommençait avec une nouvelle victime. Azalaïs, personnage puissant et intouchable dans la communauté féminine, n'était jamais impliquée dans le réseau d'intrigues, et la malveillance de Bieiris ne la touchait pas – du moins le croyait-elle –, mais lorsqu'elle constata, servie par sa présence quasi permanente, la réelle atmosphère qui régnait dans ce groupe, sous les dehors de la civilité et de la joyeuse camaraderie, elle comprit la nécessité de neutraliser la jeune fille. Elle l'observa discrètement et conclut qu'elle était malheureusement trop habile pour qu'on la prît en faute. Le seul moyen de s'en délivrer serait donc de la marier mais cela risquait de ne pas être facile : elle n'avait qu'une très mince dot assortie d'une réputation de légèreté qui ne pouvait que lui nuire car les hommes voulaient, en se mariant, faire une bonne affaire, ce qui supposait à la fois un accroissement de fortune et l'assurance que la fidélité de l'épouse leur garantirait une descendance sans tache. Bieiris fleuretait volontiers, et si l'on en croyait la rumeur, n'hésitait pas, après l'angélus qui annonçait pourtant la prière du soir et le couvre-feu, à rejoindre quelque jeune homme dans un coin discret de la basse-cour. Les ragots ne faisaient pas état de privautés qui en eussent fait une fille perdue, mais ils étaient suffisants pour la classer parmi celles que l'on n'épouse pas. Ainsi il faudrait trouver un candidat hors du cercle de la seigneurie. C'est à Philippa qu'elle écrivit pour cela, Philippa qui lui promit d'y songer et qui lui raconta dans sa missive le désastre de la croisade menée par Guillaume.

Officiellement, le duc avait brillamment conduit ses guerriers combattre en Terre Sainte, mais sa femme avait ses propres fidèles dans l'entourage de son époux et ils lui avaient appris sans fard la triste et humiliante vérité. Au départ, au mois de mars, ils étaient trente mille sur le Pré-le-Roi, à Poitiers, et cent soixante mille quand les eurent rejoints les nobles guerriers de France, d'Allemagne, d'Autriche, de Milan, de Blois et de Bourgogne. Au retour, ils n'étaient plus que quelques-uns.

Lorsqu'ils furent parvenus à Constantinople, Guillaume – avec ce que Philippa appelait son inconséquence habituelle – avait gravement offensé l'empereur Alexis Comnène et l'avait contraint, par la menace, à obliger Raymond de Saint-Gilles, son hôte, à servir de guide aux Croisés. L'armée s'était engagée en Asie Mineure sous ces auspices peu favorables et la trahison, la malchance, le climat avaient eu raison des guerriers dont seul un petit nombre avait échappé aux embuscades. À Pâques, Guillaume était tout de même parvenu à Jérusalem où le roi Baudoin l'avait reçu. Prêt à repartir, il en avait été empêché par une tempête et avait participé, avec les débris de sa troupe, à quelques batailles où il avait perdu ses deux plus chers amis : Hugues de Lusignan et Herbert de Thouars. Les témoins imputaient au duc d'Aquitaine la plus grande part de la responsabilité des malheurs survenus et Guillaume n'avait pas lieu d'être fier de son expédition. Outre son mépris pour un échec aussi cuisant, Philippa avait aussi un grief personnel : elle n'était pas prête à lui pardonner d'avoir abdiqué ses droits sur le comté de Toulouse, conquis trois ans auparavant, et pour lequel elle avait un attachement profond, en faveur de Bertrand de Saint-Gilles, fils du comte Raymond, son oncle, pour financer la croisade.

Philippa laissait percer dans sa lettre une joie mauvaise de l'insuccès de Guillaume et Azalaïs se dit avec tristesse que cette femme, autrefois si bonne et si juste, s'aigrissait au contact d'un homme qu'elle n'estimait pas et sous le poids de responsabilités qu'elle eût préféré ne pas assumer. On sentait aussi le soulagement d'avoir remis à son époux la charge du comté de Poitiers et du duché d'Aquitaine et la joie de partir au couvent se reposer de tout cela en se mettant à l'abri des réjouissances paillardes du duc qui se livrait à la débauche en compagnie des esclaves orientales qu'il avait ramenées.

La seule note optimiste de la missive résidait dans les nouvelles du petit Guillaume : bien que passé sous la férule des hommes, en raison de son âge, il était resté fort attaché à sa mère, qu'il était toujours exact à visiter et à qui il manifestait une affection respectueuse. De la même façon, il avait gardé à l'égard de son père la réserve méfiante qu'il avait acquise dès la petite enfance et s'il ne faisait pas encore front, il était à prévoir qu'un jour son tempérament impulsif l'amènerait à répliquer. Pour l'heure ils se fréquentaient peu, car le duc était sans cesse par monts et par vaux à arbitrer les querelles de ses vassaux, et l'enfant, encore bien jeune, partageait son temps entre le pédagogue et les maîtres d'armes.

Outre sa missive, Philippa, connaissant la dévotion de son amie pour son jardin, avait envoyé en présent, par son messager, quelques bulbes que les Croisés avaient ramenés d'Ascalon et dont ils étaient friands. Ils ressemblaient à l'oignon, mais étaient de plus petite taille et le surpassaient en finesse. Selon les directives de la donatrice, Azalaïs mit en lieu sûr les précieux échantillons, que l'on nommait « échalotes », en vue de les planter au début de l'hiver dans l'espoir d'une récolte l'été suivant.

La vie à la Moure était légère et gaie, et les lieux, soigneusement remis en état par Azalaïs, s'étaient enrichis, au retour des guerriers, des prises de guerre du défunt héritier de Guilhèm. Les deux salles étaient jonchées de moelleux tapis d'Orient qui apportaient luxe, raffinement et couleurs vives au décor autrefois austère ; dans des coffres de bois sombre étaient serrées des étoffes précieuses que l'on ne sortait qu'aux jours de fête, et des plats d'or et d'argent luisaient doucement sur le dressoir qu'Azalaïs avait fait confectionner sur les plans d'Arnaut. Car c'était lui la mémoire du groupe de guerriers, lui qui, délaissant les histoires de carnages, de pillages et de viols qui faisaient, après boire, les délices de ses compagnons, venait, jour après jour, raconter la douceur de l'Orient dans la tiède intimité de la chambre des dames. Elles écoutaient passionnément et le questionnaient – Azalaïs la première –, et quand elles étaient lasses des récits, il chantait et elles reprenaient avec lui le refrain lorsqu'il y en avait un. Il chantait, pour la dame du château, des chants d'amour et de soumission, mais elle sentait poindre parfois dans un accent plus vif ou un regard plus appuyé, une exigence virile aussitôt étouffée qui faisait sourdre en elle un désir charnel entachant de péché des sentiments qu'elle voulait croire désincarnés. Si son époux n'avait pas su lui inspirer d'amour, il en était autrement du bel Arnaut aux doux yeux et à la parole charmeuse. L'attirance mutuelle ressentie au premier regard s'était affirmée. Arnaut avait d'abord aimé la beauté d'Azalaïs, puis l'intelligence de son regard et la variété de sa conversation, enrichie de sa connaissance, étonnante pour une femme vivant dans le siècle, du latin et des grands textes sacrés. Il avait aussi aimé son assurance et son autorité naturelle : les trois ans de gérance de la Moure, suivant l'intendance de Toulouse, avaient gommé ses dernières timidités et complété son apprentissage et elle savait toujours comment agir, quelles que fussent les circonstances. Azalaïs était devenue une grande dame, ce qui la rendait digne des éloges et de l'amour, amour toujours déguisé sous le jeu poétique, mais qu'elle était assez fine pour deviner sincère. Chez Arnaut, Azalaïs avait vu un reflet d'Hugues, de qui il était proche par le physique, mais dont il n'avait pas les traits moraux qui l'avaient fait hésiter si longtemps au moment de la décision : à la rudesse narquoise de l'écuyer s'opposaient la douceur et la finesse d'esprit du troubadour qui, si aucune des qualités guerrières ne lui manquaient – ses compagnons pouvaient témoigner de sa bravoure au combat –, cumulait les délicatesses morales et l'érudition. Dans les vagues rêveries auxquelles elle se livrait parfois, en promenade, bercée par le pas de sa jument, ou à la sieste, durant les journées caniculaires, elle imaginait un Hugues-Arnaut idéal et mythique. Parfois, l'esprit allait plus loin, et c'était un Hugues-Arnaut-Bernart qu'elle évoquait, les yeux fermés, et qu'elle continuait d'imaginer lorsque son époux se tournait vers elle pour transformer, sous l'ombre complice des courtines, le sage repos vespéral en délices condamnables.

Bernart avait ramené de croisade un chapelain autrement subtil que le curé du village et elle s'était confessée à lui des plaisirs qu'elle devait à son mari. De visage énergique et de forte stature, c'était un guerrier autant qu'un prêtre, plus même, et l'on ne pouvait douter qu'il eût tenu sa place fort honorablement s'il eût été l'aîné de sa famille. Hélas, le sort l'avait fait naître second, mais il avait su employer les ressources de son intelligence pour obtenir ce qui lui importait : dans un premier temps, satisfaire son horreur de la sédentarité en accompagnant les Croisés, et ensuite, grâce aux amitiés qu'il avait suscitées, se faire attacher à une maison où il était estimé et pouvait participer aux chasses et aux chevauchées tout en exerçant un ministère allégé. La châtelaine, inquiète pour le salut de son âme, en avait obtenu une réponse de courtisan habile destinée à contenter à la fois son suzerain et sa dame : l'acte de chair était un péché, certes, et n'était voulu par Dieu que dans le but de procréer ; or, Azalaïs n'était pas grosse, il fallait donc qu'elle s'emploie à le devenir. Quant au plaisir, qui était condamnable, pouvait-elle ne pas en éprouver ? Non ? Était-ce elle qui réclamait à son époux les pratiques qui y conduisaient ? Non plus ? Alors, qu'elle ne se tourmente plus de scrupules hors de saison, car Dieu ne lui tiendrait pas compte de ce qu'elle ne faisait que pour complaire à son époux, qui était son maître et à qui elle devait obéissance en tout. Satisfaite de ce raisonnement qui lui permettait de ne rien changer à un état de fait qui lui plaisait, elle s'était contentée de cette assurance, se gardant de lui parler du triple amant imaginaire qui faisait d'elle une femme comblée.

Appliquant les leçons apprises à Poitiers, elle organisa à la Moure une vie de cour. Elle l'avait préparée de longue main en réunissant les jeunes filles autour d'elle, les dégrossissant et les initiant aux subtilités courtoises dont, dans leurs campagnes, elles n'avaient aucune idée. Sans Bernart et Arnaut, elle eût perdu sa peine, mais tous deux – le premier plus jouisseur, le deuxième plus esthète – avaient été heureux de trouver en Comminges ce qu'ils n'auraient jamais osé espérer : des jeunes femmes de leur pays – dont ils avaient eu la nostalgie dans leur exil oriental – prêtes à ajouter à leur décor, leur vêture, voire leurs manières intimes, ce qu'ils auraient aimé garder de l'Orient. Et cela, tous deux en étaient conscients, grâce à la seule volonté d'Azalaïs, que les jeunes filles admiraient et imitaient de leur mieux, surtout Bieiris qui savait toujours où était son profit. Des liens s'étaient tissés entre les deux hommes que la perte de leur ami commun avait rapprochés. Devenus inséparables, ils régnaient sur la meute de « jeunes » qui vivait au château. Car la seigneurie, qui du fait de la croisade était restée trois années durant un monde de femmes, était maintenant peuplée d'hommes nombreux, d'âges divers, pour qui le célibat maintenait le statut de « jeunes ». Vassaux de la Moure, cadets sans espérances, ils formaient un groupe turbulent, avide de distractions et de plaisirs, qu'il fallait épuiser à la chasse ou dans des combats et distraire par des jeux de toutes sortes.

Les échecs étaient très appréciés, surtout en hiver, lorsqu'il fallait renoncer à la chasse parce que la pluie transformait les chemins en bourbiers. Souvent, l'après-midi, plusieurs parties se déroulaient en même temps; les meilleurs joueurs – Bernart et Arnaut – avaient leur cercle de fidèles qui suivaient attentivement et dans un silence respectueux le déroulement de la joute, ne se manifestant que pour applaudir quand il y avait un beau coup à admirer. Le seigneur utilisait un échiquier ramené d'Orient dont les cases étaient d'ivoire et de palissandre, et les pièces, d'orfèvrerie; celui d'Azalaïs – présent de Philippa à l'occasion de son mariage – était précieux, lui aussi; d'autres étaient très modestes, faits du bois poussant sur la seigneurie, chêne ou noyer, grossièrement sculpté par quelque garde qui se désennuyait ainsi de ses interminables factions. Parfois, devenus pièces vivantes du jeu, les assistants se réunissaient sur l'échiquier géant que le seigneur, reproduisant en cela un souvenir de son expédition, avait obtenu en faisant daller la grande salle de blanc et de noir. C'était là un amusement particulièrement apprécié, car il permettait aux jeunes gens de courtiser discrètement les demoiselles placées à côté d'eux.

Il y avait aussi, bien sûr, des brelans[13], disséminés dans la salle, et qui étaient toujours occupés. L'œil fixe, les dents serrées, les joueurs lançaient leurs trois dés dans l'espoir d'obtenir les sept points qui leur feraient gagner la mise de leur adversaire.

---

13 Table de jeu à rebords utilisée pour jouer aux dés.

Tout le monde y jouait : du seigneur au vilain, des jeunes enfants aux vieillards, chacun était prêt à gager ses terres, son cheval ou sa gonelle. Parfois une rixe éclatait lorsqu'un joueur malchanceux ou floué accusait son vis-à-vis d'avoir utilisé des dés plombés, volontairement mal équilibrés pour qu'ils tombent toujours du bon côté. Les gardes alors intervenaient, ou le seigneur, et tout rentrait dans l'ordre.

Le chapelain allait d'un groupe à l'autre, regardant avec approbation les joueurs d'échecs, car il avait grande estime pour un exercice qui sollicite l'intelligence et habitue l'esprit à prévoir des tactiques militaires, entraînement salutaire pour des guerriers. Par contre, sa physionomie se chargeait de réprobation quand il s'approchait des brelans parce qu'il tenait le jeu de dés pour une invention du diable. Il prêchait souvent – toujours en vain – pour tenter d'en détourner ses ouailles, mais que pouvait-il faire contre une pratique dont son suzerain lui-même était friand ?

Les « jeunes » tentaient de se mettre en valeur, n'oubliant jamais leur but, qui était de s'établir, ce que tous ne parviendraient pas à faire, car il y avait peu de fiefs à pourvoir, et ce seraient les meilleurs – ou les plus habiles – qui obtiendraient un établissement de leur seigneur ou la main d'une héritière. Les jeunes filles étaient très entourées, d'autant plus qu'elles étaient peu nombreuses, mais elles étaient surveillées de près et n'épouseraient, de toute façon, que les hommes choisis par leurs parents. Si les pucelles faisaient naître des convoitises et des espoirs, le halo de désir qui entourait la châtelaine était autre : elle était la seule femme noble, belle et instruite à être mariée, et au milieu de tous ces hommes sans femmes, elle incarnait l'amour et les plaisirs de la chair. Elle était toujours accompagnée de désirs masculins, entretenus par les chants des troubadours qui exaltaient l'adultère et donnaient à ces jeunes gens dépourvus l'espoir de s'élever socialement grâce à l'affection et à la protection de leur dame. Ils lui faisaient une cour assidue et elle devait mettre toute son habileté à les tenir à distance sans les offenser, et à ne pas marquer de préférence pour l'un d'eux afin de maintenir la paix au château.

Bernart rejoignait souvent Arnaut, l'après-midi, dans la chambre des dames pour trouver[14] et chanter, et parmi les «jeunes» présents, certains s'essayèrent à composer. Délaissant le rôle d'auditeurs silencieux, attentifs et respectueux, ils se prirent au jeu, et la salle du haut du donjon de la Moure devint souvent, quand il n'y avait pas une partie de chasse, un lieu de création poétique. Le plus talentueux était Arnaut qui proposait l'argument et lançait les premiers vers, puis chacun aidait, proposait. On essayait les suggestions, les adoptait ou les repoussait, et l'on créait ainsi un couplet. Roger, le jongleur que Bernart avait ramené de croisade, l'étudiait par cœur et à la séance suivante, après l'avoir écouté chanter le début, auquel on apportait parfois une correction, on continuait. Ainsi, après quelques jours ou quelques semaines, on avait une chanson nouvelle qui augmentait le répertoire, déjà varié, du jongleur qui était chargé d'agrémenter les

---

14 Créer une chanson, texte et musique; ces deux éléments sont indissociables dans la poésie des troubadours.

repas de chants et de musique ainsi que de quelques tours d'adresse. S'il excellait dans l'art de faire tourbillonner au-dessus de sa tête des torches enflammées et si son chien savant obtenait toujours beaucoup de succès, c'était à sa belle voix, douce et prenante, qu'il devait la situation enviable de jongleur attaché au château qui lui permettait d'échapper à l'errance, souvent misérable, de ses confrères.

Les séances de l'après-midi étaient essentiellement consacrées à parler d'amour et on en débattait avec beaucoup de sérieux. Azalaïs pensait parfois, avec une pointe de remords, que Philippa l'eût désavouée d'exercer son esprit sur des futilités au lieu de se consacrer à la parole de Dieu, et qu'elle était désormais plus proche du brillant Guillaume, qui se fût joint au cercle et en fût aussitôt devenu l'âme, grâce à son talent, sa fougue et sa prestance. Tout cela l'effleurait, mais elle ne s'y attardait pas car la vie était trop belle pour s'encombrer de pensées moroses.

Souvent, Arnaut restait avec les femmes pendant que Bernart et ses écuyers allaient à la chasse. Les suivantes d'Azalaïs avaient vite compris que leur suzeraine aimait les apartés avec le troubadour et elles s'éloignaient un peu, hors de portée de leur conversation. Arnaut s'installait sur un coussin, aux pieds de la dame. Il parlait ou chantait, tirant parfois des sons languides de sa lyre.

Si Azalaïs restait froide face aux jeunes gens, en revanche, son attirance pour Arnaut, qu'elle s'appliquait soigneusement à cacher, devenait chaque jour plus grande. Subtilement, par le biais de ses chansons, sous couvert de célébrer l'amour en général, il l'entretenait sans cesse de son propre sentiment et du désir qu'il avait d'elle, et la maintenait ainsi dans une troublante atmosphère de sensualité. Imperceptiblement, sans en avoir bien conscience, elle l'avait encouragé à devenir plus intime et il s'accommodait avec toujours plus de difficultés de son rôle d'amoureux transi. Il réclamait de petites faveurs, qu'elle refusait d'abord avec fermeté, puis finissait toujours par accorder. Elle lui avait ainsi donné une feuille de menthe qu'elle avait froissée dans ses mains et qu'il avait respiré avec volupté, puis un chiot de Flamme qu'il tenait sur son cœur en lui murmurant des mots tendres qu'il prononçait en la regardant, une mèche de ses cheveux, enfin, qu'il avait glissée, devant elle, sous sa chemise et dont il caressait l'emplacement d'un air malheureux. Un jour, il se fit plus audacieux et, attribuant à un autre les paroles de sa requête, il osa chanter :

Lo cors a fresc, sotil e gai,
et anc no'n vi tan avinen.
Pretz e beutat, valor e sen
a plus qu'eu no vos sai dire.
Res de be no'n es a dire,
ab sol c'aya tan d'ardit
c'una noih lai o's despolha,
me mezes, en loc aizit[15]...

Azalaïs sursauta. Elle ne s'était pas rendu compte qu'elle s'était laissée mener à ce point-là et pendant quelques jours, effrayée par la

---

15 Cet extrait et le suivant sont de Bernart de Ventadorn : « Elle a le corps jeune, fin et gai, et je n'en ai jamais vu d'aussi avenant. Elle a plus de mérite et de beauté, de valeur et d'esprit que je ne sais le dire. Rien de bien ne lui manquerait si elle avait la grande hardiesse de me placer une nuit là où elle se déshabille. »

tournure que prenaient leurs relations, elle se tint sur la réserve dans l'espoir de retourner en arrière. Arnaut n'insista pas, revint à des chants moins sensuels et, rassurée, elle reprit peu à peu une attitude confiante. La deuxième fois qu'il y fit allusion, elle réagit moins vivement et, même si elle le repoussa avec hauteur, le soir, en se dévêtant, elle était troublée en se rappelant ses paroles :

Be m'auci mos nescis talans,
car sec d'amor lo bels semblans
e no ve c'amors lh'atenda.

...

Mal o fara, si no'm manda
venir lai on se despolha,
qu'eu sia per sa comanda
pres del leih, josta l'esponda,
e'lh traya'ls sotlars be chaussans,
a genolhs et umilians,
si'lh platz que sos pes me tenda[16].

---

16 « Mon désir fou me tue réellement, car il poursuit les belles apparences de l'amour et voit que l'amour ne lui prête pas attention... Elle fera une mauvaise chose si elle ne m'ordonne pas de venir là où elle se déshabille, pour que je sois à ses ordres à côté du lit, près du bord et lui enlève ses souliers bien chaussants, à genoux et humble, s'il lui plaît de me tendre ses pieds. »

Néanmoins, elle ne changea rien à son attitude et il se fit de nouveau prudent et discret. Un jour, il proposa un concours à ses apprentis troubadours : il s'agissait de composer un couplet en l'honneur d'Azalaïs qui devrait, aidée des jeunes filles, désigner le meilleur. Ce qui, au début, n'était qu'une idée lancée en l'air, prit en quelques jours des proportions inattendues et il fut décidé que la joute se déroulerait devant un public élargi qui jugerait, à la manière d'un tribunal, présidé par la châtelaine, lequel, parmi les poètes, aurait réussi le plus bel hommage. Les écuyers se préparèrent fiévreusement à faire assaut de courtoisie et de virtuosité, comme en été ils faisaient assaut de vaillance. Six candidats s'étaient présentés et il fut convenu que, contrairement à l'habitude, chaque troubadour chanterait sa composition au lieu d'en laisser le soin au jongleur, de sorte qu'il ait lui-même la responsabilité de mettre son texte en valeur ; néanmoins, Roger accompagnerait, avec sa flûte, ceux qui ne savaient pas jouer d'un instrument.

La date du tournoi poétique fut fixée à

Pâques : de grandes fêtes étaient prévues et tous les vassaux de la Moure seraient présents, plusieurs jours durant, pour chasser et festoyer. Ce serait une distraction supplémentaire à offrir aux invités. Les participants faisaient de grands mystères et s'isolaient pour préparer leur performance. Les jeunes filles étaient excitées et Azalaïs – même si elle savait que c'était davantage à sa position de dame du château qu'à ses qualités personnelles qu'elle devait ces hommages – ne pouvait s'empêcher de ressentir un plaisir de vanité à se voir l'objet et le centre de toute cette activité. Pour donner plus de piquant à la joute, elle avait annoncé qu'elle remettrait au gagnant l'anneau d'or qu'elle portait au doigt. L'objet était précieux et le désir de le gagner stimulait encore plus les jeunes gens.

Le soir venu, avant les agapes, il fut procédé à un tirage au sort pour déterminer l'ordre dans lequel se présenteraient les jouteurs que l'on entendrait tout au long du repas. Le premier que le hasard désigna fut un tout jeune garçon, de quinze ans à peine, qui n'était au château que depuis quelques mois. Jean de la Haille était svelte et gracieux, et l'entraînement aux armes n'avait pas encore durci son corps qui gardait de l'enfance une douceur quasi féminine. Son aspect lui valait d'être un peu rudoyé par ses camarades, qui prisaient la virilité par-dessus tout, mais Arnaut le défendait car il appréciait sa sensibilité poétique, et les jeunes filles l'adoraient parce qu'il savait tourner un compliment mieux que personne. Il s'avança, et s'accompagnant de son luth, il chanta :

Aissi cum es bella cill de cui chan,
e bels sos noms, sa terr'e siei chastel,
e beill siei dich, siei faich e siei semblan,
vuoill mas coblas movan totas en bel.
E dic vos ben, si ma chanssos valgues
aitant cum val aicella de cui es,
c'aissi venques totas cellas que son,
cum ill val mais de las autras del mon[17].

---

17 Chanson de Guilhem de Sant Leidier; les couplets à venir seront la suite de celui-ci. «Ainsi, comme celle que je chante est belle, et beaux son nom, sa terre et ses châteaux, et belles ses paroles, ses actions et son apparence, je veux que mes couplets commencent tous par «beau». Et je vous dis bien que si ma chanson valait autant que vaut celle dont elle parle, elle surpasserait toutes celles qui existent, de la même manière qu'elle vaut plus que toutes les autres [femmes] du monde.»

Il ne voulait que faire plaisir, et nul souci de se faire valoir ne paraissait dans son chant. Cette strophe légère, jolie et naïve, qui lui ressemblait, lui valut d'être complimenté et applaudi avec chaleur. Les dames chuchotaient entre elles, l'air un peu pincé, et l'on voyait bien qu'elles enviaient à la châtelaine de la Moure sa cour de jeunes gens.

Il fit place à Raimon de l'Espin, un homme fait qui avait quitté depuis longtemps les fumées de l'adolescence. Il y avait des mois qu'il couvait Azalaïs d'un désir tenace qui l'inquiétait un peu : elle eût craint de se trouver isolée avec lui, et prenait grand soin que cela ne se produise pas. Elle écouta, surmontant sa répugnance, sa voix rude et peu plaisante en essayant d'ignorer que cette prestation, contrairement à la précédente, n'était pas un jeu.

Tot bellamen m'aucira desiran
cell'a cui sui hom liges ses revel,
que·m feira ric ab un fil de son gan
o d'un dels pels que·il cazon del mantel,
c'ab sol cuidar et ab mentir promes
m'agr'il trop faich tostemps, s'a lieis plagues,

273

mas lieis non cal, c'ab fin cor desiron
l'am ades mais on plus fort mi confon[18].

Son couplet faisait clairement état de son désir, et malgré l'assurance qu'il donnait de sa soumission, la châtelaine sentait bien tout ce que cet hommage charnel avait de pressant. Elle en éprouva une certaine gêne qui dut être partagée par l'assistance, car les applaudissements furent discrets. Des regards entendus furent échangés et Azalaïs sentit une certaine animosité à son encontre : cette succession de flatteries dont aucune ne leur était destinée déplaisait aux autres femmes et les incitait à la médisance. Elle avait hâte de passer au suivant, d'autant qu'il s'agissait d'Arnaut.

Il se présenta, beau et plein d'assurance, et le cœur d'Azalaïs fondit à sa vue. Il avait bien senti que les autres concurrents auraient préféré qu'il ne participe pas au

---

18 « Elle me tuera tout doucement de désir celle dont je suis l'homme lige soumis, celle qui me ferait riche d'un fil de son gant ou d'un cheveu qui tombe de son manteau. Avec seulement des choses imaginaires et des promesses mensongères, elle ferait encore trop pour moi, si cela lui plaisait, mais cela ne lui importe pas, alors avec un cœur plein de désir, je l'aime toujours plus et cela m'accable. »

tournoi à cause de son talent reconnu, mais il avait fait semblant de ne pas le comprendre, car il ne voulait pas laisser passer cette occasion de rendre publiquement hommage à sa dame. Le silence se fit plus attentif quand il entonna :

Ai! bella dompn'ab gen cors benestan,
vas cui eu tot mon coratge capdel,
s'ieu vos vengues mas mans jointas denan,
de genoillos, e·us quises vostr'anel,
ai! cals franqueza for'e cals merces
s'aquest chaitiu que non sap que s'es bes
restaurassetz ab un joi jauzion,
car non es bes que ja ses vos l'aon[19].

Tout était là : la célébration de la beauté de la dame, la soumission de l'amoureux qui se comporte en vassal, la timide demande d'un gage d'amour, l'exaltation de la bonté et du pouvoir de la dame qui dispense bienfaits et plaisir. La strophe d'Arnaut était

19 « Ah! belle dame au corps gracieux et parfait, vers laquelle va tout mon cœur, si je venais devant vous les mains jointes et à genoux, et que je vous demande votre anneau, ah! quelle bonté ce serait et quelle faveur si ce misérable qui ne sait pas ce qu'est un bienfait, vous le ranimiez en lui accordant ce plaisir joyeux, car sans vous il n'existe pas de bien qui lui profite. »

parfaite. Il fut ovationné sans réserves et Azalaïs oublia l'hostilité dont elle avait senti le courant.

Jaufré de Mahourat, qui le suivait, aurait du mal à s'imposer. Il était terne, et même si son couplet ne l'était pas, mal servi par une voix sans charme et un physique sans prestance, il le paraîtrait inexorablement. La châtelaine, en apparence toujours aussi attentive, avait la tête encore pleine des mots d'Arnaut et l'assistance était un peu distraite. Il chanta, accompagné par le jongleur :

Bella dompna, pois ieu autra no·n blan
endreich d'Amour, ni·m razon ni m'apel,
c'una no·n es en faich ni en semblan
q'encontra vos mi valgues un clavel;
ar, vos non ai ni autra non volges:
morrai ses joi q'a vos mi teing deffes.
Un pauc intrei en amor trop prion :
issir no·n puosc que no·i trob ga ni pon[20].

---

20 « Belle dame, puisque je n'en sollicite aucune autre pour l'amour, je ne me défends pas ni ne m'accuse, parce qu'il n'en existe aucune qui en actions et en aspect, comparée à vous, ait pour moi la valeur d'un œillet ; maintenant, je ne vous ai pas, mais je ne voudrais pas en avoir une autre, je mourrai sans joie, puisque je me considère indigne de vous. Je suis entré un peu trop profondément dans l'amour : je ne peux en sortir car je n'y trouve ni gué, ni pont. »

On s'aperçut alors que de surcroît il était peu habile, ayant choisi, comme exemple de chose de peu de valeur, l'œillet qui était au su de tous une des fleurs préférées de sa suzeraine. De ce fait, sa belle image de l'amour dont il ne pouvait pas sortir, n'y trouvant ni gué ni pont, passa inaperçue et on l'applaudit à peine avant de passer à Gaucelm de Mont Blanc, le jeune loup le plus ambitieux de la mesnie[21] de la Moure et le plus impatient de s'établir. On l'écouta avec attention, car il avait beaucoup d'ascendant sur les autres écuyers qui le craignaient un peu. Il se redressa de toute sa taille, qu'il devait déplorer d'avoir médiocre, et chanta d'une assez belle voix :

Us bels respieitz mi vai aconortan :
q'en petit d'or'ajuda son fizel
gentils Amors, qui l'enquier mercejan,
sol que fins drutz non torn en descapdel.
E cel qe'i a son fin coratge mes
sitot li tard'el no'i's desesper jes,

---

21 L'ensemble des personnes attachées au château : la famille, la suite, l'armée.

que bona domn'a tot, quan deu, respon,
mas garda ben a cui ni que ni on[22].

Le message était clair : pour qu'un fidèle ne devienne pas inconstant, il faut qu'il soit payé de retour. Chacun comprenait bien que cela ne s'adressait pas réellement à la dame, mais au seigneur, et qu'il lui disait sous couvert de poésie qu'il n'hésiterait pas à offrir ses services ailleurs s'il ne faisait pas son devoir en le récompensant. Il fut applaudi très fort, car tout un chacun pensait que c'est le rôle du suzerain d'être généreux avec ses vassaux et saluait l'habileté de Gaucelm qui avait su le dire en ayant l'air de parler d'amour.

Martin de La Garie, qui venait en dernier, ramena le propos à une légèreté de meilleur aloi. De sa voix fraîche, il chanta :

Trastot m'es bel on ill es e'm resplan :
bosc mi semblan, e prat, vergier, rausel,

---

22 « Un bel espoir me ranime : que le gentil Amour aide bientôt son fidèle qui le prie et le supplie de manière que le loyal amant ne devienne pas inconstant. Et celui qui a mis dans l'amour son cœur sincère, même si cela tarde, qu'il ne se désespère pas, car la dame bonne donne ce qu'elle doit à qui elle le doit, et le traite bien. »

e m'agenssan a chascun jorn de l'an
cum fai la rosa qand nais de novel,
q'el mon non es vilans tant malapres,
si parl'ab lieis un mot, no'n torn cortes
e non sapcha de tot parlar a fron
denan sos digz, e dels autres s'escon[23].

Il était aussi jeune que Jean de la Haille et il avait également composé un chant gracieux qui parlait de la nature et des vertus de la dame, sans imposer ses ambitions ni ses souffrances, et qui plut beaucoup. Il alla ensuite rejoindre les autres troubadours en attente du verdict, car il s'agissait maintenant de désigner le gagnant.

La quantité d'applaudissements laissait présager du résultat, mais il fallait faire les choses selon les règles. Le jongleur, qui faisait office de maître des cérémonies, demanda aux assistantes – puisqu'elles seules devaient choisir – de lever la main lorsqu'il

---

23 « Le lieu où elle est, pour moi, est beau et resplendit : les bois me plaisent et les prés, les vergers, les roseaux, et tous les jours de l'année deviennent aussi beaux que la rose qui naît nouvellement. Il n'y a pas dans le monde grossier quelqu'un d'assez rustre pour ne pas, après avoir dit seulement un mot avec elle, devenir courtois, savoir parler de n'importe quelle chose avec assurance et fuir les autres. »

nommerait celui qu'elles jugeraient le meilleur. Comme tout le monde s'y attendait, c'est Arnaut qui l'emporta. Il avait eu la faveur de sa suzeraine et la plupart des femmes avaient fait – soit par conviction, soit par calcul – le même choix qu'elle. Il s'avança, mit un genou à terre et reçut d'Azalaïs l'anneau d'or promis qu'il mit à son doigt alors qu'éclataient les applaudissements. Les autres candidats le félicitèrent, avec une sincérité plus ou moins feinte, et le repas continua, agrémenté des airs que Roger jouait sur sa flûte.

Les conversations allaient bon train, quand on entendit, les couvrant toutes, la voix perçante de Bieiris qui s'arrangea, en ayant l'air de murmurer à l'oreille de sa voisine, pour que toute la tablée l'entende. Elle disait: «Tu penses bien que notre dame n'aurait pas laissé gagner son anneau à quelqu'un d'autre qu'Arnaut». Un silence stupéfait s'établit, l'indiscrète feignit la confusion de celle qui vient de trahir un secret, ce qui aggrava le malaise, puis tout le monde se mit ostensiblement à parler en même temps, des sujets les plus divers, comme s'il ne s'était rien passé. Azalaïs hésita à relever le propos, puis décida de n'en rien faire de crainte d'avoir l'air de se défendre, ce qui lui aurait donné une attitude de coupable. À plusieurs reprises elle surprit le regard pensif de Bernart sur elle et sur Arnaut. La mauvaise pouvait être satisfaite : le venin faisait son chemin. La châtelaine percevait les coups d'œil malveillants des femmes et ceux, spéculatifs, des hommes. La soirée qui avait été si bien réussie s'achevait sur une note discordante et elle se sentit soudain très lasse à la pensée qu'elle devrait constamment se méfier de la jeune fille qui, elle venait de le prouver, avait décidé de lui nuire.

Pendant quelques jours, Azalaïs et Arnaut furent très attentifs à ne pas paraître intimes, puis, peu à peu, le regard de Bernart cessa de les épier et ils renouèrent doucement leur ancienne complicité. Arnaut revint alors à la charge, se fit pressant et chanta de sa belle voix, aussi chaude et invitante qu'une caresse :

vau queren cubert viatge,

per on vengues a lairo
denan leis, ses mal resso[24].

Après un refus catégorique, suivi de bien des atermoiements, elle finit par se laisser convaincre de lui permettre de la regarder se déshabiller. Ils convinrent qu'elle lui ferait un signe, le jour qu'elle jugerait opportun, et qu'il irait se cacher derrière les courtines de son lit.

Un soir de fête qui lui parut propice, Azalaïs observa longuement les convives, vit que chacun était occupé de lui-même, puis regarda Arnaut qui tirait des sons mélancoliques de sa lyre. Quand il leva la tête et qu'elle croisa le regard plein de désir posé sur elle, elle ferma les yeux en signe d'assentiment et se leva. Prétextant des maux de tête, elle salua les invités qu'elle encouragea à continuer le festin, signifia à ses suivantes qu'elle n'avait pas besoin d'elles et se dirigea, accompagnée des servantes, vers la salle du haut où l'on dormait.

---

24 Bernart de Ventadorn : « je suis en train de chercher un chemin caché par où je viendrais en secret devant elle, sans créer de rumeurs. »

Elle les laissa préparer la couche, puis les renvoya, n'en conservant qu'une pour la dévêtir. Iselda, inquiète, l'avait suivie quand même, et elle la garda pour ne pas attirer les soupçons en restant seule, mais l'éloigna un peu tout de même en lui demandant de s'installer devant le feu et de jouer une musique douce. À l'intérieur des courtines, elle était seule avec la servante, à l'extérieur, Iselda était absorbée dans sa musique. À l'affût du moindre bruit, elle perçut l'instant où Arnaut se glissa derrière la tenture et vit remuer faiblement la lourde draperie tandis qu'il l'écartait pour glisser son regard. La servante, active, n'entendit rien. Azalaïs manœuvra de façon qu'elle ne gêne pas la vue de son spectateur clandestin. Elle posa son pied sur un tabouret et releva jusqu'au genou son bliaud et sa chemise. La servante ôta la fine sandale brodée, dénoua la jarretière de soie ornée de passcmenterie et fit glisser le bas-de-chausses le long de la jambe. Azalaïs sentait le regard d'Arnaut sur sa peau blanche qui se hérissa d'un frisson de plaisir. L'autre jambe fut dévêtue de la même manière et la servante agissait très lentement comme si elle avait compris que sa maîtresse voulait faire durer ce moment. Puis elle ôta le voile, révélant les deux lourdes tresses relevées en diadème sur le sommet du front. Le bliaud fut ensuite enlevé, et elle apparut en chemise de lin blanc. Le tissu fin et plissé était légèrement transparent et elle passa plusieurs fois, sans réelle nécessité, devant une chandelle qui dessinait sa silhouette. À la pensée du regard qui la caressait, et de la puissance qu'elle avait de provoquer la tentation, elle se sentit soudain prise de faiblesse et une grande chaleur l'envahit. Toujours en chemise, elle s'assit et demanda à la servante de dénouer ses tresses. Les cheveux tombèrent jusqu'aux genoux et elle les lui fit coiffer longuement. Quand enfin elle ôta la chemise, elle s'était retournée, et ne montra à Arnaut que sa sombre chevelure qui l'entourait comme une cape. Elle avait autant que lui le désir de coller son corps contre le sien, mais la sagesse lui intima de cesser le jeu et la retint de faire une sottise qui, si elle était connue, pourrait lui coûter le couvent ou même la vie. Au prix d'une violente contrainte, elle appela Iselda et se glissa sous les couvertures. Avant que la jeune fille n'arrive, elle avait perçu le soupir de déception qui provenait de l'arrière de la tenture et elle y avait répondu par un autre soupir, tout aussi plein de désir et de frustration. Des pas furtifs s'éloignèrent, et quelques instants plus tard, elle entendit une troupe nombreuse se précipiter vers son réduit. Bernart surgit, suivi de près par Bieiris et quelques écuyers. Il souleva les tentures, chercha partout, revint bredouille et s'excusa du bout des dents.

Le lendemain, il envoya Arnaut à la cour du comte de Comminges pour une mission de plusieurs mois. Le bruit des sabots du cheval qui s'éloignait brisa le cœur d'Azalaïs, mais elle parvint à dissimuler sa peine au regard ironique et mauvais de Bieiris.

CHAPITRE IV

Fortz chauza es que tot lo major dan
e'l major dol, las! qu'ieu anc mais agues,
e so don dei tostemps planher ploran…

« C'est une dure chose que le dommage
le plus grand
et la plus grande douleur, hélas !
que j'ai jamais eus,
et ce dont je dois toujours me lamenter
en pleurant… »

GAUCELM FAIDIT.

On touchait à l'automne et cela faisait presque un an qu'Azalaïs avait épousé Bernart lorsqu'elle annonça enfin la nouvelle, attendue par tous, qu'elle présentait des signes de grossesse. Elle s'était beaucoup inquiétée que l'événement tarde, se torturant à la pensée que Dieu la punissait de ses péchés en lui refusant la maternité et elle avait envisagé un pèlerinage expiatoire pour le printemps suivant. Son entourage s'était bien gardé de faire des allusions à ce qui ne venait pas, et dont elle ne parlait qu'à Garsenda et à Maria sans leur donner le véritable motif de son inquiétude. Garsenda la rassurait de son mieux, citant sans fin des exemples, tous plus probants les uns que les autres, de femmes ayant attendu des années avant d'être mères et qui, après le premier enfant, en avaient engendré un par an. Quant à Maria, elle lui préparait des potions à base de poudre d'escargot séché et de mandragore – la plante que seules les sorcières osent cueillir, car elle crie et rend fou quand on la coupe –, deux produits souverains pour combattre la stérilité. Azalaïs ne s'informait pas de leur provenance, mais elle supposait qu'ils venaient de chez la Moundine, une très vieille femme, vêtue de loques noirâtres, tordue comme une racine, qui vivait à l'écart dans une cabane de branchages dissimulée au cœur d'un petit bois proche des vignes. La châtelaine l'avait aperçue de loin et concevait bien que les gens en aient peur, car elle paraissait redoutable à lever son bâton vers le ciel en marmonnant sans cesse des imprécations. Elle comprenait aussi qu'ils craignent plus encore l'animal qui l'accompagnait toujours : un grand chien boiteux, borgne, l'œil recouvert d'une taie, et dont le pelage noir était roussi par endroits, comme frotté au feu – au feu du diable, disaient les paysans en se signant; un animal qui tout à coup entrait en frénésie, les babines écumantes retroussées sur des dents anormalement longues, se grattant furieusement dans des contorsions prodigieuses en émettant des sons rauques et douloureux comme s'il voulait extirper le mal qui était en lui. Chacun essayait d'éviter la rencontre de la bête possédée en passant ailleurs, quitte à allonger son chemin. La Moundine avait néanmoins de nombreuses visites, toujours discrètes, car elle avait la réputation d'avoir de grands pouvoirs qu'elle tenait des puissances du mal. Azalaïs frissonnait de crainte et de dégoût en avalant ses potions, mais elle ne voulait rien négliger.

La seule qui avait empoisonné l'atmosphère, pendant la période d'attente, était l'inévitable Bieiris qui entretenait longuement Guilhèm de l'absence d'héritier en lançant vers le ventre plat d'Azalaïs des regards empreints de fausse commisération dont celle-ci percevait la méchanceté triomphante. Elle faisait pire : elle se rapprochait de plus en plus de Bernart qui semblait commencer de lui porter attention. Qu'espérait-elle ? Devenir la maîtresse du seigneur ? C'était une situation bien aléatoire. Prendre la place de la châtelaine ? Cela paraissait difficilement réalisable vu que l'héritière du domaine était Azalaïs et non Bernart. Elle se perdait en conjectures, essayait de se rassurer à la pensée de l'attitude de son mari, toujours aussi empressé, mais l'inquiétude demeurait : lorsqu'en raison de l'avancement de sa grossesse, le chapelain la contraindrait à la chasteté, qu'adviendrait-il ? Se contenterait-il de ribaudes ? Ou se tournerait-il vers Bieiris ? Philippa avait négligé d'envoyer un prétendant à la main de la jeune fille : il était temps de lui rappeler la demande.

Le vieux seigneur avait fait le vœu de faire un pèlerinage, à Compostelle, dès l'annonce de la grossesse d'Azalaïs et il était parti, en effet, tout de suite, disant qu'il n'avait pas le temps d'attendre la naissance car il était trop âgé pour cela, et craignait, s'il tardait trop, de ne pas pouvoir tenir sa promesse. Accompagné de quelques serviteurs, montés sur des ânes, une mule les suivant avec son bagage, on l'avait vu disparaître derrière le coteau, sur son cheval fatigué par les ans, transfiguré par le bonheur d'avoir été exaucé. Il avait dit, en partant : « Quand je reviendrai, l'enfant sera là ». Mais, le reverrait-on jamais ? Il était si vieux, si las de la vie.

Octobre tachait de roux les chênes du bois de la Haille, transformait en flammes d'or les peupliers du ruisseau et rougissait les vignes du soulan[25]. Chaque paysan avait quelques ceps, disséminés au-dessus du village, parmi les autres cultures, alors que ceux du château couvraient tout un versant. La vendange se faisait en commun : tous étaient réquisitionnés, hommes, femmes et enfants, pour cueillir les raisins du seigneur et ensuite, quand c'était terminé, ils allaient chez les uns et les autres en faire autant, car la récolte, quand elle est mûre, ne doit pas

---

25 Versant exposé au soleil.

attendre : elle est à la merci des oiseaux et des orages qui la détruisent.

Vendanger était une fête et les habitants du château y participaient dans un climat de joie et de chansons. Quand les paniers d'osier tressé étaient pleins de grappes coupées, on les vidait dans des hottes que les hommes les plus forts portaient sur leur dos et qu'ils déversaient à leur tour dans des comportes de bois placées au bout des sillons. Un homme pieds nus, les chausses relevées jusqu'aux cuisses, foulait le raisin pour l'écraser et en faire sortir le jus qui deviendrait, après fermentation, un vin foncé et râpeux que l'on coupait d'eau et aromatisait afin d'en adoucir l'âpreté. Il y avait un gobelet posé à côté de la comporte bourdonnante de guêpes et les vendangeurs allaient fréquemment boire du moût, délicieusement sucré par un été sans pluie. L'épreuve était rude pour les intestins, tant ceux des seigneurs, habitués à une alimentation essentiellement carnée, que ceux des paysans qui n'avaient pas coutume d'atteindre la satiété, et en fin de journée, on voyait souvent une silhouette se diriger précipitamment vers le hallier qui jouxtait la vigne.

Azalaïs, ordinairement très active, avait cessé de travailler depuis un moment parce que son dos se ressentait du gain de poids dû à son état et qu'elle était plus sensible encore que les autres à la chaleur lourde qui accablait tout le monde. Un orage se préparait depuis plusieurs jours, rendant nerveux bêtes et gens et obligeant à vendanger à un rythme rapide pour tenter de sauver la récolte avant qu'il n'éclate. Assise à l'ombre d'un frêne au feuillage léger, moite, au bord de la nausée, elle regardait distraitement vers la vigne quand elle remarqua que Bieiris s'était sournoisement rapprochée de Bernart avec qui elle riait haut, trop haut. Agacée, elle continua de les observer. À un moment, tous deux s'arrêtèrent et elle vit Bernart penché avec compassion sur la main de Bieiris. La paresseuse, qui avait toujours un bon prétexte pour couper aux corvées, prétendait avoir les mains fragiles et Azalaïs supposa qu'elle montrait quelque égratignure pour se faire plaindre. Le procédé fut efficace, car il lui donna à la fois l'attention du seigneur et la possibilité d'arrêter le travail: en effet, Bernart l'accompagna sous l'arbre où reposait sa femme et quand elle s'assit à côté d'elle, son regard brilla de satisfaction.

Dans la vigne on travaillait vite, et la chaleur avait tari la source des chansons. Sous le frêne, on sommeillait. Quand on s'aperçut que l'orage était là, il était trop tard pour se mettre à l'abri. Le ciel s'était obscurci en l'espace de quelques minutes, le vent roulait furieusement d'énormes nuages noirs traversés d'éclairs fulgurants et entraînait dans sa cavalcade apocalyptique un tourbillon opaque de poussière, de cailloux, de feuilles et de branches cassées. Les vendangeurs furent pris de panique et ce fut un sauve-qui-peut général: les paysans se jetèrent en direction du village pour gagner le refuge précaire de l'église, et les gens du château vers les chevaux qui essayaient de rompre leur longe. Bernart s'était précipité vers Azalaïs pour la conduire à sa monture, mais inexplicablement la douce jument que la châtelaine montait depuis sa grossesse n'était plus là et il dut l'aider à enfourcher un jeune étalon nerveux. Arnaut, de retour depuis quelques jours, était lui aussi allé vers elle et Bernart lui fit signe de se placer de l'autre côté. C'est ainsi, encadrée des deux hommes, qu'elle lança son cheval vers la tour de la Moure qui semblait désespérément éloignée. La pluie commençait à tomber, à grosses gouttes rapides, assombrissant encore l'atmosphère, quand tout à coup un éclair déchira le ciel devant eux, faisant apparaître, au milieu du chemin, l'abominable bête de la Moundine qui se tordait en hurlant comme un démon de l'enfer. Les deux hommes écartèrent instinctivement leurs chevaux et les maintinrent d'une main ferme, mais ils ne purent aider Azalaïs que sa monture, cabrée dans un grand hennissement de terreur, désarçonna et projeta violemment au sol, où elle resta sans connaissance.

CHAPITRE V

Tan fan d'enuei nuech e dia
fals lausengier enuios
qu'oms pros creire no˙ls deuria
ni domn'ab pretz caballos.
E qi no˙ls met en soan,
si eis destrui e galia...

« Ils font tant de préjudice, nuit et jour,
les fâcheux médisants,
que l'homme de valeur ne devrait pas les
croire,
ni la dame de grand mérite.
Et celui qui ne les méprise pas
se détruit et se trompe lui-même... »

ARNAUT CATALAN.

Azalaïs reposait, diaphane, sous une peau d'ours qui ne parvenait pas à la réchauffer. Des semaines durant on avait craint pour sa vie. Maria soutenait qu'il n'y avait maintenant plus rien à redouter, mais la convalescence serait longue car le goût de lutter pour son existence semblait l'avoir quittée. Le jour de l'orage, quand elle était revenue à elle, dans une mare de sang, elle avait su tout de suite qu'elle avait perdu l'enfant qu'elle portait et avant de s'évanouir de nouveau, elle promit à Dieu, en une ardente oraison, de faire retraite quarante jours, au pain et à l'eau, dans une totale solitude, pour mériter par son sacrifice d'être grosse de nouveau. Elle avait maintenant longuement réfléchi et acquis le sentiment qu'elle ne méritait pas l'indulgence du Tout-Puissant, se demandant si elle ne devrait pas, pour expier ses péchés, consacrer le reste de sa vie à la prière en renonçant aux plaisirs du monde et à l'espoir d'être mère.

Flamme venait de temps en temps lécher sa main amaigrie, puis retournait à ses chiots, nés pendant l'orage. Maria racontait que ce jour-là, empêchée d'accompagner Azalaïs à cause de l'approche de la naissance de sa portée, elle avait hurlé à la mort, au moment même de l'accident, et avait essayé désespérément de rejoindre sa maîtresse. On l'en avait empêchée, mais quand la blessée avait été amenée au château, il avait fallu l'installer avec sa portée au pied du lit d'Azalaïs, sans quoi elle eût délaissé ses petits.

Les jeunes filles approchaient une à une sur la pointe des pieds et parlaient bas pour ne pas la fatiguer. Bernart ne faisait que passer, baisait son front pâle et repartait vers ses plaisirs. Arnaut restait plus longtemps et jouait des airs mélancoliques qui ne la lassaient pas. Un jour, elle s'étonna de ne jamais voir Bieiris, et les réponses évasives la firent réagir. C'était le premier signe de curiosité qu'on lui voyait depuis l'accident. Par Maria, elle apprit finalement la vérité, du moins ce que l'on en savait: quand la panique s'était emparée de chacun, au début de l'orage, Bieiris, mauvaise cavalière, avait pris la jument de sa suzeraine qui était plus douce que son cheval. Elle avait essayé de dire par la suite que dans l'affolement elle avait confondu les bêtes, blanches toutes les deux, mais n'avait pas obtenu pour autant l'indulgence du seigneur qui la rendait responsable de la perte de son héritier. Elle avait été honteusement chassée et son père, furieux, menaçait de l'envoyer au couvent si aucun prétendant ne l'en débarrassait rapidement. Maria hésita un peu, puis se décidant à tout dire, lui rapporta des faits inconnus de Bernart et de la cour : d'après elle, l'emprunt de la jument, qui aurait pu être imputé à un égoïsme irréfléchi, n'était sans doute que la partie visible de manigances dont on avait peu de chances de savoir le fin mot. Bieiris avait été vue – par qui ? Maria ne le disait pas – à la tombée de la nuit, deux ou trois jours avant le drame, qui sortait de chez la Moundine. Guiraut l'attendait pour la raccompagner au château et ils avaient eu, en chemin, une conversation animée dont on ne savait rien. Azalaïs s'indigna à la pensée de l'entente établie entre ces deux êtres qui la détestaient. Qu'étaient-ils allés demander à la vieille sorcière ? Était-il possible que le surgissement de la bête qui avait effrayé son cheval ne fut pas accidentel ? Et c'était arrivé le jour où – par la faute de Bieiris, justement – elle ne montait pas sa paisible jument. Tout était peut-être décidé à l'avance, l'orage ayant aidé, de façon imprévue, à la réalisation du projet. Ces pensées provoquèrent chez elle une violente colère qui lui fut salutaire. Tant qu'elle avait cru que Dieu la punissait de ses péchés, elle n'imaginait pas de raison pour qu'Il cesse de la châtier, car elle savait qu'elle était incapable de s'empêcher d'y retomber. Elle restait apathique par manque de courage pour faire face aux épreuves à venir. Au contraire, maintenant qu'elle savait que c'était à la méchanceté conjuguée d'un homme et d'une femme qu'elle devait son malheur et que, de plus, la disgrâce de Bieiris prouvait qu'elle n'avait acquis que peu d'emprise sur Bernart, malgré ses chatteries, elle s'employa à recouvrer la santé de manière à reprendre au plus tôt son rôle de châtelaine. Quand elle serait suffisamment rétablie, elle ferait la retraite promise, pour accomplir son vœu, puis avec l'aide de Dieu, Bernart et elle concevraient un autre enfant. Dès lors, la convalescence cessa de s'éterniser et elle fut vite sur pied.

C'est à l'approche de Noël qu'elle sortit du couvent où, pendant quarante jours, elle avait vécu dans une cellule, sans voir quiconque. Le rythme de ses journées avait été établi avec la prieure, le jour de son arrivée. Selon cette convention, elle se levait lorsque les cloches sonnaient prime[26] et se couchait après complies[27]. Elle sortait deux fois dans la journée : pendant que les moniales étaient à la chapelle, à chanter tierce, le matin, et none[28], l'après-midi. Ainsi, elle ne rencontrait personne, pas même la religieuse qui portait le pain et l'eau devant sa porte, car elle ne sortait les prendre que lorsqu'elle n'entendait plus de pas sur les dalles du couloir. Le temps était long, ainsi coupée du monde et les premiers jours elle avait failli plusieurs fois rompre son vœu et se précipiter vers les religieuses qu'elle voyait déambuler autour du cloître, bavardant par petits groupes, lors de leur promenade quotidienne. Elle souffrait de la privation de nourriture, mais cela n'était rien comparé à l'isolement : jamais elle n'avait été seule, car dans un château, le jour, tout le monde vit ensemble, dans la grande salle, et la nuit, un même lit

---

26 Premier office de la journée, au lever du soleil.
27 Dernier office de la journée, au coucher du soleil.
28 Au milieu de l'après-midi.

accueille plusieurs personnes. Il y a toujours du bruit, des paroles, des disputes et des chants, et la vie de chacun est étroitement mêlée à celle des autres. Mais elle était parvenue à se contrôler et s'était habituée à se contenter du son de sa propre voix, qui priait ou qui lisait la parole de Dieu écrite dans la Bible qu'elle avait amenée avec elle, dans la cellule blanchie à la chaux où nul objet ne retenait le regard, hormis le grand crucifix qui surplombait la couche de bois sur laquelle elle dormait, sous une méchante couverture. Ses grands plaisirs de la journée étaient les deux promenades dans le jardin. Les derniers jours de l'automne effeuillaient les ultimes roses, et quelques grappes de raisins pendaient encore aux treilles, mais les guêpes s'étaient endormies et les seuls animaux que l'on entendait étaient les corbeaux qui emplissaient le ciel de leurs croassements rauques avant de s'abattre dans les champs, au-delà du mur, pour se repaître des vers déterrés par les labours. L'air était chargé des odeurs mêlées de la terre retournée et des feuilles pourrissantes, et malgré le soleil de l'après-midi, on sentait que les grands froids étaient proches. Elle marchait à pas rapides, le long de la clôture du jardin, tant pour se réchauffer que pour se dégourdir les jambes, s'arrêtait un moment à sarcler les choux d'hiver qui faisaient l'ordinaire du couvent, puis retournait avec regret à son espace confiné.

À la fin de sa retraite, elle était tellement accoutumée au silence et à la solitude qu'elle fut effarouchée, dans le premier moment, par la bruyante escorte de jeunes filles et de gardes qui était venue la chercher. Flamme, d'abord, l'accueillit, se jetant sur elle avec une telle frénésie qu'elle faillit la renverser. Elle n'avait encore jamais quitté ses chiots, selon Bérangère, mais elle n'avait pas hésité une seconde à le faire quand elle avait entendu l'enfant prononcer le nom de sa maîtresse. Azalaïs croyait réintégrer naturellement sa place, au sortir du couvent, mais elle trouva au château une surprise à laquelle ses suivantes n'avaient pas osé la préparer : Bieiris, qui loin d'être humble et repentante, se tenait proche de Bernart, à la place d'honneur, affichant un visage triomphant. Azalaïs retint son premier mouvement, qui eût été de la chasser, car l'attitude de Bernart l'incita à la prudence. Bien lui en prit car il dit à sa femme, sur le ton sans réplique qu'il employait parfois, qu'en raison de sa maladie et de sa faiblesse, il lui adjoignait l'aide de la jeune femme qui avait prouvé pendant son absence qu'elle était capable de voir à tout. Azalaïs ne pouvait que s'incliner, et sa rivale, radieuse, la reçut comme une invitée.

Azalaïs était sidérée. Comment en était-on arrivé là ? Elle s'informa auprès de Maria qui était toujours au fait des événements et de leurs causes grâce à sa place qui la rapprochait à la fois des humbles, dont elle faisait partie par sa naissance et son statut, et des puissants, qu'elle côtoyait et dont elle avait la confiance. Elle lui apprit que, peu de temps après le début de sa retraite, le village s'était enrichi d'une habitante qu'elle eût, à l'instar de sa châtelaine, préféré voir ailleurs : Bieiris avait épousé Guiraut. La nouvelle avait de quoi surprendre car en agissant ainsi elle s'était déclassée, mais cela lui avait permis d'échapper au couvent, qu'elle redoutait par-dessus tout. Son père avait accepté le mariage, bien qu'il blessât un peu sa fierté, car il le débarrassait de sa fille. Au bout du compte, il se jugeait gagnant et décida de faire la fête. Bernart y fut naturellement convié et y participa, car s'il avait refusé cela eût été compris comme un désaveu de son vassal, et eût déclenché un conflit armé. Il y alla donc avec ses compagnons, Garsenda et les jeunes filles. Le moyen, après cela, de continuer d'écarter Bieiris? Elle résidait dans la maison du prévôt, mais venait tous les après-midi au château, affectant de ne pas remarquer qu'on lui battait froid, résolue à y retrouver sa place. Ses anciennes amies lui vouaient un mépris que, dans les débuts, elles ne dissimulaient pas, mais rien ne la rebuta.

Bernart ne s'occupait de rien – cela n'était pas nouveau – et Guiraut en avait profité pour ajouter à sa zone d'influence l'organisation domestique du château dont Azalaïs se chargeait d'ordinaire. C'est Garsenda qui aurait dû remplacer la châtelaine absente, mais elle s'était laissée supplanter par le prévôt et son épouse, avec sa mollesse coutumière, et était incapable de dire comment cela s'était fait. L'intrigante avait réussi à se rendre indispensable et tenait la cour de la Moure, où elle s'était tout à fait installée, comme pour elle-même : en quelques semaines, elle avait réussi le tour de force de passer de proscrite à maîtresse des lieux.

Ce mariage prouvait la complicité, soupçonnée par Maria, entre Bieiris et Guiraut, et le danger qu'ils représentaient pour Azalaïs était réel. Ils étaient dans la place, décidés à lui nuire, et en position de force. Sous couvert de lui épargner fatigue et souci, Bieiris jouait le rôle d'Azalaïs en toute circonstance. Elle avait même réussi à éloigner d'elle Bernart, le persuadant qu'il y avait danger pour la santé de la jeune femme à reprendre la vie conjugale. Sans cesse, elle distillait son venin et le seigneur, influençable, se laissait troubler. Il était devenu très soupçonneux, et surgissait inopinément auprès de sa femme après avoir annoncé son départ à la chasse. Quand il y trouvait Arnaut, il faisait une remarque désobligeante et s'en allait, l'air fâché contre les autres et lui-même. Car Bieiris avait réussi à détruire la belle amitié qui unissait autrefois les deux hommes, et Bernart, qui avait toujours traité son vassal sur un pied d'égalité, le ramenait maintenant, à chaque occasion, à sa condition subalterne de cadet sans fortune qui devait tout à la générosité de son suzerain. Arnaut ne répliquait pas aux rebuffades, mais ses yeux se voilaient de tristesse et son sourire disparaissait. De plus en plus, au lieu de se joindre aux jeux et à la chasse auxquels on ne le priait plus, il restait à remâcher sa désillusion sur le chemin de ronde qu'il arpentait mélancoliquement. D'Azalaïs non plus il n'avait rien à attendre, car elle était sans cesse surveillée et leur intimité de l'année précédente n'avait aucune chance de renaître. Aux approches de la Saint-Nicolas, il l'avisa – et elle en conçut une grande désolation – qu'il quitterait la Moure après les fêtes de Noël. Il ne pouvait plus vivre ainsi, continuellement méprisé et brimé. Si Azalaïs voulait bien le recommander à Philippa, il irait à

Poitiers où il donnerait à la duchesse des nouvelles de sa malheureuse amie et lui demanderait de l'attacher à sa cour. Philippa ne pourrait pas aider Azalaïs, car elle n'avait aucune juridiction en Comminges, mais la jeune femme aurait du réconfort à penser que la duchesse priait pour elle. Ainsi, Bieiris isolait de plus en plus la châtelaine dont le pouvoir, dans la seigneurie, était presque réduit à néant.

La cérémonie de Noël, célébrée dans la chapelle du château, fut longue et solennelle. Une crèche vivante avait été installée dans le chœur et, de temps en temps, un bêlement se faisait entendre. Une femme du village tenait le rôle de la Vierge et donnait le sein à son enfant nouveau-né. Cette scène ravivait les regrets d'Azalaïs, figée à côté de Bernart qui avait installé Bieiris sur son autre flanc. Personne ne réagit à ce scandale, ni le chapelain ni les vassaux venus nombreux assister aux festivités ni le sire de Benqué. Nul ne voulait nuire à ses propres affaires en critiquant la conduite de son suzerain, mais plusieurs devaient penser, à voir la face dure et volontaire de la favorite, que son règne serait sans doute moins plaisant que le précédent. Seul Arnaut, Azalaïs l'apprit plus tard, avait fait une remarque au seigneur qui lui avait répondu de ne pas se mêler de ce qui ne le regardait pas.

Le lendemain, Arnaut dit à son suzerain : « Seigneur, je souhaite porter ailleurs mes pas et mes chansons, je t'en demande la permission. » Bernart parut satisfait et lui répondit gracieusement : « Va, Arnaut, va faire profiter d'autres châteaux de ton précieux talent. »

CHAPITRE VI

Autre plazer n'ai ieu maior,
que no'n traisc ni fauc trair,
ni'n tem tracheiris ni trachor...

« Je n'ai pas de plus grand plaisir
que de ne pas trahir, ni inciter à trahir,
que de ne pas craindre traîtresse
ni traître... »

<small>Peire Cardenal.</small>

Les festivités de Noël, pendant lesquelles Azalaïs avait cru retrouver les plaisirs de la vie sociale dont elle avait été éloignée depuis le début de l'automne, d'abord par sa maladie, puis par sa retraite, ne lui avaient apporté que malheur et désillusions. Elle avait vu partir Arnaut, emportant pour tout viatique une lettre de sa suzeraine pour la duchesse d'Aquitaine. Bieiris ayant pris soin de ne jamais les laisser seuls, c'est Maria qui la lui avait remise en cachette, ainsi que l'écharpe brodée qu'Azalaïs avait réussi à dérober aux regards. À l'instant du départ, la jeune femme sentit qu'elle était l'objet de l'attention de son ennemie, mais celle-ci en fut pour ses frais : la châtelaine contrôlait parfaitement ses émotions.

On entrait dans le carême et on approchait de l'époque où elle aurait dû donner le jour à l'héritier de la Moure. Elle eût alors été fêtée et remerciée par son seigneur, et sa place à ses côtés eût été incontestable, au lieu que maintenant, empêchée même de chevaucher sous le faux prétexte de sa mauvaise santé, éloignée des décisions, réduite au rôle de meuble – précieux, certes, mais d'autant plus surveillé –, elle s'étiolait en traînant ses pensées moroses au jardin que l'hiver avait dépouillé, guettant le seul bonheur qu'elle escomptait ce printemps : l'apparition de la première violette. Garsenda l'accompagnait parfois, sans rencontrer d'opposition de la part de Bieiris, car si elle savait qu'elle était une alliée morale d'Azalaïs, elle la jugeait incapable, en raison de sa naïveté et de son indolence, de lui être de quelque secours. Les jeunes filles se tenaient prudemment à l'écart, terrorisées par leur ancienne compagne dont la position semblait bien assurée, et qui devenait de plus en plus impérieuse. Elle était tellement sûre d'elle qu'elle s'éloignait insensiblement de Guiraut, jugeant qu'il avait cessé de lui être utile maintenant qu'il avait joué son rôle de tremplin.

Si Garsenda l'accompagnait au su de tous, Maria, au contraire, rejoignait Azalaïs discrètement : elles avaient convenu toutes deux que la prudence exigeait cette précaution, car on eût écarté sans scrupule la nourrice si elle avait été soupçonnée d'être de mèche avec la dame en disgrâce. Maria réconfortait Azalaïs de son mieux, faisant miroiter le retour de Guilhèm comme une solution à ses problèmes : elle affirmait que le vieux seigneur la soutiendrait, car elle était la dernière à être de son sang. La servante, qui avait la confiance du pèlerin, faisait guetter son retour par un enfant du village pour l'aller rejoindre hors des murs, dès que son approche lui serait signalée, afin de l'informer, avant que quiconque puisse lui parler, de ce qui se passait dans la seigneurie. Azalaïs voulait la croire, parce que c'était son seul espoir.

Elle passait de longues heures à broder, dans une partie isolée de la salle, proche d'une fenêtre ouvrant sur le chemin qui devait voir le retour de Guilhèm. Bieiris prétendait que le bruit la fatiguait et ainsi éloignait d'elle ses suivantes qui n'osaient pas braver l'interdiction. Elles lui jetaient parfois un regard malheureux, surtout Iselda de Guittaut, qui l'aimait plus que les autres, mais la mauvaise entretenait soigneusement son pouvoir en dosant avec habileté la séduction et la menace. Même quand elle n'était pas là, ce qui arrivait souvent parce qu'elle préférait la chasse aux travaux d'aiguille, elles n'osaient pas s'approcher d'Azalaïs, ni lui parler, car elle les avait dressées à se méfier les unes des autres. Seule Bérangère, sa petite sœur, restait près d'elle : c'était une enfant, et on n'avait pas jugé bon de l'éloigner. La petite pépiait sans fin et jouait avec la chienne et ses petits. Insoupçonnée à cause de son insignifiance, elle servait de messagère entre Azalaïs et Maria, et cette complicité avait encore rapproché l'enfant de sa sœur à qui elle vouait une véritable adoration, et qu'elle suivait comme son ombre. Cette affection était douce au cœur de la délaissée qui faisait de son mieux pour paraître gaie afin de rendre la vie de l'enfant plus agréable.

Azalaïs levait fréquemment les yeux de son ouvrage vers le chemin invariablement vide. Elle soupirait alors et reprenait son travail. Elle brodait un détail d'un paysage d'Orient : le premier chameau d'une caravane qui se dirigeait vers une cité surmontée d'étranges coupoles. Les couleurs vives et gaies contrastaient durement avec le paysage de fin d'hiver qui s'étendait sous ses yeux et la tristesse de son cœur. Tout, dans cet ouvrage, lui rappelait Arnaut et les doux moments où il évoquait ses souvenirs et guidait Iselda dans la réalisation du dessin qu'Azalaïs brodait maintenant. C'était un temps peu éloigné, mais qui semblait si lointain. Pourquoi, Mon Dieu, Guilhèm n'avait-il pas choisi Arnaut pour remplacer son fils ? Il n'était ni moins noble ni plus pauvre que Bernart, et il était aussi un ami du défunt. Les larmes lui montaient souvent aux yeux, mais elle les retenait car

Bieiris la guettait, et elle ne voulait pas lui donner le plaisir de contempler son découragement.

Pâques passa, puis l'Ascension et la Pentecôte, et Guilhèm ne revint pas. L'espoir d'Azalaïs s'usait inexorablement. Un jour qu'elle se rendait au jardin, suivant le sentier qui longeait les fortifications en compagnie de Bérangère et de Garsenda, ainsi que de Maria qui venait de les rejoindre, elle s'arrêta au son de deux voix familières qui tombaient du chemin de ronde, au-dessus d'elle. C'étaient celles de Bieiris et de Bernart. Cachées par un noisetier qui avait poussé contre le mur, elles restèrent là, pétrifiées, de crainte d'être vues de leur ennemie. Azalaïs fit un signe impératif à Flamme qui se figea et elles entendirent involontairement quelques mots qui leur permirent de comprendre l'essentiel d'une conversation pleine d'enseignements. La voix de la femme était trop éloignée pour que l'on comprenne tout, mais on sentait qu'elle voulait persuader; les mots « mariage », « annulation », parvinrent jusqu'au bas du mur, puis la réponse vint, plus distincte, avançant comme argument le retour de Guilhèm, auquel elle répondit par « ... trop tard », « ... serait déjà revenu », puis il prononça le nom de Guiraut auquel répondirent un rire ironique et le mot, déjà employé, d'« annulation ». Les voix s'éloignèrent et les deux femmes, songeuses, quittèrent leur abri. Elles eurent un mouvement de surprise à la vue du prévôt qui venait en sens inverse. À son visage furieux, elles surent que lui aussi avait entendu et qu'il avait compris qu'il serait évincé aussi bien qu'Azalaïs. La jeune femme feignit de l'ignorer, Garsenda et l'enfant firent de même, mais Flamme grogna en passant à côté de lui, et Maria cracha par terre et dit avec mépris : *A cada porc vent son Nadau*[29].

Elles marchaient en silence vers le jardin, perdues dans leurs pensées, lorsque Bérangère, qui courait devant, trébucha et se blessa au genou. Garsenda la ramena au château pendant qu'Azalaïs et Maria continuaient leur chemin. Arrivée au jardin, Azalaïs se mit à parler. Des mois durant,

---

29 À chaque porc vient son Noël, c'est-à-dire, vient le moment d'être mangé.

elle s'était tue, souffrant en silence, mais maintenant qu'elle avait commencé, elle était intarissable. Elle marchait, du néflier dont elle fustigeait le tronc d'une tige d'osier qu'elle avait rageusement coupée près du ruisseau jusqu'au prunier qui subissait le même sort, du pas régulier et mécanique des animaux en cage, et elle parlait, passant en revue toutes les humiliations, toutes les désillusions, tous les renoncements imposés, et elle entrecoupait ses récriminations d'une plainte sourde qui reprenait sans cesse les mêmes mots: « c'est trop... cela va finir... que cela finisse... peu importe comment... j'abandonne... ». Quand elle n'eut plus de mots, et que sa déambulation nerveuse l'eut anéantie, elle s'effondra, le visage dans les mains, et sanglota longtemps. De même qu'elle lui avait laissé dévider, sans l'interrompre, sa litanie de renoncement, Maria attendit qu'elle arrive au bout de ses larmes. C'est alors qu'elle parla, mettant en sourdine la profonde pitié qu'elle éprouvait pour la jeune femme, et qu'elle se fit dure pour lui dire: « Il faut abandonner, bien sûr, laisser annuler les deux mariages, finir au couvent, tout laisser à Bieiris : le château, Bernart, l'espoir de maternité, et si Guilhèm revient, les laisser l'écarter, le tuer, peut-être. Oui, c'est cela qu'il faut faire : prier et ne pas bouger. » Puis elle se détourna pour s'éloigner d'un pas résolu. Azalaïs, comme éperonnée, releva la tête et dit : « Sans combattre ? Sans me défendre ? Jamais ! » Maria cacha sa satisfaction : elle avait obtenu la réaction souhaitée. Depuis si longtemps, elle enrageait de voir Azalaïs se laisser déposséder sans rien dire et se laisser engluer dans une situation qui la ligotait chaque jour davantage ! La conversation qu'elles avaient entendue ne permettait plus de croire en l'innocence de Bernart : il n'était sans doute pas un artisan actif de la situation actuelle, mais il avait laissé Bieiris prendre sur lui une emprise qu'il ne cherchait pas à secouer. Il l'avait laissée l'éloigner de sa femme et de son meilleur ami sans réagir, comme il la laisserait prendre en mains les destinées de la seigneurie quand elle serait parvenue à ses fins : l'épouser après l'annulation de leurs mariages, procédure rendue possible par le fait qu'ils étaient tous deux sans descendance. Le temps qui passait sans ramener Guilhèm éloignait la seule menace sérieuse qu'elle pouvait redouter.

Obliger Azalaïs à réagir était, certes, une première étape indispensable, mais c'était insuffisant : il fallait établir une stratégie pour parvenir à des résultats. Maria pensa qu'on pourrait se faire un allié de Guiraut. Elle s'était moquée de lui en passant, mais grâce à Dieu, Azalaïs n'avait rien dit. Maria savait que l'homme avait plus de rancune que de fierté et que c'était Bieiris, à l'heure actuelle, qu'il devait détester le plus. Il était assez malin pour comprendre que ce n'était pas son seul mariage qui était menacé, mais sa position et son pouvoir, et il en viendrait vite à la même conclusion que Maria : son intérêt était de prendre le parti d'Azalaïs, mais sans que Bieiris s'en doute. Seulement, dit Maria, il fallait lui laisser l'initiative de manière que par la suite il ne puisse se targuer que d'avoir fait son devoir. Maria conseilla à Azalaïs, que l'idée répugnait, d'accepter l'alliance de Guiraut lorsque celui-ci la lui proposerait. En attendant, il fallait qu'elle se maintienne en place, sans prêter l'oreille aux propos insidieux de Bieiris qui voulait l'inciter à retourner d'elle-même au couvent pour avoir les coudées tout à fait franches.

La fenaison battait son plein. Les paysans amenaient au château les lourdes charretées d'herbes odorantes que le soleil avait séchées plusieurs jours, et que l'on engrangeait pour les mois d'hiver. Il avait beaucoup plu au printemps et l'herbe était partout dense et drue : il y en aurait assez pour arriver à la récolte de l'année suivante. Les effluves montaient jusqu'à Azalaïs, lui faisant regretter le temps où elle supervisait les travaux des champs et où elle avait plaisir à parcourir les prairies fraîchement coupées, au pas de sa jument, accompagnée de Flamme qui batifolait avec exubérance et se lançait parfois à la poursuite d'un lapin – qu'elle ne rattrapait pas – ou d'un lérot, qui lui échappait rarement et qu'elle lançait en l'air, pour jouer encore à le rattraper alors qu'elle avait broyé depuis longtemps sa vie fragile. Un temps de bonheur simple.

C'est alors, vers la mi-juin, que l'on eut, venant d'un groupe de pèlerins qui faisaient étape à l'hostellerie du couvent, des nouvelles du vieux seigneur : ils avaient vu Guilhèm, à quelques jours de là, chez son suzerain, le comte de Comminges. Il devait s'y reposer une semaine avant d'entreprendre la dernière partie de son voyage. Le cœur d'Azalaïs se gonfla d'espérance, tandis que le visage de Bieiris se crispait de fureur. Dans son regard, qui soutint le sien sans ciller, Bieiris vit que la châtelaine n'était pas aussi résignée qu'elle l'avait imaginé : pour ne pas perdre les avantages acquis, il lui fallait prendre les devants et agir vite. Azalaïs était en grand danger, elle le savait aussi bien que Maria qui lui fit dire par la petite Bérangère de ne jamais rester seule et de ne rien manger que quelqu'un n'ait goûté auparavant. Elle se résolut à ne plus aller au jardin, qui était au plus beau de sa floraison, et Maria, pour la consoler, apportait d'énormes brassées de lys et de glaïeuls dont elle jonchait la salle. Elle se demandait ce que Bieiris allait faire, mais ne pouvait en parler à personne. Elle avait imaginé qu'elle essaierait d'attenter à sa vie, mais non à celle de Guilhèm. C'est pourtant ce qu'elle fit. Elle apprit de Maria, par le truchement de Bérangère – qui lui chuchotait les informations en ayant l'air de quêter ses baisers, se mêlant aux chiots de Flamme, qui réclamaient sans cesse attentions et caresses, et qui l'entouraient d'une affection sans mélange – que Bieiris avait suggéré à Bernart d'envoyer Guiraut au-devant du seigneur pour l'accueillir. Bernart avait obtempéré, tant par habitude d'obéir à la jeune femme que parce que l'idée lui semblait bonne. Ce qu'il ne savait pas, c'est que Guiraut avait été secrètement chargé d'empêcher le retour de Guilhèm par n'importe quel moyen. Après son entrevue avec Bieiris, le prévôt était allé trouver Maria, l'avait informée de sa mission et lui avait demandé de dire à Azalaïs qu'il ne l'accomplirait pas, car il était fidèle au vieux seigneur à qui il dirait toute la vérité. Azalaïs pensa que Maria avait vu juste quand elle avait prévu qu'il voudrait se venger de Bieiris; elle reprit espoir, mais elle se demanda fréquemment, dans les jours qui suivirent, quelle confiance elle pouvait accorder à un homme qui avait déjà trahi, et prévoyait de le faire encore. Plusieurs fois par jour, elle passait de la confiance au découragement, alors que son ennemie affichait un air serein, n'ayant apparemment aucun soupçon du revirement de Guiraut.

Le temps se traînait et il faisait chaud. Il eût été agréable de partir à cheval visiter le voisinage ou de participer à une chasse ou simplement d'aller jusqu'au jardin, au lieu de rester cloîtrée dans la chambre des dames, à faire un travail de couture, comme en hiver. L'attente, chargée d'espoir les premiers jours, se faisait lourde de terreur à ressasser solitairement tout ce qui pourrait entraver un dénouement heureux.

Deux semaines après le départ du prévôt, le guetteur annonça l'arrivée de nombreux cavaliers. On commença de s'agiter dans la basse-cour, les hommes se précipitèrent vers les écuries pour prendre leurs chevaux et se porter au-devant de la troupe, et une lueur d'agacement passa dans le regard de Bieiris: tant que la situation n'était pas clarifiée, les visites lui paraissaient plutôt importunes. Elle se rasséréna vite en apprenant qu'il s'agissait du suzerain de la Moure. Oubliant toute prudence, elle dévoila ses plans et dit devant les suivantes médusées en regardant méchamment Azalaïs : « Il est sans doute arrivé malheur à Guilhèm. Le comte de Comminges vient nous l'annoncer et recevoir l'hommage de Bernart pour le fief. Quand il sera le seigneur, il pourra se délivrer de ce mariage qui ne lui convient pas et épouser celle qu'il a choisie. »

Azalaïs ne broncha pas. Garsenda, qui était à ses côtés, prit sa main et la serra. Les jeunes filles se groupèrent frileusement à l'écart, ne sachant plus que faire. C'est alors qu'Iselda, révoltée par l'attitude de l'intrigante, se détacha du groupe et dans un mouvement courageux, alla vers sa suzeraine, mit un genou à terre et lui jura fidélité. Bieiris l'accabla de son mépris, lui disant qu'elle avait fait le mauvais choix et qu'elle s'en repentirait, puis elle se dirigea vers l'entrée pour accueillir les arrivants, comme si elle était la dame du château. Elle fit signe à Beatriz et Clara de la suivre et elles obéirent servilement, sans oser regarder dans la direction d'Azalaïs qui resta sur sa cathèdre à attendre paisiblement, entourée d'Iselda, de Garsenda et de Bérangère. Le calme qu'elle affichait prouvait la maîtrise de ses impulsions, mais reflétait bien mal son état d'esprit : elle était fort inquiète car son avenir allait se jouer dans les moments à venir, et rien encore ne prouvait que Bieiris s'était trompée.

Les cavaliers venaient de franchir le pont-levis, et la basse-cour résonnait des bruits habituels à l'arrivée d'une troupe : hennissements, aboiements et ordres brefs et sonores. Elle s'imposa, par dignité, de rester à sa place et de garder ses fidèles auprès d'elle, au lieu de les envoyer aux nouvelles qu'elle brûlait de connaître, mais à mesure que le temps passait, les affres du doute lui ôtaient tout espoir et elle chiffonnait, sans même la voir, la tapisserie qu'elle avait gardée dans ses mains.

Tout à coup, des pas nombreux résonnèrent dans la salle; elle se leva et vit entrer un homme mûr aux épaules puissantes dont le regard avait l'autorité des chefs. C'était le comte de Comminges, Roger, deuxième du nom. Bieiris s'était précipitée, mais elle n'eut pas le temps de dire un mot : le comte fit un geste et deux gardes s'emparèrent de la jeune femme pétrifiée pour la maintenir à l'écart. Il se retourna alors, laissant approcher le vieillard que sa stature avait dissimulé aux regards des femmes et lui dit : « Guilhèm, conduis-moi à ton héritière. »

Azalaïs s'approcha, reprenant très vite ses esprits en voyant que ce qui survenait était à son avantage. Les événements allaient au-delà de ce qu'elle avait espéré puisqu'elle n'attendait que Guilhèm, dont elle n'était pas sûre qu'il interviendrait. Seule la grossesse de sa nièce l'avait tiré de sa passivité des années précédentes et elle avait craint qu'il ne lui en veuille d'avoir perdu l'enfant et de ne pas en avoir conçu un autre. Mais là, tout semblait s'arranger et le vieil homme redressa ses épaules voûtées annonçant d'une voix forte : « Voici Azalaïs, la dernière de mon sang » ; puis se tournant vers Bernart, pâle jusqu'aux lèvres, il lui fit signe d'approcher et ajouta : « et voici Bernart, son époux devant Dieu et les hommes». Bernart s'avança pour se porter aux côtés d'Azalaïs, lui présenta son poing fermé sur lequel elle posa la main et ensemble, ils plièrent le genou, en vassaux respectueux. Le comte les salua gracieusement et dit : «Que l'on réunisse demain la cour de justice, et pour l'heure, reposons-nous et soupons car nous avons fait une longue route.»

Sans jeter un regard à Bieiris, que les gardes amenaient, et pour qui personne n'avait eu un geste de secours ou même de compassion, prouvant bien que c'était sur la crainte et non sur l'estime qu'elle avait acquis son pouvoir, Azalaïs reprit spontanément les rênes, montrant, s'il en était besoin, que sa santé était excellente. Elle organisa avec Garsenda le confort de ses hôtes et rejoignit Maria aux cuisines pour s'occuper de la composition du repas. Les deux femmes s'étreignirent et Maria lui chuchota : «Te voilà sauvée, ma fille ; Dieu t'a protégée.»

Quelques heures plus tard, elle présidait le repas, assise entre Roger et Guilhèm, et ses yeux avaient un éclat qu'on ne leur avait pas vu depuis longtemps. Bernart lui était caché par le comte, aux côtés duquel il était assis, et Azalaïs était soulagée d'avoir un répit avant de se retrouver face à lui. Il devait pressentir que la journée du lendemain serait peu agréable, mais fort de son égoïsme il ne devait pas s'en inquiéter outre mesure puisque lui-même ne risquait rien, Guilhèm ne l'ayant pas désavoué à l'arrivée.

Il y avait beaucoup de monde attablé dans la grande salle, car les vassaux de la Moure avaient déjà eu le temps de répondre à la convocation de leur suzerain. La curiosité était vive et des bruits divers, parfois contradictoires, couraient dans l'assistance parce que les suivantes d'Azalaïs, inquiètes à juste titre pour leur avenir, avaient donné des bribes d'informations à leurs parents qui affichaient des mines renfrognées. On disait, entre autres, que le père de Bieiris – qui était enfermée dans un cachot – n'avait été prié que pour le lendemain. Azalaïs remarqua que les jeunes filles n'osaient pas la regarder et elle ne fit rien pour rendre leur situation plus facile : elle abominait la lâcheté et avait déjà décidé de les renvoyer dans leurs familles, même Clara, la sœur de Bernart, qu'il ne prendrait certainement pas la peine de défendre. Seule Iselda était radieuse, et elles échangèrent un sourire. Guiraut n'était pas là : sans doute avait-il été emprisonné lui aussi.

La réunion du lendemain fut extrêmement solennelle, car le comte de Comminges devait juger un crime relevant de la haute justice : la tentative d'assassinat d'un seigneur par sa vassale. Quand il fut assis sur une estrade, suffisamment élevée pour qu'il domine toute l'assemblée qui était debout, face à lui, le comte demanda que l'on amène les accusés. Bieiris parut, les mains attachées dans le dos, mais les yeux flamboyants de haine et la tête dardée comme une vipère sur le point de frapper. Guiraut vint à sa suite, les membres pareillement liés et, comme elle, haineux et vindicatif.

Le comte demanda à Guilhèm d'exposer les faits qui lui étaient connus. Le vieil homme vint sur l'estrade et raconta d'abord comment il avait choisi Guiraut pour administrer la seigneurie et la confiance qu'il lui témoignait; il parla de la mission qu'il lui avait confiée, d'aller chercher son héritière à Toulouse, et dont il s'était acquitté au mieux. Il dit sa foi dans cet homme, leur longue collaboration, sa position privilégiée au village. À mesure qu'il parlait Guiraut semblait s'affaisser, comme s'il comprenait enfin que la situation que son maître exposait, qui était encore la sienne il y avait peu, une position enviable pour un fils de paysan, était en train de lui échapper, et cela à jamais. Jusque-là, obnubilé par son désir de vengeance, tendu vers le seul but de nuire à son ancienne complice, il n'avait pas pensé à l'avenir.

Guilhèm prit ensuite des accents indignés pour rapporter les faits récents, l'arrivée du prévôt au palais comtal de Saint-Bertrand, la mission qu'il était sensé y accomplir, le complot pour anéantir les deux derniers membres de sa famille, lui-même et Azalaïs. L'assemblée se faisait houleuse, menaçante et la peur s'insinua chez Guiraut qui commençait de se rendre compte que ce n'était pas seulement son statut qui se jouait, mais sa vie. Il se redressa alors et prit la parole pour accabler sa complice : il laissa éclater sa haine, hurlant que c'était elle qui avait tout manigancé, qu'elle ne l'avait épousé que pour revenir à la Moure dont elle avait été éloignée parce qu'elle était responsable de la perte du futur héritier, qu'elle voulait faire annuler son mariage et celui du seigneur pour prendre la place de la dame et qu'elle lui avait demandé de tuer Guilhèm. À ces derniers mots, l'horreur se peignit sur tous les visages et des cris de mort fusèrent dans la salle.

Bieiris parla à son tour pour tenter de sauver la situation. Elle accabla Guiraut de son mépris, nia tout, disant qu'elle n'avait rien à voir dans toutes ces turpitudes de manant. On sentit un flottement dans l'assemblée : ils étaient davantage prêts à croire une des leurs qu'un paysan. Elle perçut le mouvement en sa faveur et l'exploita avec habileté, faisant valoir que Bernart, son seigneur, lui avait donné sa confiance et qu'elle le secondait en tout depuis que sa femme malade était incapable de jouer son rôle. Pourquoi voudrait-elle nuire au seigneur de la Moure, alors qu'elle était si bien considérée dans la seigneurie? Azalaïs commença de craindre pour la suite des événements et de redouter d'être obligée de s'en mêler, ce que, par dignité, elle voulait éviter. Il était temps que quelqu'un, à l'honnêteté indiscutable, s'interpose pour établir les faits.

Elle regarda autour d'elle et vit, à son grand soulagement, que Garsenda, affichant un air résolu qui ne lui était pas habituel, s'avançait et se préparait à parler. Elle l'encouragea d'un signe de tête et, comme tout le monde, redoubla d'attention : la noble veuve avait l'estime de tous et on sentait que ce qu'elle dirait serait décisif. Bieiris ricanait avec bravade, pensant que l'autre n'avait que des ragots à rapporter et qu'il lui serait facile de les discréditer comme elle l'avait fait pour les accusations de Guiraut. Mais elle changea vite de physionomie quand elle l'entendit raconter la conversation qui avait eu lieu sur le chemin de ronde et qu'elle avait crue secrète. Le comte, qui n'était pas encore intervenu, demanda s'il y avait d'autres témoins. Maria s'avança, et dit: «C'est vrai, je l'ai entendue»; Guiraut dit à son tour: «Moi aussi, je l'ai entendue»; Azalaïs allait se résoudre à parler pour donner du poids aux trois témoignages dont l'un venait d'une servante et un autre était sujet à caution quand le comte s'adressa à Bernart, qui eût préféré être ailleurs, et lui demanda s'il pouvait confirmer. Il dit qu'en effet Bieiris lui avait tenu ces propos, mais il ajouta que sur le moment, il ne les avait pas pris au sérieux; jamais, dit-il, il n'aurait imaginé la mauvaiseté de cette femme, sans quoi il l'eût renvoyée à son père. Le sire de Peguilhan, ainsi nommé, se dressa de toute sa taille, qui était imposante, et dit que de sa fille, il ne voulait plus. Elle était la honte de sa famille, il la reniait et voulait oublier qu'elle avait existé.

Bieiris, sommée de répondre, et sentant qu'elle n'avait plus rien à perdre, ne se contint plus et se déchaîna contre tous ceux qu'elle haïssait: Azalaïs qui possédait tout ce qu'elle, Bieiris, méritait davantage, Bernart, lâche et veule, qui avait fait d'elle sa maîtresse et la répudiait maintenant que leurs projets échouaient, Guiraut, traître qui trahissait tout un chacun. Plus elle parlait, plus elle nuisait à sa cause, car son attitude engendrait l'horreur et le mépris. On comprenait que toutes les accusations portées contre elle étaient vraies : c'était une criminelle, une possédée du démon. D'un signe, le comte ordonna qu'on la fît taire, et un garde la bâillonna.

Le suzerain leva la main et chacun se fit attentif pour entendre le jugement. Il demanda à Guilhèm quelle peine il réclamait pour les coupables. Dans le silence devenu écrasant, le vieux seigneur laissa tomber ce que tous attendaient et qu'ils reprirent avec lui à pleins poumons : « La mort ! » À ces mots, le comte de Comminges se leva et dit : « Bieiris et Guiraut, recommandez vos âmes à Dieu. Vous serez pendus ce soir, à la tombée du jour. »

CHAPITRE VII

Ai las, e que˙m fau miey huelh,
quar no vezon so qu'ieu vuelh?

« Hélas, et à quoi me servent mes yeux,
s'ils ne voient pas ce que je veux? »

SORDEL.

Azalaïs venait de saluer le comte de
Comminges avant son départ auquel
elle assistait maintenant depuis le chemin
de ronde. Il avait l'air satisfait car le rassemblement de ses vassaux lui avait été propice: il les avait requis pour le service de
chevauchée. Même s'il avait dû renoncer
à son espoir de les emmener sur le champ
avec lui, faire campagne contre son ennemi
de toujours, le comte d'Astarac, parce qu'il
leur fallait un peu de temps pour les préparatifs, il était sûr de pouvoir compter sur
eux, car aucun ne pourrait prétendre ne pas
avoir été averti à temps, comme c'était souvent le cas. Ses vassaux ne lui devaient que
quarante jours d'aide militaire, et c'était
peu. Bien moins, en tout cas, que ce qu'il

aurait souhaité et il ne voulait pas perdre un seul jour. Sa seule consolation était que son adversaire ne disposerait pas de mieux.

Azalaïs, physiquement en pleine forme, était moralement très lasse. Elle soupçonnait que dans ses cauchemars elle verrait longtemps la journée de la veille. Tout l'après-midi, la cour avait résonné du bruit des masses qui clouaient le gibet, puis les paysans étaient arrivés, par petits groupes, pour jouir du spectacle du châtiment de leur ennemi. C'était pour eux l'aboutissement inespéré d'une longue haine et ils en escomptaient beaucoup de plaisir. Ainsi, les bruits de mort étaient accompagnés d'un fond de liesse et de foire. Elle-même était agitée par des émotions contradictoires : soulagement, certes, triomphe également, mais aussi sentiment de faillite car celle qu'elle avait reçue en amie, non seulement avait tenté de prendre sa place et y était presque parvenue, mais avait provoqué l'accident qui avait tué son enfant et avait failli lui coûter la vie ; et surtout, déception amère, celui qui aurait dû être son compagnon et son soutien l'avait trompée sans scrupules, puis était revenu à elle, la nuit précédente, comme si tout cela n'avait aucune importance. L'ayant vu, depuis deux ans, consacrer toutes ses énergies à la seule poursuite du plaisir immédiat, elle avait pressenti qu'elle ne pourrait pas se fier à lui dans une situation où il faudrait faire preuve de caractère, mais elle ne se l'était pas clairement avoué. Ces derniers mois elle en avait eu une preuve éclatante, et cela l'affligeait profondément.

Après le jugement, les hommes étaient partis à la chasse, et pour les femmes, qui étaient restées au château, et qui repartiraient dans leurs fiefs le lendemain, avec leurs époux qui les quitteraient aussitôt équipés pour se diriger vers Saint-Bertrand accomplir leur devoir de vassaux, elle avait organisé des jeux, mais le cœur n'y était pas. Elles bavardaient par petits groupes, un rire fusait parfois, mais il était vite réprimé, comme une indécence. La condamnation de Guiraut ne touchait personne, mais il en était tout autrement de celle de Bieiris, et cela n'était nullement motivé par des sentiments personnels qu'aurait inspirés la jeune fille, car elle n'avait pas cherché à se faire aimer et elle ne laisserait ni amis ni regrets. Si elles étaient affectées, c'était parce qu'une des leurs allait être exécutée, et de la façon la plus infamante qui soit : au lieu d'être décapitée, ainsi que c'était la coutume pour les condamnés de bonne naissance, elle serait pendue avec le manant qui avait été son complice. Cette extrême sévérité du comte, qui humiliait en plus de punir, sonnait comme un avertissement : on ne s'attaque pas à son suzerain. Alors, toutes ces femmes, vassales de la Moure, venaient tour à tour assurer Azalaïs de leur fidélité et certaines, avec des accents d'autant plus convaincus qu'elles avaient eu l'occasion de venir au château pendant que Bieiris y régnait et qu'elles avaient été beaucoup plus empressées auprès d'elle qu'auprès de la dame légitime. Azalaïs les écoutait, leur répondait aimablement, gardant une subtile distance, à peine exprimée, mais suffisamment explicite pour les plus félonnes d'entre elles. Après avoir longuement hésité, Clara et Beatriz se dirigèrent vers elle. Elles étaient humbles et repentantes, mais Azalaïs n'était pas prête au pardon. Sa voix, haute et claire, couvrit les conversations, et chacune put entendre : « Je vous traitais comme des sœurs et vous m'avez trahie. Vous ne serez plus les bienvenues à la Moure. » Les deux malheureuses partirent se réfugier dans un coin d la salle, secouées de sanglots, alors que toutes, même leurs mères, se détournaient d'elles. Leur avenir était compromis : elles auraient du mal à se marier, car personne ne voudrait d'une épouse qui n'est pas reçue par son suzerain. Elles qui avaient tant rêvé d'amour, tant rêvé d'organiser une cour à l'image de celle qu'Azalaïs avait créée, se retrouvaient avec la morne perspective du couvent où elles n'auraient même pas une place de choix car leurs dots étaient modestes.

Le souper fut interminable : si les femmes, la gorge serrée, parlaient peu et mangeaient moins encore, les hommes, mis en appétit par l'exercice, firent honneur au repas qui se prolongea jusqu'au crépuscule. Ils s'installèrent enfin, pour assister au supplice, sur les estrades préparées dans l'après-midi. Des gardes tenaient haut les torches éclairant le gibet dont l'ombre immense donnait le frisson aux plus impressionnables qui n'étaient certes pas les paysans car, dans la soirée, on avait distribué du pain et mis un tonneau en perce dans la basse-cour, et l'excitation était à son comble. Soudain, un roulement de tambour annonça l'arrivée des condamnés. Entouré de gardes, Guiraut marchait devant, les mains liées, les pieds nus, le regard fou. Bieiris, mains liées et pieds nus également, avançait d'un pas ferme. On ne lisait nulle appréhension dans son regard, et ses lèvres s'entrouvraient dans un sourire de défi. Contre toute logique, Azalaïs se sentit menacée et une vague inquiétude s'empara d'elle, mais elle se raisonna : que pouvait-il advenir ? Bieiris marchait à la mort et seule l'indulgence du comte de Comminges pourrait l'y soustraire. Or, il n'y paraissait pas disposé. Guiraut était parvenu au pied du gibet. Il s'arrêta. Le curé du village le bénit, puis lui fit baiser son crucifix. Le bourreau attendait. La foule retenait son souffle. C'est alors que

Guiraut s'affola, se débattit, tenta de fuir, déchaînant dans l'assistance une explosion de rires et de quolibets. Les gardes le maîtrisèrent et le traînèrent sur l'estrade tandis qu'il pleurait, criait, demandait merci. Ils le maintinrent fermement, le hissèrent sur un tabouret, et le bourreau lui passa la corde au cou, la serra et renversa le tabouret d'un geste brusque. Il s'éloigna, ainsi que les gardes, pour ne pas gêner les spectateurs, et chacun put voir le corps de Guiraut tressauter longuement tandis que ses yeux sortaient de leurs orbites et qu'il tirait la langue de manière grotesque. Les paysans hurlaient de joie et accablaient le mourant d'obscéniés, l'exhortant à bien jouir de la dernière érection que provoquait, disait-on, la mort par pendaison. Ils n'étaient pas les seuls à aimer le spectacle : aux côtés d'Azalaïs, plus d'une dame avait les yeux brillants, les narines pincées et le souffle court.

Pour Azalaïs, la mort de Guiraut représentait plus qu'un simple spectacle : c'était l'élimination d'un ennemi qui s'était acharné à lui nuire pendant des années.

Restait maintenant Bieiris, la plus dangereuse des deux. À la regarder, Azalaïs ressentit la même impression désagréable que
lorsqu'elle l'avait vue à l'arrivée : son visage,
sur lequel étaient visibles les signes du
plaisir que lui avait donné la mort de
Guiraut, dont la trahison l'avait conduite
jusque-là, n'était pas celui d'une vaincue.
Elle monta les marches avec un maintien
plein d'assurance et de morgue, se tourna
vers la foule, chercha Azalaïs, sourit avec
insolence puis, s'adressant au comte de
Comminges, elle dit : « Seigneur, je suis
grosse. Je porte le bâtard de Bernart de la
Moure. » La stupéfaction provoqua un
grand silence, puis les manants exprimè-
rent bruyamment leur déception de voir le
spectacle écourté : ils savaient bien que l'on
ne pend pas une femme qui va avoir un
enfant et qu'ils n'auraient pas de sitôt l'occasion de voir s'agiter au bout d'une corde
la fille d'un noble. Le comte, d'abord surpris, comme tout le monde, réagit très vite
et dit d'une voix forte qui couvrit le
tumulte : « Tu iras au couvent jusqu'au
terme et il t'est interdit d'en sortir. Lorsque

l'enfant sera né, il sera conduit à la Moure pour y être élevé et toi, tu seras pendue. » Il donna l'ordre de la reconduire au cachot, en attendant de la confier à la prieure de Saint-Laurent, en passant, le lendemain. Elle s'éloigna avec un rire de folle et en lançant des malédictions qui glacèrent l'assistance.

Le nœud dans la gorge d'Azalaïs, qu'elle avait espéré voir se dénouer après la mort de sa rivale, n'était pas près de se desserrer, elle le comprit tout de suite. Elle saisissait ce qu'impliquait pour Bieiris ce nouveau développement : quelques mois de répit, bien sûr, mais aussi l'avantage d'être la mère du bâtard du seigneur, ce qui pourrait lui valoir la grâce si son fils avait des chances d'hériter. Il fallait qu'Azalaïs soit grosse le plus vite possible, avant la naissance de cet enfant, et entre-temps, elle devrait reconquérir toute son influence de manière à pouvoir exiger, le temps venu, l'exécution de la sentence : sa paix était à ce prix-là. Il fallait qu'elle soit implacable, car son avenir et celui de sa lignée en dépendaient. Mais Bieiris avait plus d'un tour dans son sac et Azalaïs allait veiller à ce que la prieure du couvent remplisse bien son rôle de geôlière.

Pour chasser ses idées noires, elle se mit au travail dès après le départ des cavaliers : il s'agissait de reprendre en mains l'administration du domaine et d'essayer d'effacer les erreurs de Guiraut. Elle pourrait s'y consacrer entièrement, car il n'y aurait pas de réformes à faire dans le château : Bieiris avait été une bonne élève et avait continué l'œuvre de celle qui l'avait formée. Les changements domestiques nécessaires ne seraient pas de l'ordre de l'organisation, mais de l'atmosphère : Bieiris était exigeante et cruelle, et elle avait traité les serfs qui étaient sous ses ordres comme des bêtes de somme. Insensible à leur fatigue et à leurs maux, elle n'excusait ni ne pardonnait aucune erreur et faisait fouetter ceux dont elle était mécontente. Quand elle avait ordonné une punition, elle assistait toujours à son exécution, de crainte qu'elle ne soit pas infligée assez sévèrement, et tout le monde pouvait comprendre qu'elle prenait plaisir à voir souffrir. À la reprise de possession d'Azalaïs, le soulagement avait été général. Leur seul regret était de ne pas avoir eu le plaisir de voir leur tortionnaire pendue.

Le départ en guerre du seigneur avait provoqué un grand remue-ménage dans tout le château, car il avait fallu mettre en état tout l'équipement en un temps très bref pour que Bernart puisse partir avec le comte. Après le bruit infernal de la troupe qui se préparait, ce fut le grand calme. Outre les serviteurs et une garnison de sauvegarde réduite, il ne restait au château que Garsenda, Iselda et, bien sûr, la petite Bérangère : les fidèles. Guilhèm était là également et son apparent égarement des années précédentes semblait avoir disparu. Il avait décidé d'être attentif à la sécurité de sa nièce, que cela touchait et rassurait, et de ne quitter la Moure que quand un héritier bien vivant y grandirait. Il veillerait à ce que le bâtard annoncé, qui n'aurait pas une goutte de son sang, n'usurpe pas la place briguée par sa mère.

Azalaïs se réjouissait de la solitude qui lui permettrait de réaliser ses projets sans perdre de temps en chasses et en repas. Les quarante jours de service de Bernart lui paraissaient aussi courts qu'ils avaient paru au comte de Comminges : elle n'avait pas une minute à perdre si elle voulait lui présenter à son retour une nouvelle routine parfaitement en place qu'il n'aurait qu'à approuver, ce qu'il ferait, elle en était sûre, sans objections, car ces choses-là ne l'intéressaient pas. Elle n'avait personne pour remplacer Guiraut et c'était le premier problème à résoudre. Elle fit venir le curé du village et lui demanda s'il n'y avait pas, parmi les fils de paysans, un garçon plus éveillé que les autres que l'on pourrait instruire et former en vue d'en faire un intendant. Le visage du brave homme s'illumina : il allait pouvoir établir son protégé de manière inespérée. Il parla de son neveu – Azalaïs traduisit mentalement : son fils – qu'il élevait et à qui il avait enseigné la lecture, l'écriture et le calcul. Le garçon était doué, mais il n'avait pu pousser plus loin ses études, faute d'argent, et le curé l'avait placé chez les nonnes comme jardinier. Azalaïs s'en fut au couvent pour s'entretenir du jeune homme avec la prieure et pour le rencontrer afin de se faire une opinion par elle-même. Son protecteur avait été très élogieux, mais il était intéressé à la suite de l'affaire et son jugement nécessitait d'être vérifié.

Elle partit à cheval, dans les petites heures du matin, pour profiter de la fraîcheur, accompagnée de Flamme délirante de bonheur. Elle aussi était heureuse de sortir du château qui avait été sa prison, de mettre sa monture au galop pour sentir le vent de la course, de faire une démarche dont l'issue ne dépendrait que d'elle. Si le jeune homme était tel que le curé l'avait décrit, elle le prendrait avec elle pour l'instruire. Il y aurait un avantage à ne pas avoir un étranger : il connaissait déjà les lieux et les gens ; l'inconvénient serait peut-être de faire accepter l'autorité de quelqu'un d'aussi jeune sur des personnes qui l'avaient vu naître. Elle croisa des paysans, en traversant le village, et ils la saluèrent avec le sourire, contents de la voir déjà à l'œuvre. Cela prouvait la véracité de ce que lui avait dit le curé : ils espéraient que tout redeviendrait comme avant le retour de croisade. Azalaïs eut chaud au cœur; depuis longtemps elle ne s'était pas sentie aussi heureuse.

Au couvent, elle fut reçue par la prieure et elles parlèrent longuement. L'isolement forcé d'Azalaïs avait été tel que les nonnes n'avaient rien soupçonné de ce qui se tramait au château et lorsqu'elles l'apprirent, leur surprise fut égale à leur consternation: elles avaient autant d'estime pour leur châtelaine qu'elles en avaient peu pour Bieiris, qu'elles connaissaient fort bien pour avoir été chargées de son éducation, ainsi que de celle de ses compagnes, pendant plusieurs années. Elles savaient sa duplicité, son ambition, son goût de l'intrigue et sa méchanceté. Azalaïs pouvait se rassurer: la prisonnière serait bien gardée. D'autre part, il n'y avait guère à redouter qu'elle bénéficie de complicités extérieures: son père l'avait reniée, son ancien complice était mort et ses amies renvoyées chez leurs parents. Quant à Bernart, qui pour l'heure était loin, il ne tenterait rien pour elle: ce n'était pas dans son caractère.

Lorsque Azalaïs exposa sa requête, la prieure fut enchantée d'avoir la possibilité de rendre service à sa suzeraine. Le jeune homme était bien tel que l'avait décrit le curé : intelligent et travailleur, il apprenait vite et voulait réussir. Elles se rendirent ensemble au jardin et l'observèrent un moment. Peire était un garçon de quinze ans, solide et râblé, qu'une forte cambrure et un port très droit faisaient paraître plus grand qu'il n'était en réalité. Il avait des traits bien méridionaux : des cheveux bruns, des yeux sombres, un teint mat, un nez fort et des dents très blanches qui le rendaient presque beau lorsqu'il souriait. Quand il fut présenté à la châtelaine, il la salua avec respect, mais sans servilité. Comme Azalaïs se penchait avec intérêt sur des boutures de rosiers qu'il était en train de planter, il expliqua son travail, et à mesure qu'il parlait, on sentait la passion dans sa voix. Elle était enchantée : ils allaient s'entendre. Ce n'est qu'après avoir fait en sa compagnie le tour du jardin qu'elle lui apprit ce qu'elle avait décidé pour lui. Son visage s'éclaira d'une joie profonde et il promit à sa dame, avec une voix vibrante de sincérité et d'enthousiasme, qu'elle n'aurait jamais à se plaindre de lui. Elle le laissa à son travail en lui recommandant de l'attendre dans la basse-cour, le lendemain, après la messe. Au retour, elle passa par les champs pour le plaisir de regarder le travail des paysans, avant de retourner au château accomplir ses autres tâches.

Azalaïs se sentait pleine de vitalité et mena les choses rondement jusqu'au matin où une nausée la força à s'arrêter. Cette manifestation, qu'elle n'espérait pas aussi vite, la ravit car elle prouvait que la nuit qu'elle et Bernart avaient passée ensemble, après l'exécution, avait porté ses fruits : elle était grosse.

Ce premier soir de l'élimination de sa rivale, qui avait été le seul qu'ils avaient partagé, Azalaïs eût préféré dormir seule. Mais elle ne pouvait pas refuser la réconciliation, et quand Bernart lui avait dit : « Ta santé est sans doute devenue assez bonne pour que je partage ta couche », elle avait fait taire ses rancœurs et l'avait accueilli en souriant. Elle se demandait maintenant quel genre d'enfant on peut concevoir en étant sous le choc d'images aussi tragiques que celles qui refusaient, à ce moment-là, de quitter son esprit, et elle espérait que sa sérénité actuelle contrebalancerait la confusion et la violence qui l'habitaient à l'origine.

Dès lors qu'elle sut qu'elle était enceinte, elle prit de grandes précautions afin de mettre de son côté toutes les chances d'arriver à terme. Elle renonça à sa quotidienne tournée du village et des champs, et cela lui coûta d'autant moins de regrets que Peire paraissait être tout à fait digne de confiance. Tous les jours il venait, après la messe, faire son rapport et déjà Azalaïs n'avait plus besoin d'organiser la répartition des travaux : il le faisait lui-même, et avec beaucoup de discernement. Elle comprit avec soulagement qu'elle pouvait se reposer sur lui. Elle avait exigé qu'il traite serfs et paysans avec justice et grâce à cela, et à sa personnalité, il semblait être parvenu à se faire bien accepter d'eux malgré son jeune âge. Elle attendait le retour de Bernart, et son aval, pour l'installer dans la maison du prévôt, ce qui finirait d'asseoir son autorité.

Comme elle était moins active, elle commença de s'ennuyer et entreprit de reconstituer un entourage féminin que les récents événements avaient presque réduit à néant. Elle procéda comme elle avait fait quelques années auparavant et elle invita quelques jeunes filles à venir vivre à la Moure. Leurs parents acceptèrent cet honneur avec empressement, et quand Bernart revint au château, vers la fin de l'été, tout était comme avant la tragédie : sa femme brodait, entourée de gracieuses demoiselles qui chantaient des chansons d'amour. Seuls les visages avaient changé.

Azalaïs leur apprit des compositions d'Arnaut, pour le plaisir de parler de lui. Elle avait su, par Philippa, qu'il s'était bien rendu à Poitiers, et la duchesse louait le talent et le charme du troubadour. Il avait fait l'unanimité à la cour ducale et Guillaume l'appréciait aussi beaucoup car ils chantaient ensemble des chants de croisade dans lesquels le duc, oublieux de ses échecs, célébrait la guerre sainte. Tout en brodant les souvenirs d'Orient dont il lui avait laissé le dessin, la jeune femme rêvait du retour d'Arnaut. Elle s'imaginait accourant sur le chemin de ronde pour voir approcher, dans un nuage de poussière, le grand cavalier blond. Il serait tellement plaisant de recommencer les séances de musique de l'après-midi! Son esprit vagabondait et ces rêveries lui donnaient quelques moments de bonheur, mais alors, elle se rappelait les circonstances du départ du troubadour, et le bon sens lui faisait douter de la possibilité d'une réconciliation des deux anciens amis. La réalité était bien terne, et seule la perspective de l'enfant à venir éclairait un peu le futur.

Azalaïs caressait machinalement son ventre rond, songeant à cette autre femme qui lui avait fait tant de mal et qui devait redouter le terme de sa grossesse, car il serait aussi celui de sa vie. Elle ne la craignait plus, ne la haïssait plus, la plaignait seulement. Elle élèverait ensemble les deux enfants, comme il seyait à des frères, et ferait prier le petit bâtard pour le pardon de sa mère.

Elle avait régulièrement des nouvelles de Bieiris, que les nonnes surveillaient de près. Depuis son isolement, la jeune femme avait une santé déficiente. Elle passait ses journées prostrée, avait des nuits hantées de cauchemars et n'avait pris que peu de poids malgré l'approche de la naissance. La prieure rapportait que la future mère parlait toujours de « son fils » avec un regard fiévreux et un peu égaré. Elle avait mis tout son espoir dans l'enfant à naître et son intelligence semblait vaciller. Lors de cette terrible nuit de l'exécution de Guiraut et de la défection de Bernart, quelque chose s'était brisé en elle et son esprit, autrefois si vif et si calculateur, avait des absences. On lui avait parlé de la grossesse d'Azalaïs, mais elle n'y avait pas cru : elle disait d'une voix exaltée qu'elle était la seule à porter le fils du seigneur et qu'il n'y en aurait jamais d'autre. « Mon fils, clamait-elle entre deux périodes d'abattement, mon fils m'ouvrira les portes du château ! L'usurpatrice sera chassée et je retrouverai ma vraie place. » Ainsi, dans son esprit malade, elle confondait son propre rôle et celui d'Azalaïs, et s'attribuait celui de la victime.

La châtelaine s'obligeait à penser à toutes les souffrances qu'elle devait à cette femme pour ne pas laisser la pitié qui l'envahissait l'amener à adoucir son sort : laissée libre, elle redeviendrait sans doute dangereuse. Elle priait donc pour elle, mais n'intervenait pas.

L'heure de la naissance du bâtard arriva et les nonnes assistèrent la parturiente. Bien que ses souffrances aient duré longtemps, elle était encore pleine d'énergie quand l'enfant vint au monde. Elle dit d'une voix fatiguée, mais qui vibrait de triomphe : « Donnez-moi mon fils. On l'appellera Bernart. » La religieuse qui l'avait aidée lui tendit un petit paquet de chair rouge qui hurlait de toute la force de ses jeunes poumons en lui disant : « Voilà, Bieiris, c'est une fille. »

La jeune femme la regarda avec incrédulité, puis posa ses yeux sur le nouveau-né, et devant l'évidence, poussa un cri d'animal terrassé et tomba sans connaissance. Les religieuses tentèrent de la ranimer en frottant ses tempes avec de l'eau vinaigrée et en lui faisant respirer des parfums très forts, mais rien n'y fit. Pendant plusieurs jours, elle resta inerte, et seule sa respiration lente et régulière montrait qu'elle était vivante. Puis son pouls s'affaiblit et elle s'éteignit tout doucement à l'aube du quatrième jour.

Prévenue de cette mort, Azalaïs ressentit un grand soulagement à la pensée que le châtiment de Dieu la dispensait d'ordonner l'exécution de sa rivale, mais ce ne fut rien à côté de ce qu'elle éprouva en apprenant que Bieiris avait donné le jour à une fille. Son futur enfant ne risquait plus rien. Cela lui permit de franchir sans souci les deux mois qui la séparaient de son propre terme et d'aller sans arrière pensée voir de temps en temps le bébé, que l'on avait nommé Marie pour appeler sur elle la protection de la mère du Christ, et dont Maria prenait soin aux cuisines.

Quand survinrent les premières douleurs, Azalaïs s'allongea sur le lit, et tous se réunirent pour assister à la naissance. L'arrivée d'un gros garçon la paya de ses souffrances et transfigura le vieux Guilhèm. Bernart, qui ne s'était guère soucié de sa fille bâtarde, organisa de grandes fêtes pour célébrer la venue au monde de son héritier. Baptisé Guilhèm, comme son grand-oncle, le futur seigneur de la Moure fut confié à une nourrice sous l'autorité de Garsenda et d'Azalaïs. Sa mère s'occuperait de lui enseigner la religion, les lettres et les coutumes lorsqu'il atteindrait l'âge de comprendre, et plus tard, après sept années accomplies, les hommes prendraient le relais pour en faire un guerrier. Le temps des épreuves semblait révolu, et l'avenir bien tracé.

TROISIÈME PARTIE

Le pèlerinage

CHAPITRE I

Braiz, chans, quils, critz
aug dels auzels pels plaissaditz.
Oc! mas no los enten ni deinh;
c'un'ira˙m cenh
lo cor, on dols m'a pres razitz,
per qe˙n sofer.

« J'entends dans les haies
les gazouillis, les chants,
les cris perçants et les plaintes des oiseaux.
Oui! mais je ne les écoute
ni ne leur prête attention
parce qu'une tristesse me ceint le cœur,
dans lequel la douleur a pris racine,
ce dont je souffre. »

R<small>AIMBAUT</small> D'A<small>URENGA</small>.

L'enfant resta planté devant Azalaïs, incapable de contrôler sa respiration tant il avait couru. Tout le monde l'avait laissé passer : des gardes du pont-levis à ceux de la basse-cour et de l'entrée du donjon, parce qu'il était l'habituel compagnon de jeu du petit seigneur et que l'on avait accoutumé de les voir ensemble en tous lieux. Mais là, il était seul, rouge et en sueur, et semblait avoir couru longtemps. Azalaïs, tout de suite inquiète, le pressa de questions :

— Guilhèm, où est Guilhèm ? Qu'est-il arrivé ? Parle !

François reprit enfin son souffle et murmura quelques mots qui semèrent la consternation :

— Une vipère… à la jambe.

Azalaïs pâlit et demanda :

— Où est-il ?

— Près de la Houytère, là où elle se jette dans la Save.

Elle saisit sa main et l'entraîna avec elle dans la cour. Elle demanda à un garde de lui donner son cheval, prit le garçon en croupe et partit au galop, suivie par un groupe de cavaliers, dans la direction indiquée par le petit paysan.

Guilhèm était allongé, pâle et immobile. Il savait comme tout le monde ce qu'impliquait une morsure de vipère : sauf miracle, la mort dans les heures qui suivent. Il savait aussi, car on le lui avait répété à l'envi, que si cela survient, la seule chance de salut est l'immobilité. Azalaïs se précipita vers son fils et regarda sa jambe. Elle vit les deux petits trous rouges, à peine distants l'un de l'autre. C'était tout et c'était suffisant : deux petits trous rouges pour donner la mort. Les gardes mirent un manteau à terre, posèrent précautionneusement l'enfant dessus et se dirigèrent à pied vers le château, avançant lentement pour éviter les secousses. Azalaïs marchait derrière, tenant son cheval par la bride. Elle avait l'impression d'être déjà en train de suivre le convoi funèbre. Elle savait qu'elle devait prier, mais les mots ne venaient pas, elle les avait oubliés, comme elle avait oublié tout ce qui n'était pas son enfant, son seul fils, infiniment chéri, qui gisait dans le drap brun à peine balancé par la marche des gardes.

Il avait froid. Alors, malgré la chaleur du mois de juin, on fit un grand feu dans la cheminée de la salle et on l'installa devant, couvert de peaux d'ours. Il ne se plaignait pas. C'était un enfant exagérément fier et orgueilleux, qui du haut de ses huit ans promenait sur tous un regard de maître. Il régnait avec despotisme sur l'ensemble de la troupe des enfants du château et du village, et François, qui pour l'heure était accroupi dans un coin avec un regard apeuré, était depuis toujours son esclave et son souffre-douleur. Azalaïs s'assit au chevet de son fils. Depuis un an qu'il était passé du côté des hommes, elle le voyait peu : il fuyait la compagnie des femmes qu'il méprisait pour leur incapacité guerrière. Sur son grabat, ses yeux brillaient de rage : c'était la fureur de s'être laissé vaincre alors qu'il voulait être plus fort que tous. De temps en temps, Azalaïs soulevait la fourrure pour suivre la progression du poison : le bas de la jambe devenait noir, et lorsqu'on la touchait, Guilhèm ne ressentait rien. Elle refusait de s'éloigner de son enfant, le faisait manger comme un bébé, pour éviter qu'il ne bouge, essuyait la sueur de son front, racontait des histoires pour le distraire et priait. Passé le premier moment d'hébétude, elle s'était mise à implorer saint Michel, le vainqueur du dragon, et elle priait sans cesse. Même lorsqu'elle parlait, la litanie continuait dans sa tête : « Saint

Michel, toi qui es plus fort que les bêtes du diable, sauve mon enfant! Saint Michel... »

Bernart, le superficiel et l'inconstant, s'était profondément attaché à son héritier depuis un an qu'il lui apprenait, aidé de ses écuyers, les rudiments de son métier de seigneur. Alerté à son retour de la chasse, il avait rejoint Azalaïs aux côtés de l'enfant et c'était la première fois, depuis des années, qu'ils partageaient un espoir. Après le jugement de Bieiris, ils avaient eu quatre enfants – Guilhèm, Blanche et Bertran qui n'avaient pas vécu, et Jeanne, née depuis peu –, ils avaient présidé ensemble des festins, des réunions de vassaux, avaient tenu leur place à la cour de leur suzerain, mais jamais ils n'avaient retrouvé la complicité et la confiance des premiers temps. Au-dessus de la couche où Guilhèm luttait pour sa vie, ils firent un vœu commun: faire le pèlerinage du Mont-Saint-Michel si leur fils vivait.

Les jours suivants, le mal progressa. On voyait la montée du venin dans la jambe qui noircissait peu à peu; quand tout le corps serait noir, l'enfant mourrait. Matin, midi et soir, Maria lui faisait boire une mixture infecte qu'il avalait sans sourciller. Elle la tenait de la Moundine, et Azalaïs faisait semblant de l'ignorer car la sorcellerie est un péché, mais comment aurait-elle pu refuser que l'on administre à son fils la seule médecine que l'on avait?

À deux reprises, elle avait tenu dans ses bras un enfant mort, mais ce n'était pas la même chose: ils avaient vécu trop peu pour qu'elle ait eu le loisir de beaucoup les aimer. Guilhèm, lui, avait huit ans. Il avait déjà coûté beaucoup de larmes et d'inquiétudes, et il était le seul fils.

Il avait commencé de courir les champs dès qu'il avait été ferme sur ses jambes, bravant les interdictions, dédaignant les conseils et traînant dans son sillage des enfants de paysans qui, ensuite, se faisaient rosser pour avoir préféré les jeux aux tâches dont ils auraient dû soulager leurs parents. C'était un véritable petit seigneur, violent et autoritaire, et quand le vieux Guilhèm, retiré depuis des années au monastère de Peyrissas, venait passer quelques semaines à la Moure, il était fier et heureux du tem-

pérament du petit homme qui allait lui succéder. Ils s'aimaient beaucoup, et l'enfant
turbulent pouvait passer des heures à
écouter le vieillard raconter ses chasses et
ses combats d'autrefois. Azalaïs était un
peu jalouse de cette attention qu'elle-même
avait bien du mal à obtenir lorsqu'elle voulait lui apprendre ses lettres. Elle était péniblement parvenue à lui faire déchiffrer
quelques mots et écrire son nom, mais avait
dû se résigner à en rester là, car ces choses
ne l'intéressaient pas. Du jour où il avait
commencé son apprentissage guerrier, il
avait signifié que les leçons de sa mère
étaient terminées, et elle n'avait pas insisté.

La seule requête de Guilhèm, depuis sa
blessure, avait été que l'on allât chercher
son grand-oncle et, à chaque heure du jour,
il demandait s'il était là. Azalaïs répétait
patiemment qu'il ne tarderait pas, mais elle
craignait qu'il n'arrive trop tard car le couvent était éloigné de deux jours de voyage.

Quand l'enfant le vit enfin se pencher
sur sa couche, le venin était parvenu à mi-
cuisse. Le vieil homme s'installa à ses côtés,
faisant pendant à la mère, et tous deux

demeurèrent ainsi, l'une priant, pour appeler sur l'enfant la clémence divine, l'autre racontant ses souvenirs pour amener, de temps à autre, sur son visage douloureux, un sourire de bonheur. Bérangère non plus ne le quittait pas : de temps en temps, elle interrompait ses prières pour lui chanter ses refrains préférés, puis elle reprenait son oraison. Bernart allait et venait, aussi incapable de rester immobile que d'entreprendre une quelconque activité. Toute vie semblait être suspendue au château : plus de chasses ni de festins, plus de rires ni de chants. L'ordinaire était assuré par Garsenda et Peire dans l'indifférence générale.

Pour distraire le jeune seigneur, l'intendant avait apporté un merle dans une petite cage d'osier. Il avait trouvé l'oiseau l'été précédent, blessé à une aile, et incapable de voler. Il l'avait soigné et sauvé, mais le merle ne volait plus. Par contre, il sifflait admirablement et connaissait tous les airs que chantent les paysans. Peire les lui avait appris avec beaucoup de patience et les enfants allaient souvent l'écouter et l'admirer. Quand Guilhèm vit l'oiseau près de sa couche, il eut l'air tellement heureux qu'Azalaïs remercia l'intendant par un sourire de gratitude. Peire repartit, silencieux et modeste, à son habitude. Avec les années, il avait confirmé la bonne impression qu'il avait donnée au début et la châtelaine n'avait qu'à se louer de son travail. Il obtenait même, contrairement à elle, que les paysans commencent de modifier certaines pratiques qui leur nuisaient. Deux fois par jour, il venait prendre des nouvelles et repartait discrètement : personne ne pouvait rien faire pour aider les seigneurs dans la peine. Les suivantes se relayaient à la chapelle de manière qu'il y ait, jour et nuit, quelqu'un pour prier. Le chapelain disait des messes au château, et le curé au village, devant la troupe des galopins frappés de stupeur par le coup qui avait abattu leur chef.

Après deux semaines, l'enfant était noir jusqu'à la taille, et l'espoir avait peu à peu déserté tout le monde, sauf Azalaïs qui vivait hors du réel, maintenue dans un état s'apparentant au somnambulisme par le manque prolongé de sommeil et de nourriture. Pendant tous ces jours et toutes ces nuits d'affliction, elle avait refusé de dormir, comme si elle craignait que la mort ne profite de son repos pour s'emparer de l'enfant. Parfois, malgré sa volonté, elle tombait endormie quelques instants; quand elle se réveillait en sursaut, elle n'osait plus regarder le grabat par crainte d'y voir l'irrémédiable. Alors, Maria lui pressait l'épaule pour la rassurer et essayait, une fois de plus, de lui faire manger quelque chose. Elle n'acceptait qu'un peu d'eau et reprenait son interminable et douloureuse veille.

Inexplicablement, le quinzième jour, la progression du venin cessa. Le lendemain, elle régressa, et ainsi les jours suivants. Contre toute attente, Guilhèm était sauvé! Bien qu'ayant été la seule à avoir eu foi en la guérison quand tout espoir semblait vain, elle ne parvint pas à y croire quand elle fut assurée, et ayant enfin accepté de dormir, elle se mit à faire de terribles cauchemars qui la dressaient sur sa couche, hurlante, plusieurs fois par nuit. Tout le monde dut réapprendre à vivre et ce fut long, tant pour le garçon, obligé de refaire ses forces après tout ce temps d'immobilité, que pour son entourage à qui il fut difficile de revenir dans le quotidien.

Comme on touchait à l'automne et que les chemins seraient bientôt mauvais, le départ en pèlerinage fut décidé pour la fin du printemps. Les mois qui suivirent furent en partie consacrés à préparer cette longue absence. Le vieux Guilhèm, qui depuis la naissance de l'enfant portant son nom et son installation au couvent avait repris toute sa vivacité d'esprit et le goût à la vie, avait accepté de venir s'installer au château. Il n'y ferait pas grand-chose, mais représenterait l'autorité, et ce serait suffisant car l'administration, confiée à Peire, ne donnait aucune inquiétude. Il était prévu de s'arrêter à Poitiers, en revenant du Mont, et après quelques échanges de missives, ce projet de passage se transforma en projet de séjour. Azalaïs était extrêmement contente à la perspective de retrouver Philippa et Mahaut. Serait-elle émue en revoyant Hugues? Elle se le demandait parfois, mais sa plus grande hâte – et sa plus grande crainte – était de retrouver Arnaut, que Philippa ne mentionnait plus dans ses lettres, et dont le souvenir l'avait aidée, en secret, à traverser les huit dernières années. Il allait la trouver vieille et laide, bien sûr, après quatre grossesses et tout ce temps. Elle savait qu'à l'approche de la trentaine on est une vieille femme, mais son amour pour Arnaut, nourri de rêveries et embelli par l'absence et l'éloignement, était resté celui d'une jeune fille.

Quand Guiraut était venu la chercher à Toulouse, pour l'amener dans le château commingeois de son oncle, elle avait pensé qu'elle n'en ressortirait plus et elle en avait pris son parti, sans trop de mal, à vrai dire, car elle aimait sa terre et son rôle de châtelaine. Mais elle remerciait maintenant le ciel de lui offrir le présent inattendu de ce voyage après lui avoir accordé la vie de son fils. Certains jours, elle avait du mal à rester en place tellement elle avait hâte de partir. Par chance, l'automne et le début de l'hiver furent particulièrement beaux, et elle put chevaucher tous les jours pour user son impatience. Jusqu'à la fin de janvier, elle gravissait les coteaux, escortée de Bérangère, de quelques suivantes et d'un garde, suivait les crêtes pendant une heure ou deux, jouissant du plaisir de monter, ce qu'elle ne faisait plus guère les dernières années. L'exercice fortifiait ses muscles et la rendait chaque jour plus vive et plus alerte, et elle avait l'impression que son corps rajeunissait en même temps que ses rêves et ses aspirations. Elle s'arrêtait parfois pour s'emplir la mémoire d'un paysage qu'elle ne reverrait pas avant longtemps. Elle savait que dans les régions de plaines où elle séjournerait, ces vallonnements lui manqueraient, ainsi que la ligne brisée des Pyrénées que l'on ne voyait que les jours de beau temps. Ses contradictions, qui lui faisaient souhaiter la grisaille des ardoises et de la pierre en même temps qu'elle regrettait déjà la gaieté de la brique et des tuiles, l'agaçaient. Cela s'ajoutait à la tristesse de devoir quitter des êtres qu'elle aimait pour pouvoir en retrouver d'autres qu'elle aimait aussi. Les enfants resteraient au château, car on ne voulait pas leur faire courir les risques d'un grand voyage. Guilhèm était enchanté de demeurer avec son grand-oncle, mais Azalaïs n'était plus tellement sûre que ce soit une bonne décision : le vieillard lui laisserait faire ce qu'il voudrait, et elle tremblait à la pensée de toutes les folies qui lui passeraient par la tête. Pourvu qu'il n'y en ait aucune d'irréparable ! Quant à Jeanne, le bébé qui ne marchait pas encore, et qu'elle laissait à Garsenda et Maria, en qui elle avait toute confiance, elle serait une petite fille inconnue au retour de sa mère.

Azalaïs pensait à toutes ces choses en cousant, car il y avait beaucoup de travail à faire pour préparer un voyage aussi long. Des vêtements pour le trajet, solides et confortables, étaient nécessaires, mais aussi des habits de parade pour ne pas faire pauvre figure à la cour de Poitiers. Il fallait des chausses, des chemises, des bliauds, des peliçons, des capes, sans compter les bas-de-chausses, les souliers et les accessoires, et pour tailler et coudre tout cela, les femmes ne chômaient pas. Azalaïs s'était réservé le plaisir de faire une aumônière et des sandales assorties. Elle avait choisi un cuir très fin qui servirait de doublure au sac et de semelle aux chaussures, et une belle soie bleue sur laquelle elle brodait un motif compliqué de fleurs dont les pétales étaient des perles. Deux de ses suivantes lui confectionnaient une magnifique ceinture, ornée d'orfèvrerie autour de la taille, croisée derrière, et dont les deux longs cordons de soie tressée reviendraient à l'avant, pour être noués lâche, et pendre jusqu'à l'ourlet du bliaud.

La fin de l'hiver et le début du printemps permirent d'achever le trousseau sans devoir se hâter excessivement, car il se mit à pleuvoir et il plut pendant deux mois, interdisant toute sortie. Si les femmes n'avaient aucun mal à s'occuper, en tirant l'aiguille, il en était autrement des hommes : habitués à chevaucher de longues heures chaque jour, ils tournaient en rond comme des bêtes en cage. Ils jouaient, aux dés et aux échecs, chantaient avec les femmes, jouaient encore, et s'ennuyaient à périr. Des disputes éclataient sans cesse, autour des tables de jeux et il y eut même une querelle entre deux gardes qui dégénéra en combat et se solda par un mort. Les repas étaient sans attraits car, faute de pouvoir chasser, il fallait se contenter de porc salé et des animaux de la basse-cour dont tout le monde était las. La morosité avait gagné tout le monde.

Quand la pluie cessa enfin, Azalaïs, alertée par Peire, l'accompagna au village pour examiner la situation des paysans. Elle était alarmante : Pâques n'était pas encore passée et ils n'avaient déjà plus rien. Les grains, mal protégés de l'humidité dans les huttes dont les toits de chaume troués laissaient passer l'eau, avaient germé et pourri, ainsi que les fèves et les pois. Ils n'avaient plus de lard et quand ils auraient fini de manger leurs maigres volailles, ce serait la famine. Deux longs mois les séparaient des premiers légumes, et un mois de plus de la moisson.

Soucieux, ils revinrent au château pour établir un plan d'action. Protégées par les murs épais, les réserves n'avaient pas souffert plus que les autres années et paraissaient encore abondantes, mais après avoir mis de côté ce qu'il fallait garder pour les semences et l'alimentation du château, il apparut qu'il ne restait pas grand-chose à partager entre les paysans pour les aider à subsister. Le printemps serait extrêmement dur. En conséquence, le départ fut retardé : on attendrait la moisson, car il était imprudent de laisser un château dont la défense serait affaiblie à la merci d'affamés que le désespoir risquait de rendre dangereux.

En mai, Azalaïs ne sortait plus qu'avec une escorte d'une dizaine de gardes. Quand la troupe traversait le village, elle était suivie de regards fiévreux et pleins de haine. Les plus faibles étaient morts depuis longtemps : les bébés dont les mères n'avaient plus de lait et les vieillards incapables de se rendre dans les bois à la recherche d'une maigre pitance. Ils avaient mangé les rats, les chiens et les corbeaux qui s'approchaient de leurs cabanes, et au village, il ne restait plus rien. Ceux qui étaient encore valides rôdaient dans la forêt, se nourrissant de glands comme les porcs, d'herbes, de racines et même de terre. Leurs côtes saillaient, leurs ventres enflaient et ils perdaient leurs dents, ressemblant de plus en plus aux monstres de l'enfer peints sur les murs des églises. Les enfants se débrouillaient mieux : la bande de Guilhèm, protégée par l'impunité dont jouissait le meneur, braconnait et chapardait, et bien que maigres, les garçons étaient moins faméliques que leurs parents. Les gardes étaient attentifs à surveiller ceux que la faim aurait pu pousser à violer l'interdiction de chasser sur les terres du seigneur. Parfois, l'un d'eux ne résistait pas à la tentation et prenait un lièvre au collet. Pour que l'odeur de la cuisson de la viande ne le trahisse pas, il le mangeait cru, comme une bête, et sa faim était telle qu'il le dévorait en entier, mais son estomac, habitué à jeûner, se révulsait en recevant toute cette nourriture et il la vomissait aussitôt – quand il n'en crevait pas. Celui qui se faisait prendre était châtié et pour dissuader les autres de l'imiter, la punition était publique : on réunissait tout le village devant l'église pour voir trancher la main du voleur. Les enfants criaient et riaient au spectacle, et les adultes s'enfonçaient un peu plus dans le désespoir.

Le coupable, dont on avait plongé le moignon dans la poix pour arrêter le sang, était jeté sur les chemins où il mendierait, à moins qu'il ne s'enfonce dans la forêt et ne devienne loup parmi les loups.

Quand juin fit enfin sortir de terre les fèves et les pois, les survivants, soutenus par la soupe chaude, se remirent au travail. L'intendant distribua à chaque famille un porc et quelques poules, pris sur la basse-cour du château, pour reconstituer leur cheptel, et en échange ils s'engagèrent à donner au seigneur des journées de travail qui s'ajouteraient à celles, nombreuses, qu'ils devaient déjà. Tout était rentré dans l'ordre et on pouvait songer à partir.

CHAPITRE II

En chantan m'aven a membrar
so qu'ieu cug chantan oblidar,
mas per so chant qu'oblides la dolor
e'l mal d'amor,
et on plus chan plus m'en sove,
que la boca en al re non ave
mas en: merce!

« En chantant, il m'arrive de me souvenir
de ce qu'en chantant je prétends oublier,
pourtant je chante pour oublier la douleur
et le mal d'amour,
mais plus je chante et plus je m'en souviens,
et ma bouche ne peut que dire: pitié! »

FOLQUET DE MARSELHA.

L'excitation du départ avait effacé la mélancolie de la veille et le convoi s'était ébranlé dans la bonne humeur. À l'aube, les chariots, dûment chargés et alignés dans la basse-cour, étaient prêts à s'ébranler, et les mules et les chevaux sellés attendaient leurs cavaliers. Guilhèm et François étaient partout à la fois, aussi agaçants que des mouches, mais quand on voulait les rabrouer, ils se trouvaient déjà ailleurs, à harceler quelqu'un d'autre. Flamme rôdait, inquiète. Azalaïs s'était résignée à la laisser, parce qu'elle était trop vieille et ne survivrait sans doute pas au voyage, et la bête sensible l'avait compris. Néanmoins, ses yeux humides et doux suppliaient et il était difficile de soutenir ce regard qui semblait demander : « Pourquoi m'abandonnes-tu ? »

Le jour d'avant, Azalaïs avait pris son fils à part pour lui parler de ses obligations de seigneur, lui demander d'obéir à son grand-oncle et l'exhorter à se comporter de manière raisonnable. Tandis qu'il approuvait, se dandinant d'un pied sur l'autre, elle voyait bien qu'il pensait à autre chose, et elle n'avait aucune illusion sur l'utilité de son discours. Elle estimait toutefois de son devoir de le faire et essayait de se convaincre que tout irait au mieux. Azalaïs n'était qu'amour et compréhension pour ce beau petit garçon brun dont elle n'osait plus caresser les cheveux bouclés car il l'aurait repoussée : depuis qu'il avait quitté les

femmes, il n'acceptait plus les manifestations de tendresse qu'il jugeait incompati-
bles avec sa nouvelle dignité. Il avait un air
angélique qui lui gagnait toutes les indul-
gences, et même si elle savait que cet aspect
était trompeur et qu'il n'y avait rien de
doux dans son caractère, elle était toujours
prête à pardonner ses sottises, jusqu'aux
plus graves. Bernart aussi avait parlé à son
fils, mais à en juger par leurs éclats de rire,
le contenu de la conversation avait dû être
moins ennuyeux avec le père qu'avec la
mère. La petite Jeanne, bébé au corps soigneusement entouré de bandelettes, encore
cantonnée dans le berceau richement
sculpté reposant sur deux morceaux de bois
courbes qui permettaient de la bercer
lorsqu'elle pleurait, ne laissait rien deviner
de son tempérament à venir. Serait-elle
douce ou autoritaire, joyeuse ou mélanco-
lique? Mais serait-elle seulement encore là
au retour de sa mère? Les enfants sont si
fragiles les premières années!

Elle avait fait avec Peire un dernier tour
du domaine. Il tenait la situation bien en
main, il ne fallait pas avoir d'inquiétude à

ce sujet, mais il semblait avoir perdu la sérénité qui faisait le fond de son caractère. Azalaïs comprit pourquoi quand elle vit que les regards des paysans englobaient l'intendant et la châtelaine dans une même rancune. Pendant des années, Peire avait réussi la gageure de servir le seigneur tout en restant intégré à la communauté villageoise, mais depuis la famine, il n'en était plus ainsi : même si le prévôt n'avait pas joui de la même abondance que les gens du château, il avait mangé tous les jours, et ils ne le lui pardonnaient pas. Azalaïs eut un sentiment de pitié pour cet homme qu'elle estimait, qui la servait fidèlement et qu'elle avait condamné, en le choisissant pour accomplir cette tâche, à vivre entre deux classes, rejeté des siens sans pour autant être accueilli par les autres.

Elle finit son tour par le jardin qui, elle en était sûre, prospérerait entre les mains habiles de Maria. À son habitude, elle prit quelques feuilles de menthe qu'elle froissa et respira longuement, et rentra à pied, laissant à Peire le soin de ramener leurs deux chevaux. Elle longea les fortifications et s'arrêta un instant, comme toujours, à l'ombre du noisetier où des années auparavant elle avait entendu Bieiris et Bernart, évoquant la tragédie dont les souvenirs la chagrinaient : jamais elle ne pourrait y penser de manière détachée. Elle allait repartir quand elle perçut des voix et des rires : c'étaient l'ancêtre et l'enfant qui s'amusaient d'une plaisanterie qu'elle n'avait pas entendue. Elle repartit plus légère, ayant désormais, rattaché à ce lieu, un souvenir joyeux à opposer à l'autre.

Le voyage serait long : une quarantaine de jours, dans le meilleur des cas. Après avoir quitté le comté de Comminges, il faudrait traverser les terres du duché d'Aquitaine et du comté de Poitiers, sur presque toute leur longueur, pour arriver enfin dans les possessions du duc de Normandie, où était situé le Mont-Saint-Michel. Quelques grandes étapes étaient prévues : Auch, Condom, Bordeaux, Saintes et Nantes. Pour les autres, ce serait au petit bonheur : au mieux, un modeste château ou une petite abbaye, au pis, le campement. C'est pour cela que le convoi était aussi important : il fallait que la troupe d'une cinquantaine de personnes – écuyers, suivantes, gardes et serviteurs – puisse, au besoin, être autonome. La longue file des mules était chargée des tentes, vaisselles et provisions de bouche : blés, pois, fèves, porc salé et vin. Tout cela ralentissait la marche, les charrettes ayant du mal à rouler, surtout les premiers jours, dans les chemins défoncés par les pluies abondantes du printemps. Parfois on arrivait à une ancienne voie romaine, que l'on suivait quelques lieues, et le rythme s'accélérait, mais survenait un pont que l'on mettait un temps infini à franchir car les hommes qui le gardaient étaient lents à compter les droits de péage dus par une troupe aussi importante.

À l'étape d'Auch, Azalaïs fut amusée par l'ébahissement de ses suivantes qui entraient dans une ville pour la première fois. Elle se revoyait, seize ans plus tôt, arrivant à Toulouse et ouvrant des yeux tout aussi surpris que ceux de ces jeunes filles. Outre Bérangère, elles étaient quatre, à peu près du même âge qu'elle à l'époque, car c'était la troisième génération de suivantes qu'elle formait. La première avait eu une destinée difficile – même Iselda de Guittaut pour qui aucun prétendant ne s'était offert, et qui s'était réfugiée au couvent de Saint-Laurent où Azalaïs allait souvent la visiter –, et la deuxième, plus heureuse, s'était mariée. Depuis quelques mois, elle préparait celle-ci à se comporter dignement à la cour ducale.

Elles étaient plaisantes et décoratives, ces jeunes filles brunes et vives, même si elles étaient un peu trop semblables. La seule qui émergeait du groupe était Bérangère, sa demi-sœur. Âgée maintenant de quinze ans, elle n'avait plus rien de la fillette malingre qui paraissait si fragile au milieu de ses robustes frères et sœurs. Petite, mais bien faite, les gestes vifs et le rire prompt, elle attirait les regards masculins. Malheureusement, elle n'aurait pas de dot et pour cela ne devait pas espérer se marier : sa beauté n'y changerait rien. La jeune fille était liée par une grande affection à sa sœur aînée qui, au cours des ans, avait joué pour elle les rôles de mère, de protectrice et d'amie. Joyeuse et espiègle, elle mettait de l'animation dans le groupe un peu terne des suivantes. Celles-ci entouraient d'égards et de respect leur châtelaine que les événements passés dix ans auparavant, ajoutés à ses voyages, sa connaissance des grands de ce monde et l'autorité dont elle jouissait au château distinguaient tellement de leurs mères et de leurs tantes qu'elles la regardaient comme un personnage quasiment légendaire. Elles l'admiraient et la craignaient à la fois, et Azalaïs n'avait, en temps ordinaire, aucun mal à s'en faire obéir. Depuis le départ, c'était un peu plus difficile, car elles étaient aussi excitées qu'une volière autour de laquelle rôde un chat, et il faudrait qu'elle soit vigilante : les écuyers profitaient de la promiscuité qu'engendrent les voyages pour s'égarer souvent de leur côté. L'héritier de Fabas, Raimon, semblait particulièrement assidu. Azalaïs ne parvenait pas à déterminer laquelle des jeunes filles l'attirait et se promit de le découvrir.

Auch avait de quoi impressionner les campagnardes. On apercevait de loin la cité archiépiscopale qui étageait, en amphithéâtre, au flanc de la colline surplombant la rive gauche du Gers, plus de maisons qu'elles n'en avaient jamais vues. Avant d'arriver au pont, on passa devant le gibet où la justice de l'archevêque faisait le bonheur d'une troupe de corbeaux criards sous la forme de quelques pendus à divers stades de décomposition. Les voyageurs les faisaient fuir, mais ils revenaient aussitôt à leur répugnant festin. L'odeur était pestilentielle et l'on accéléra la marche vers les portes. Le passage de l'octroi fut long et fastidieux, et quand on s'engouffra enfin dans les rues étroites et sombres, les jeunes filles eurent la surprise de constater que la cité sentait presque aussi mauvais que ses abords. Le caniveau central charriait des immondices diverses : rogatons de cuisine, excréments et rats crevés dont les porcs faisaient leurs délices, et elles virent que chacun jetait ses déchets dans la rue sans même se soucier de l'éventuelle présence d'un passant. Plusieurs fois éclaboussées, elles devinrent prudentes et essayèrent d'éviter les projections sans rien perdre du spectacle. Le convoi se frayait péniblement un passage dans les venelles, accrochant parfois un évent, repoussant un porc, un chien ou une volaille. Les maisons les plus proches des fortifications étaient pauvres : faites de bois et de torchis, mal protégées par des toits de chaume, elles supportaient difficilement les pluies et avaient un aspect misérable, de même que les gens, haillonneux et pieds nus, qui les habitaient. À mesure que l'on montait, elles devenaient plus solides avec des soubassements de pierre et des couvertures de tuiles, et leurs propriétaires étaient visiblement plus prospères. L'espace était utilisé au maximum, et chacun des deux étages avançait en pignon au-dessus de la rue, à tel point que l'on pouvait se toucher la main, au deuxième, par les fenêtres qui étaient vis-à-vis. Des piliers soutenaient parfois la première avancée et, au-dessous, les artisans travaillaient, à la vue de tous, et étalaient leurs marchandises à l'abri des intempéries. Elles furent émerveillées par la quantité et la diversité des articles offerts : étoffes, bijoux, viandes salées, froments, selles, armes et tant d'autres choses qu'elles n'avaient pas le temps de voir. Elles étaient un peu étourdies quand on parvint enfin à l'hôtellerie de l'archevêché située tout au sommet. Les charrettes furent alignées dans la cour, déjà grouillante de monde, car un groupe de pèlerins venait d'arriver, et tandis que les serviteurs et les gardes se dirigeaient vers les écuries, où ils seraient logés avec les mules et les chevaux qu'ils se préparaient à panser, les seigneurs de la Moure et leur suite s'apprêtèrent à rencontrer le prélat.

À Auch, on était presque voisins et on fut reçu avec beaucoup d'égards, mais à mesure que l'on s'éloignait, il devint évident que la seigneurie de la Moure ne représentait pas grand-chose hors du Comminges : ce n'était qu'un élément du comté et passées ses frontières, elle n'existait pas. On était accueilli avec chaleur, certes, parce que partout on s'ennuie, et les visiteurs sont une aubaine, mais Azalaïs, ayant voyagé avec la duchesse d'Aquitaine, qui était toujours la plus grande dame de l'assemblée, où qu'elle aille, voyait bien la différence. Pendant toutes ces années, elle avait pris l'habitude d'être le personnage central et, de se voir ramenée à la condition de voyageuse, noble, certes, mais anonyme, la désenchanta un peu. Mais elle fut assez lucide pour comprendre que sa correspondance amicale avec Philippa, la dévotion de ses suivantes et son pouvoir au château – occulte, mais réel – l'avaient amenée à s'exagérer sa propre importance et à se croire l'égale de la duchesse. Elle demanda pardon à Dieu de son péché d'orgueil, et résolut de s'appliquer à être modeste et sans dépit.

L'abbaye bénédictine de Condom, la deuxième grande étape, était en réalité une seigneurie, et des plus importantes. Pendant que leur suite procédait à l'installation dans la maison des voyageurs, Azalaïs et Bernart allèrent rendre leurs devoirs à l'abbé. Ils s'extasièrent sur la beauté des bâtiments qu'ils avaient aperçus en traversant la cour et le prélat, qui était extrêmement fier de son couvent, flatté par la sincérité de leur enthousiasme, s'offrit à le leur faire visiter. Les nombreuses constructions de l'établissement religieux étaient disposées en carré fermé, situé au centre de l'espace cultivé délimité par l'enceinte. La situation, au sommet de la colline, ne laissait pas attendre un terrain aussi vaste, mais un astucieux étagement du jardin avait permis que l'essentiel des cultures vivrières de l'abbaye proviennent de là et ils aperçurent de nombreuses silhouettes noires laborieusement penchées vers le sol. Il y avait même un verger, près des murs, dans un endroit abrité du vent, où poussaient quelques pommiers, deux ou trois noyers et des pruniers en abondance. Malgré tout, les vignes étaient à l'extérieur de la clôture.

Ils suivirent l'abbé qui les précédait à grands pas. N'eût été sa vêture d'homme d'église, on l'eût pris pour un seigneur laïc : il avait le teint et la démarche des hommes qui ont l'habitude de vivre au grand air et parlait en administrateur plutôt qu'en prêtre. Étant cadet d'une grande famille, comme bon nombre des membres de sa communauté, il lui était facile de se mettre au diapason de ses visiteurs, et il fit du tour du propriétaire un moment très agréable. Les bénédictins, que l'on appelait « les moines noirs», à cause de la robe dont ils allaient vêtus, obéissaient à la règle de saint Benoît qui voulait que les religieux partagent leur temps entre la prière et le travail. En fonction de cela, les bâtiments avaient chacun leur vocation et l'abbé commença par les lieux de prière. L'abbatiale, dont le gros œuvre était terminé depuis peu, grâce à son opiniâtreté, le faisait rayonner de fierté. Elle était immense, éclairée de vitraux richement colorés, avec une nef soutenue par quatre rangées de piliers aux chapiteaux abondamment sculptés et deux chapelles latérales. Dans le chœur, trois rangées de bancs, également ornés de figures gravées, faisaient face à trois autres, et ils virent les moines arriver par deux, les mains jointes, silhouettes recueillies, vêtues de noir, dont la seule touche claire était la tonsure qui brillait doucement dans la pénombre de l'église. Ils se placèrent devant les bancs et se mirent à chanter. Leurs voix, très belles, étaient infiniment émouvantes et Azalaïs se sentit transportée par un élan de foi.

Dans les chapelles régnait une grande animation: un groupe de pèlerins, dans l'une d'elles, priait à haute voix devant la châsse en or incrustée de pierres précieuses qui abritait les reliques d'un saint, et dans l'autre, des peintres juchés sur des échafaudages enluminaient la voûte de bleus et de rouges violents. Ils s'approchèrent et virent que les artistes représentaient une terrifiante scène de jugement dernier propre à faire réfléchir les pécheurs.

Ils se rendirent ensuite dans les lieux d'étude. Le scriptorium était une longue pièce très éclairée par d'immenses vitraux. Le calme qui y régnait contrastait avec l'animation de l'église, mais il ne s'agissait pas d'un silence contemplatif : au contraire le lieu ressemblait à une ruche où chacun mettait toute son énergie dans sa tâche. Le travail des copistes était fastidieux, et toute diversion bien venue. Lorsqu'ils s'approchèrent du premier, un petit homme rond et affable, celui-ci s'empressa d'interrompre sa tâche pour la leur expliquer. Il était en train de copier une Bible devant être offerte au comte d'Armagnac, et il fallait que ce soit un objet précieux. Pour cela, il avait choisi le vélin le plus beau et taillait souvent sa plume afin que les lettres restent fines et élégantes. Il transcrivait le texte à l'encre noire, laissant un espace pour les majuscules qui commençaient les paragraphes : elles seraient écrites en rouge et décorées par l'enlumineur qui ornerait aussi le tour de la page d'arabesques fleuries. Quand il s'agissait d'un ouvrage ordinaire, il pouvait copier jusqu'à cinq pages par jour, mais dans le cas qui l'occupait, il mettait tout son soin et dépassait rarement trois pages. Ainsi, il lui faudrait plus d'un an pour terminer cette Bible. Après leur départ, il frotta son dos douloureux et se remit au travail. Les interruptions causaient souvent des erreurs; quand il s'en apercevait, il effaçait, avec une pierre ponce, et recommençait, mais souvent, il ne les voyait pas et, dans le fond, qu'importait? Le comte ne lisait pas le latin et le manuscrit ne serait pour lui qu'un objet qu'il serait fier de montrer. Leur attention fut ensuite attirée sur le dernier copiste. Comme celui-ci faisait un travail qui semblait très ordinaire ils regardèrent interrogativement l'abbé, se demandant pourquoi on leur montrait une chose aussi terne après le chef-d'œuvre précédent. Le religieux sourit malicieusement, leur demanda s'ils savaient lire et les invita à prendre connaissance de la dernière ligne écrie. Ils s'aperçurent, stupéfaits, que le texte n'était pas écrit en latin, comme d'habitude, mais dans la langue de tous les jours! Ils attendirent une explication qu'il leur fournit volontiers: beaucoup de gens veulent pouvoir lire la parole de Dieu, mais il y en a de moins en moins qui comprennent le latin; ce religieux avait donc entrepris de traduire la Bible.

La salle suivante était l'atelier d'enluminure où ils purent voir comment étaient décorées les pages écrites par le premier copiste. La minutie du travail, la finesse du dessin, la richesse des couleurs où l'on avait voulu que dominent l'azur et l'or, tout les émerveilla. Puis ils entrèrent dans la dernière salle qui était divisée en deux: d'un côté, une dizaine d'écoliers apprenaient, dans un livre de psaumes, à reconnaître les mots qu'ils connaissaient par cœur, sous la férule d'un maître à l'aspect sévère, et l'autre partie était la bibliothèque du couvent.

L'abbé leur dit avec fierté que près de trois cents manuscrits étaient gardés là. Quelques étudiants travaillaient, assis sur les bancs qui faisaient face aux rayonnages où les livres étaient enchaînés pour les protéger d'éventuels voleurs.

Ils débouchèrent sur le cloître dont la galerie, où quelques moines déambulaient en conversant tranquillement, était soutenue par une rangée de gracieuses colonnes. Il entourait un jardin de plantes médicinales. Le lieu, où seul s'entendait le chant des tourterelles, respirait la paix. Un moine était penché sur une plate-bande et Azalaïs ne résista pas au plaisir d'aller lui parler. Elle l'étonna par ses connaissances et, comme la conversation semblait vouloir durer, l'abbé amena Bernart, qui bâillait de moins en moins discrètement, prendre une collation au réfectoire, en laissant au jardinier le soin de conduire la dame jusqu'à eux lorsqu'ils auraient terminé.

On leur servit du pain, des noix et du vin herbé dans l'immense salle voûtée où les religieux prendraient dans quelques heures un repas que l'abbé les convia à partager. En attendant, ils iraient se reposer à la maison des hôtes, non sans avoir fait une dernière visite, celle de l'hôpital dont Azalaïs admira l'installation et la propreté. Ils passèrent devant le guichet où un moine faisait aux pauvres l'aumône de pain et de soupe, puis allèrent s'allonger un moment dans la pièce réservée aux hôtes de marque qui jouxtait la salle commune où s'entassaient les pèlerins ordinaires.

La route de Condom à Bordeaux était très agréable, car elle longeait la plaine de la Garonne où les arbres fruitiers poussaient en quantité : c'était une région d'abondance qui réjouissait le regard. On fut reçu dans de petites seigneuries, semblables à celle de la Moure, et leurs châtelains se faisaient un devoir d'offrir une hospitalité plaisante. On festoyait, donnait des nouvelles des lieux et des gens que l'on avait rencontrés avant de parvenir chez eux, écoutait les jongleurs et dansait. C'est au cours d'une de ces soirées qu'Azalaïs découvrit à laquelle des jeunes filles s'intéressait Raimon de Fabas : comme elle le redoutait, c'était Bérangère. Il tenait sa main durant la danse et ne regardait qu'elle, d'un air ébloui. Quand la jeune fille se tourna vers lui, Azalaïs vit dans son regard la même expression que dans celui du garçon. Cela lui serra le cœur : Raimon était un héritier et son père ne lui permettrait jamais d'épouser une jeune fille pauvre. Elle caressa un moment l'idée de la doter elle-même, mais elle savait bien qu'elle ne le pouvait pas : elle avait une fille, aurait sans nul doute d'autres enfants qu'elle devrait pourvoir, et la seigneurie de la Moure n'était pas assez riche pour lui permettre d'en distraire une partie. Elle fut peinée de les voir si jeunes, si beaux et sans espoir d'avenir. Se souvenant de sa propre jeunesse, elle se dit qu'un miracle peut toujours survenir, mais en attendant, elle avait le devoir de protéger sa sœur, et pour cela d'éviter le plus possible les contacts entre les deux jeunes gens.

À Bordeaux, on ne s'arrêta que le temps nécessaire, à l'abbaye augustinienne de Saint-Seurin, car il était prévu de séjourner plus longuement à l'étape suivante. Azalaïs était très fatiguée quand ils arrivèrent à Saintes. Tandis que Bernart et ses écuyers se dirigeaient vers le monastère de Saint-Eutrope, comme Hugues des années auparavant, Azalaïs se présentait à l'Abbaye-aux-Dames où la prieure des bénédictines la reçut à bras ouverts, et elle oublia sa lassitude. Des années de correspondance avaient fait d'elles des amies et pendant la semaine que dura le séjour, elles passèrent des heures à parler en parcourant d'un pas régulier le déambulatoire du cloître. Azalaïs, dans ces moments-là, sentait une profonde aspiration pour la vie conventuelle qui protège de toutes les agressions du monde extérieur et permet d'accéder à la paix, mais la nuit, envahie par ses souvenirs, elle ne pouvait empêcher que l'image d'Hugues vienne la hanter, un Hugues jeune, beau, vibrant de passion, tel qu'elle l'avait vu la dernière fois, et sur cette image venait s'interposer la vision d'Arnaut, aimant et douloureux. Dans le silence de la nuit, les séductions de la vie religieuse étaient oubliées, Bernart et les déceptions du mariage aussi, et elle rêvait, comme une jeune fille, à ses premières amours.

CHAPITRE III

Vers Dieus, el vostre nom e de Santa Maria
M'esvelharai ueimais...

« Dieu véritable, avec votre nom et celui
de Sainte Marie,
je m'éveillerai désormais. »

FOLQUETZ DE MARSELHA.

Au bout de six longues semaines de
route, dans le soleil et la poussière,
le dos rompu par les interminables journées de chevauchée, ils touchèrent enfin au
but. Dans les feux du couchant, le Mont,
couronné par l'église qui se découpait en
silhouette, surgit à leurs yeux éblouis dans
une auréole rouge et or comme si la nature
voulait magnifier la sainteté des lieux. Face
à l'apparition, ils s'agenouillèrent pour célébrer la gloire de Dieu et de l'archange saint
Michel. Ils remerciaient le ciel d'être arrivés
sans encombre au terme de leur pèlerinage, sans autre ennui que les tracasseries
des hommes du duc de Normandie : rendu
soupçonneux par son conflit avec le duc

d'Aquitaine, il voulait s'assurer que son ennemi ne cachait pas des espions dans les caravanes de pèlerins et faisait effectuer des vérifications minutieuses.

Pendant que les seigneurs se laissaient choir dans la fraîche herbe normande en étirant leurs membres douloureux, les valets s'empressaient. Ils montèrent les tentes, dressèrent les tables sur leurs tréteaux, plumèrent les volailles qu'ils mirent à rôtir, pansèrent les chevaux... L'énergie des écuyers, dont rien ne semblait pouvoir venir à bout, était intacte et, un temps maussades parce qu'on leur avait interdit d'installer une quintaine pour ménager les chevaux fourbus, ils organisèrent, dans les rires et les cris, une joute au bord de la rivière. Azalaïs, paresseusement allongée, avait plaisir à voir ces jeunes gens robustes et vigoureux s'ébattre avec la joie et l'inconséquence de chiots, et ses suivantes, affriolées, ne manquaient rien du spectacle, applaudissant les vainqueurs et se moquant des vaincus qui étaient lancés par leurs compagnons dans l'eau du paisible cours d'eau d'où ils sortaient en s'ébrouant pour se lancer de nouveau au combat.

Bernart était assis aux côtés de sa femme et ils devisaient tranquillement, comme deux étrangers entretenant des relations de bon voisinage. Après la disparition de Bieiris, leurs rapports étaient revenus à la normale, mais ils étaient dépourvus de l'intimité et de la confiance mutuelle qui avaient marqué la première année de leur mariage : chacun vaquait à ses affaires et se gardait de s'immiscer dans celles de l'autre. Le seigneur avait continué d'avoir des maîtresses, mais il ne les avait plus choisies dans l'entourage d'Azalaïs, ce dont elle lui avait su gré. Il ne s'était jamais soucié qu'elle apprenne ses écarts – dont on l'informait toujours – et peu à peu, elle était devenue indifférente à ces choses-là. Toujours insoucieux des conséquences de ses actes, il ne prenait aucun soin de ses bâtards, et c'était elle qui veillait à ce que les rejetons qu'il semait libéralement chez les servantes et les paysannes apprennent un métier auprès d'un artisan du village ou soient formés au château, qui aux cuisines, qui aux écuries. Elle estimait que cela faisait partie de ses attributions et elle s'en acquittait sans se plaindre. En échange, il lui laissait administrer le domaine à son goût. C'était un accord tacite, à la convenance des deux parties qui le respectaient scrupuleusement.

Azalaïs s'aperçut tout à coup que Bérangère n'était plus là. Elle chercha avidement dans le groupe des écuyers : comme elle le craignait, Raimon n'y était pas non plus. Il n'était pas question de laisser les jeunes gens ensemble, car la réputation de sa sœur était en jeu, mais elle ne savait pas comment intervenir : elle ne voulait surtout pas que Bernart apprenne leur complicité pour ne pas provoquer un de ses actes d'autorité aussi rares que dévastateurs. Sans prendre la peine de réfléchir, il risquait d'infliger un châtiment exemplaire qu'il serait difficile d'alléger. Ne voulant pas renoncer à l'espoir de marier Bérangère avant d'avoir vu la duchesse, Azalaïs redoutait de la voir jeter dans un couvent avant d'avoir épuisé toutes les possibilités, car elle pensait que la jeune fille n'était pas faite pour le cloître : elle aimait trop rire et danser. Azalaïs fut tentée d'essayer de partir seule à leur recherche, dans l'espoir de les rejoindre et de leur parler, mais fatalement quelqu'un se joindrait à elle, une suivante ou un garde, et dans l'intérêt de Bérangère, elle ne voulait pas que l'affaire s'ébruite. Elle hésitait encore quand elle les vit arriver, les joues enflammées et le défi dans le regard. Par chance, personne d'autre ne les avait remarqués : Bernart leur tournait le dos et les suivantes étaient passionnées par la joute. Elle s'empressa de manœuvrer pour couper court à toute déclaration intempestive : se levant d'un mouvement rapide, elle dit à sa sœur :

— Bérangère, viens avec moi sous la tente, j'ai besoin de ton aide.

Elle sentit que la jeune fille était sur le point de protester, la regarda impérieusement, et Bérangère, habituée à obéir, se soumit pendant que le jeune homme s'éloignait d'un pas hésitant. Quand elles furent seules, l'aînée aborda le sujet sans détour et reprocha à l'adolescente sa conduite irréfléchie. Celle-ci se défendit avec chaleur, disant qu'elle n'avait rien fait de mal et que Raimon voulait l'épouser. Azalaïs eut un petit sourire triste.

— T'épouser, vraiment? Laisse-moi te raconter une histoire. C'était il y a seize ans, et j'avais à peu près ton âge…

Sans nommer Hugues, elle lui fit le récit de son amour de jeunesse, un amour partagé et confiant dans son avenir. Puis elle dit comment les parents du garçon et son suzerain avaient décidé autre chose pour lui et l'avaient imposé sans discussion possible.

— Comme toi, j'étais pauvre, et aucun seigneur, celui de Fabas pas plus que les autres, n'acceptera une bru sans dot. Tu sais que notre père ne peut pas te doter et que moi non plus je ne le peux pas. Je suis votre suzeraine à tous les deux et je veillerai à ce que vous ne fuyiez pas ensemble.

— Mais…

— Ne proteste pas, je sais bien que vous y avez pensé. J'ai beaucoup d'affection pour toi et je voudrais que tu sois heureuse, mais ce n'est pas ainsi que tu le seras, et je t'empêcherai de faire cette erreur.

La jeune fille ne voulait pas s'avouer vaincue et s'accrochait à son rêve :

— Si on s'enfuit et si on se marie, son père ne pourra rien faire : mis devant le fait accompli, il devra bien m'accepter.

— Ne crois pas cela : le seigneur de Fabas a deux fils. Si l'aîné le déçoit, il donnera son héritage au cadet. Vous n'aurez aucune ressource ni aucun refuge. Que ferez-vous ? Même Tristan et Iseut n'ont pas pu rester éternellement dans la forêt du Morrois.

Bérangère sembla enfin comprendre qu'il n'y avait rien à espérer. Elle éclata en sanglots et repoussa sa sœur qui lui tendait les bras pour la réconforter de sa tendresse. Azalaïs ne lui en voulut pas, mais elle était malheureuse d'avoir dû briser le rêve des deux jeunes gens et elle pensa que la vie est injuste et le rôle de suzeraine souvent ingrat.

L'adolescente ne parut pas au souper. La châtelaine vit du coin de l'œil que Raimon tentait de capter son attention dans l'espoir d'un signe de connivence qui le rassurerait. Elle s'y refusa, ne voulant pas lui laisser croire qu'elle les approuvait, et évita son regard toute la soirée. Au matin, après une nuit de pleurs et de prières, Bérangère annonça à sa sœur qu'elle avait renoncé, mais qu'elle demandait une faveur : pouvoir lui parler seule à seul une dernière fois. Azalaïs accepta, mais y mit une exigence :

— Quand les circonstances s'y prêteront, je t'aiderai à t'isoler avec lui, mais auparavant, tu vas me jurer que vous n'essaierez pas de vous enfuir.

D'une voix brisée, l'adolescente jura sur la Bible et Azalaïs sortit de la tente.

Comme toute la troupe, elle s'agenouilla et pria devant le Mont qui resplendissait aussi miraculeusement dans la lumière de l'aurore qu'il l'avait fait dans celle du couchant. Le garde envoyé en reconnaissance revint informer Bernart, chef de l'expédition, que la traversée pourrait se faire en début d'après-midi, quand la marée serait basse.

À part Bernart et ses compagnons de croisade, qui avaient longuement navigué, aucun d'entre eux n'était allé sur la mer et un bon nombre ne l'avait même jamais vue. Avant de s'engager sur la bande de sable encore humide, on lisait l'appréhension sur les visages : ils pensaient à l'impétuosité des flots qu'ils avaient pu voir les heures précédentes, et comme ils n'entendaient rien au mécanisme du flux et du reflux, ils se demandaient s'ils pourraient fuir à temps la marée qui, disait-on, remontait, à certaines époques de l'année, plus rapidement qu'un cheval au galop. Cette mer si proche les effrayait, car ils savaient les profondeurs peuplées de monstres que leur imagination ne faisait pas faute de leur représenter, et Azalaïs, en se dirigeant vers le Mont, que l'on n'avait sans doute pas baptisé pour rien « Saint-Michel au Péril de la Mer », était aussi apeurée que les autres, ayant le souvenir des illustrations du livre de Philippa que le petit Guillaume aimait tant regarder. Aux dangers des flots s'ajoutaient ceux des sables mouvants qui les entouraient : le gué qui permettait d'accéder au Mont était instable et même si leur guide semblait sûr de son affaire, il ne lui semblait pas exclu que, tout à coup, ils s'enfoncent sans espoir de secours. Pour se distraire de ses craintes, elle porta le regard vers l'avant. Quelques cabanes se voyaient, ici et là, et sur le sable, des hommes, les jambes et les pieds nus, un panier au bras, semblaient faire une cueillette. On lui expliqua qu'ils profitaient de la marée basse pour ramasser les coquillages laissés par la mer dans l'intention de les manger. Ils abordèrent à la dure surface du rocher avec un plaisir visible et commencèrent à grimper le sentier qui menait au sommet. La pente était raide et il avait fallu, ici et là, tailler des marches dans le roc.

C'était un lieu fort ancien de pèlerinage, mais des constructions d'autrefois il ne restait que les quatre grandes piles destinées à soutenir les arcs du clocher car, au cours des dernières années, diverses catastrophes s'étaient abattues sur les bâtiments : un effondrement d'abord, au début du siècle, qui avait anéanti une partie de la nef, le dortoir et la voûte du promenoir des moines, et l'année précédente, la foudre qui avait brûlé la plupart des bâtiments nouvellement reconstruits. Ils arrivèrent dans un chantier grouillant d'activité : les religieux faisaient rebâtir sans relâche ce que les éléments détruisaient, car c'était l'archange lui-même, apparu à l'évêque d'Avranches, saint Aubert, qui avait demandé, en des temps très éloignés, que l'on élève un sanctuaire en ce lieu.

Entre la terre ferme et le rocher, c'était un continu va-et-vient de chariots portant des pierres ou de hauts fûts, et du rivage au chantier, une colonne d'hommes, lourdement chargée, montait le sentier escarpé et croisait l'autre file qui retournait aux véhicules : on eût dit des fourmis apportant leur provende à la communauté. Les travailleurs étaient nombreux; certains d'entre eux avaient été engagés par l'abbé et ils étaient attachés au chantier en permanence, mais beaucoup d'autres étaient des pèlerins. Trop pauvres pour faire une offrande, ils donnaient à la place leur temps et leur travail pendant quelque temps. Selon le vœu qu'ils avaient fait, cela se comptait en jours, en semaines ou en mois. Il y avait ainsi, continuellement, une main-d'œuvre abondante, et le chantier avançait beaucoup plus vite qu'il n'était habituel.

La maison des hôtes avait été reconstruite en priorité pour abriter les innombrables pèlerins qui venaient de l'Europe

entière, et les Commingeois purent s'installer. Il était convenu qu'ils y resteraient
jusqu'à la fête du saint, le vingt-neuf septembre, et ils avaient plusieurs semaines
devant eux.

Azalaïs aimait venir contempler les flots,
appuyée à un muret qui bordait le précipice, car le lieu, qui l'attirait et l'effrayait en
même temps, à cause du terrible aplomb,
était favorable à l'isolement et à la méditation. C'est là, face à la mer, sous sa surveillance discrète, qu'eut lieu l'entrevue
promise entre Bérangère et Raimon. La
rencontre dura peu. Azalaïs, qui était restée
hors de portée de voix, comprit, à ses gestes,
que le garçon suppliait, essayant de
convaincre; puis il s'en alla, l'air égaré, et
frôla en passant sa suzeraine qu'il ne parut
même pas voir. Bérangère s'approcha
d'Azalaïs. Elle était pâle et déterminée. « J'ai
décidé d'entrer au couvent, dit-elle, tu me
laisseras à Fontevraud en passant. » Elle
tourna les talons et partit rapidement, refusant la compassion de sa sœur aînée.

L'essentiel des journées était consacré à la
prière et il y eut une émouvante cérémonie

lorsque les châtelains de la Moure remirent au sanctuaire le calice précieux fabriqué à leur demande pour remercier le saint de son intervention dans la guérison du jeune seigneur. C'était un vase en or, orné d'émaux et de grenats, qui avait coûté beaucoup de sueur aux serfs et aux paysans de la seigneurie. Ce don princier leur valut la considération des religieux qui les traitèrent en hôtes de marque tout au long de leur séjour. Vers la fin du mois de septembre, à mesure que la fête du saint approchait, l'affluence augmenta dans d'énormes proportions et chacun dut se contenter d'un tout petit espace. Malgré cela, beaucoup de pèlerins dormirent à la belle étoile sous un ciel, heureusement, assez clément. Tous ces gens venaient de contrées souvent très éloignées pour prier devant les reliques, soit dans l'espoir d'une intercession de l'archange, soit en remerciement d'une faveur déjà obtenue. Ces reliques, conservées dans une châsse d'orfèvrerie incrustée de pierres précieuses, consistaient en deux objets : un morceau de voile rouge du manteau de saint Michel, laissé lors de son apparition au mont

Gargan, en Italie, et un fragment du marbre sur lequel il s'était assis à cette occasion.

Les célébrations durèrent plusieurs jours et quand elles furent terminées, les Commingeois reprirent la route pour se rendre à Poitiers rejoindre la duchesse. Ils passèrent par Fontevraud où, selon son vœu, ils laissèrent Bérangère. Elle avait sans doute pris le parti le plus sage, mais Azalaïs eut beaucoup de peine quand elle entendit s'éloigner ses pas dans le long corridor aux dalles sonores qui menait au bâtiment des novices. La jeune fille était partie sans se retourner, après un adieu poli et sec qui avait déchiré sa sœur. Elle n'avait rien voulu entendre des encouragements qu'Azalaïs avait essayé de lui prodiguer, et c'est avec amertume et ressentiment qu'elle se préparait à consacrer sa vie au service de Dieu. On était loin de ce que la châtelaine avait souhaité pour sa petite sœur tellement aimée, mais elle ne désespérait pas de lui trouver, par l'entremise de Philippa, un prétendant qui permettrait de la sortir du cloître avant qu'elle n'ait fait l'irrémédiable : prononcer des vœux définitifs.

CHAPITRE IV

… far enfantz cug qu'es grans penedenza,
que las tetinhas pendon aval jos,
e'l ventrilhs es cargatz e enojos…

« … faire des enfants est assurément
une grande pénitence,
car les tétons pendent vers le bas
et le ventre est lourd et chagrin. »

ALAISINA, ISELDA ET CARENZA.

L e duc était absent, car il était allé prêter main-forte à un de ses vassaux, impliqué dans un conflit avec un homme du duc de Normandie, aux marches de son domaine, et il n'y avait que des femmes au palais. Les dix ans qui avaient passé n'avaient pas épargné Philippa. Malgré les nombreuses maternités, elle était maigre, et son visage était creusé de rides profondes. Bien que ses traits soient avivés par le plaisir de retrouver son amie, on voyait que l'amertume en était l'expression habituelle : Philippa était la vivante image de la déception et de l'échec. En entrant dans

Poitiers, Azalaïs avait noté que la ville n'avait guère changé, excepté deux tours nouvellement construites. Philippa, interrogée, expliqua que la plus proche des remparts était une tour de défense et désigna l'autre comme « Tour Maubergeon » sans autre explication. Supputant un mystère, Azalaïs n'insista pas, se proposant de poser la question à Mahaut qui était attendue pour le lendemain.

Les retrouvailles avec Philippa ne donnèrent pas lieu à des confidences : Fontevraud fut au centre de leur conversation. Quand la duchesse entamait ce sujet, elle était intarissable. Elle raconta à Azalaïs – qui savait déjà tout ça par ses lettres et par son récent passage au couvent, mais n'en fit rien paraître – que les huttes des premiers temps avaient été remplacées par de solides bâtiments dont les uns étaient réservés aux hommes et les autres aux femmes. Dans le grand cloître étaient réunies plus de trois cents dames nobles, alors que, moins nombreuses, les paysannes – ainsi que les prostituées repenties dont on reprochait tant la présence à Robert d'Arbrissel – logeaient dans des maisons plus petites. Philippa avait en permanence sa place réservée à Fontevraud où elle puisait un grand réconfort. Elle expliqua à Azalaïs le fonctionnement du couvent : les femmes consacraient leur vie à la prière alors que les hommes défrichaient et cultivaient les terres de la seigneurie pour le bénéfice de la communauté entière. Les prêtres, bien sûr, étaient exemptés de tâches serviles, car leur rôle était de célébrer le culte. Ce qu'Azalaïs ne savait pas encore, et que Philippa lui apprit avec une grande excitation, c'est que Robert d'Arbrissel ne dirigeait plus l'abbaye : quand elle fut bien organisée, il la quitta pour reprendre, seul et déguenillé, sa prédication errante après en avoir confié la direction à deux femmes, une prieure et une sous-prieure, Hersende, veuve de Guillaume de Montsoreau et Pétronille, veuve du baron de Chemillé. Ainsi, la direction des deux communautés de Fontevraud, la masculine et la féminine, était assumée par des femmes. La duchesse d'Aquitaine, même si elle ne participait pas directement à ce pouvoir exceptionnellement accordé à des femmes, y voyait une sorte de revanche à sa propre existence ballottée au gré de la tyrannie et des caprices d'un homme, et elle soutenait l'œuvre de ses deniers autant qu'elle le pouvait.

Azalaïs dit un mot de Bérangère, et la duchesse loua avec un tel enthousiasme l'existence que la jeune fille aurait la chance d'avoir – contrairement à elles deux – que la châtelaine comprit qu'il était inutile de lui demander son aide pour sortir l'adolescente du couvent : elle serait scandalisée et profondément peinée. Il allait falloir se résigner à laisser Bérangère dans ce cloître qu'elle n'avait probablement choisi que pour punir sa sœur de ce qu'elle devait qualifier d'incompréhension et de cruauté.

Après la cérémonie de bienvenue, on s'installa. Bernart, qui s'ennuyait vite, s'était enquis de la date de retour du duc qui donnerait le signal de la reprise des chasses et des fêtes, et s'était renfrogné en apprenant qu'il aurait à patienter quelques semaines. Azalaïs, au contraire, se réjouissait de disposer de tout ce temps pour renouer son amitié avec Philippa et

Mahaut. C'est le cœur battant qu'elle se dirigea, le lendemain, vers le convoi qui entrait dans la basse-cour pour accueillir la dame de Mirebeau qui arrivait chez sa suzeraine.

Elle avait gardé le souvenir d'une jeune fille vive et menue, et elle eut beaucoup de mal à reconnaître son amie dans la matrone mafflue et ventrue qui s'annonça. Plus encore que Philippa, elle était la preuve que beaucoup de temps avait passé et que leur jeunesse n'était qu'un lointain souvenir. Mahaut avait eu un enfant par an et se préparait à mettre au monde le douzième. Huit d'entre eux étaient vivants et faisaient sa fierté. Passé l'inévitable moment de surprise, Azalaïs fondit de tendresse quand elles s'embrassèrent, car elle retrouva, inchangés, les yeux malicieux et le rire clair de sa compagne d'autrefois. Dès qu'elle pépiait, semblable à la jeune fille qu'elle avait été, on oubliait à quel point elle était devenue laide et difforme. La première pensée d'Azalaïs fut égoïste. Elle se demanda, le cœur étreint : « Ai-je changé autant qu'elle ? » Mais Mahaut la rassura :

elle ne tarissait pas de louanges sur sa silhouette intacte, sa démarche vive et sa peau fraîche. Philippa aussi avait été élogieuse, mais un doute persistait : leurs compliments n'étaient-ils pas imputables à l'amitié ? Comment Arnaut allait-il la trouver ? Et Hugues ?

Dès qu'elles purent se ménager un moment de solitude, elles échangèrent des confidences. Chacune connaissait l'essentiel des événements de la vie de l'autre, par le truchement de Philippa, mais il y manquait l'essentiel : les émotions, les bonheurs, les peines et les espoirs.

L'existence de Mahaut était exceptionnellement heureuse : l'amour et la sollicitude de son époux ne lui avaient jamais fait défaut depuis le début de leur union et de plus, il lui était fidèle, fait dont Azalaïs n'avait pas entendu d'autre exemple. Cette vertu était exigée des femmes, à grand renfort de sermons et d'espionnage ancillaire, mais aucun homme n'eût imaginé être tenu d'obéir aux mêmes règles, et tous, tant qu'ils étaient, mettaient autant d'énergie à produire des bâtards qu'à veiller à ce qu'il ne s'en introduise pas dans leur progéniture. Le seigneur de Mirebeau était un original : tous ses enfants étaient aussi ceux de sa femme. Il entourait Mahaut d'autant de prévenances que lorsqu'elle était jeune et belle, et si cela faisait ricaner dans son dos, personne n'aurait osé le faire ouvertement, car il avait la réputation d'être ombrageux et prompt au combat. Mahaut présenta à son amie leur fille aînée, qui était déjà suivante, et faisait son apprentissage à la cour de Philippa, mettant ses pas dans ceux de sa mère dont elle avait hérité la tignasse rousse. Hélas, elle avait aussi des traits de son père et son visage ingrat laissait craindre qu'elle ait du mal à trouver un époux. Mahaut, rayonnante de fierté maternelle ne semblait pas s'en apercevoir, et Azalaïs se garda bien de lui ouvrir les yeux.

Mahaut, la romanesque, avait une vie toute simple et unie, et sa curiosité était vive à l'égard de l'existence de son amie qui avait été traversée de tempêtes dévastatrices. Elle voulut connaître la nature des liens qui unissaient Azalaïs à son mari. À l'entendre parler d'amitié elle se récria, stupéfaite et peinée :

— Tu n'as donc pas d'amour dans ta vie ?

Le silence hésitant et un peu gêné de son amie l'incita à la bombarder de questions et celle-ci, habituellement muette au sujet de ses sentiments, se laissa aller à un plaisir qu'elle n'avait plus connu depuis qu'elle avait été séparée de Mahaut : celui de se confier.

Elle parla d'abord d'Hugues, disant qu'elle n'avait jamais pu l'oublier et qu'il lui avait laissé le regret de ce qui aurait, peut-être, été une réussite. Mahaut lui jeta un regard profondément étonné puis, se souvenant qu'Azalaïs n'avait pas revu son prétendant depuis plusieurs années, elle hasarda :

— Tu sais, il a beaucoup changé.

— Sans doute, répondit Azalaïs sans y penser vraiment, et elle enchaîna en parlant d'Arnaut. Elle évoqua la douceur du jeune homme, son adoration pour elle, ses talents de poète. Elle raconta aussi leur intimité grandissante interrompue par la suspicion et la vindicte de son époux. Mais lui non plus, elle ne l'avait pas revu depuis très longtemps, et elle avoua qu'elle confondait un peu, dans son souvenir, les deux hommes qu'elle était à la fois anxieuse et impatiente de revoir.

— Pour Hugues, il n'y a pas de problème, tu le verras bientôt : il a accompagné Guillaume dans son expédition et reviendra avec lui dans quelques semaines. Cela risque d'être plus difficile pour Arnaut qui est au couvent de Fontevraud depuis des mois. La dernière fois que j'en ai entendu parler, il se préparait à prononcer ses vœux.

Cette nouvelle toucha Azalaïs plus qu'elle ne l'aurait cru : elle se sentit dépossédée d'un attachement sur lequel elle avait pensé pouvoir toujours compter. Mahaut sentit le désarroi de son amie et voulut l'en distraire en lui racontant les potins de la cour qui tournaient essentiellement autour de la disgrâce de Philippa.

Les nouvelles stupéfièrent Azalaïs. Elle savait que les ducs d'Aquitaine n'étaient unis que pour des raisons politiques et qu'ils menaient, chacun de son côté, des vies diamétralement opposées : prières et macérations pour Philippa, festins et libertinage pour Guillaume. Mais elle ne savait pas que le duc s'était entiché de la femme d'un de ses vassaux, la vicomtesse de Châtellerault, dont il avait fait sa maîtresse, qu'il logeait dans la Tour Maubergeon, et à qui il rendait, imité par ses familiers, les honneurs dus à la duchesse. Philippa, amère et blessée, séjournait sporadiquement à Fontevraud, où elle reprenait des forces morales, puis retournait à Poitiers tenir sa place de suzeraine et faire face à sa rivale que le peuple avait affublée du sobriquet de « Maubergeonne ». Tu verras, avait dit Mahaut, la situation est fort déplaisante pour tout le monde : on craint toujours un éclat – ce qui se produit souvent – et on est bien soulagé quand on quitte ce lieu de tension pour rentrer chez soi.

Azalaïs se demandait ce que la vicomtesse de Châtelleraut avait de tellement remarquable pour fixer un viveur à l'affût de tous les plaisirs. Elle se souvenait d'une femme arrogante qui, à la réflexion, ne devait plus être très jeune, et dépourvue d'amies car elle avait une langue acérée et se faisait toujours valoir au détriment des autres. Elle ne tarda pas à la rencontrer, car elle avait l'outrecuidance de se rendre au même office que Philippa. Entourée de ses suivantes, escortée par des gardes, la vicomtesse avait fière allure dans les vêtements d'apparat qu'elle arborait dès le matin. Elle se plaça au même niveau que la duchesse qu'elle salua d'un bref signe de tête qu'on ne lui rendit pas, et s'installa commodément pour suivre la messe sur le coussin présenté avec empressement par l'une de ses filles.

C'était l'archidiacre de Poitiers qui célébrait l'office à Notre-Dame-la-Grande ce jour-là. Bien qu'ayant accompagné Guillaume à la croisade et bénéficiant, de ce fait, de l'indulgence accordée par le duc nostalgique aux anciens compagnons d'Orient, le prélat encourait souvent la colère de son seigneur par ses homélies enflammées qui, prônant des vertus qui n'avaient pas cours dans l'existence du duc, désapprouvaient ouvertement la vie de celui-ci. Guillaume n'étant pas là, le sermon s'adressa, de manière tout à fait claire, à la vicomtesse. Le prédicateur annonça qu'il avait choisi comme thème de prêche, dans le livre des Proverbes, l'éloge de la femme forte. Sa voix puissante s'éleva jusqu'à la voûte, vibrante et convaincue, et emplit le lieu sacré :

— Comment peut-on dire qu'une femme est forte ? La femme est faible. Son esprit n'a pas la force de résister aux pièges du malin. Elle trompe, elle ment, elle séduit par ses artifices, elle perd son temps en bavardages inutiles, elle incite l'homme à la luxure. Elle est la fille d'Ève qui a péché la première et a entraîné Adam dans sa chute. Mais Dieu l'a punie : il l'a condamnée à enfanter dans la douleur et à vivre sous la domination de l'homme.

À mesure qu'il développait son argument, l'archidiacre s'enflammait et sa voix tonnante atteignit le maximum de sa puissance quand il conclut :

— Nous connaissons tous des femmes faibles. Elles sont parmi nous. Nous devons les empêcher de nuire, les empêcher d'être un exemple pour nos filles. Nous devons les montrer du doigt, les exclure de notre entourage !

Tandis qu'il joignait le geste à la parole et désignait la vicomtesse d'un mouvement accusateur, celle-ci, ne montrant aucune émotion, garda sur son visage un sourire arrogant qui prouvait à quel point elle se savait intouchable. Le prédicateur, cependant, se radoucit, et regardant Philippa avec douceur, enchaîna:

— Par bonheur, il y a aussi des femmes fortes. La femme forte est avant tout fidèle. Elle est fidèle à Dieu en respectant ses commandements, en assistant aux offices et en élevant chrétiennement ses enfants. Elle est fidèle à son mari à qui elle est reconnaissante qu'il l'ait choisie pour épouse. Pour l'en remercier, elle l'aime, le respecte, lui obéit et se plie à ses décisions sans les discuter. Elle lui est soumise et elle est toujours prête à le servir. Elle fait marcher sa maison selon des principes de sagesse et de justice et n'oublie pas de secourir les nécessiteux. Elle ne perd pas son temps en futilités, en chansons païennes et en danses impudiques. La femme forte est un être rare, un être extrêmement précieux car il est très rare. Quand nous la rencontrons, nous devons la respecter et l'honorer. Et il fit un petit salut en direction de Philippa.

Le sourire ironique de la vicomtesse disait bien ce qu'elle pensait de la femme forte et le peu d'illusion qu'elle avait sur l'amour et la reconnaissance que sa rivale devait porter à son mari. Philippa semblait plus sereine, heureuse d'avoir été publiquement soutenue – même si, en l'absence du duc, l'assistance était peu nombreuse – par un homme de Dieu qui jouissait d'un grand prestige.

L'archidiacre avait développé un thème cher aux prédicateurs, et Azalaïs, qui n'avait plus grand-chose à apprendre sur le sujet, avait davantage porté attention à la scandaleuse vicomtesse de Châtellerault qu'au discours du prélat. Elle constata avec surprise que, bien qu'étant assez avancée en âge – elle avait une fille à marier –, la maîtresse de Guillaume avait l'aspect d'une jeune femme. La silhouette était plaisante, le port de tête majestueux et le visage correspondait à l'idéal de la mode : peau très blanche et lèvres très rouges. Elle eût fait une superbe duchesse d'Aquitaine et on pouvait parier qu'elle devait intriguer dans ce but. Heureusement pour Philippa, celle-ci était indélogeable : d'une part, elle venait de la noble famille des comtes de Toulouse, et une éventuelle répudiation aurait pu déclencher un conflit, et d'autre part, elle était soutenue par son fils aîné, l'héritier du comté et du duché, qui s'était mis ouvertement du côté de sa mère depuis que son père affichait sa liaison. L'appui du jeune Guillaume était doublement important pour sa mère car, en prenant parti pour sa cause, il avait aussi adopté ses croyances et son idéal de vie, et elle avait la consolation et le bonheur d'avoir un fils pieux dont elle était très fière.

Lorsque Guillaume était présent, la vicomtesse avait droit, au palais comtal, à une place d'honneur équivalente à celle de Philippa. Mais, dès qu'il s'éloignait, la duchesse réduisait son train de vie et prétextait de son existence retirée pour fermer la porte à sa rivale. Le seul endroit où la maîtresse pouvait défier l'épouse et lui imposer sa présence était l'église, et elle se faisait un devoir de suivre les mêmes offices qu'elle de manière à la narguer quotidiennement. Philippa étouffait de rage, mais se contrôlait parfaitement, refusant à l'autre la satisfaction de la voir souffrir. Tout cela rappelait à Azalaïs les pénibles souvenirs liés à Bieiris et elle se réjouissait que Philippa ne soit pas désarmée comme elle-même l'avait été.

Les semaines s'écoulèrent paisiblement, remplies de conversations plaisantes, d'exercices pieux et de visites d'oratoires, jusqu'au jour où le guetteur annonça l'arrivée de la troupe. Le cœur d'Azalaïs s'emballa : Hugues arrivait ! Après dix ans, elle allait le revoir.

Mais elle dut ronger son frein jusqu'au soir pour enfin se retrouver face à lui. D'abord, elle ne le reconnut pas. Puis, rendue à l'évidence, elle resta muette de saisissement. Où était passé le beau jeune homme svelte et fier ? Devant elle se tenait un rustre pansu, habillé avec négligence et dont toute l'apparence reflétait le laisser-aller. Tandis que, devant son silence, il riait grassement, d'un rire sonore et vulgaire qui découvrit des dents noires et ébréchées, ses yeux brillaient d'un éclat inquiétant dans un visage bouffi de graisse. Grâce à Dieu, Philippa s'avança pour présenter Bernart à Hugues et Azalaïs en profita pour s'éloigner. Elle rejoignit Mahaut qui ne pouvait dissimuler son amusement.

— Pourquoi ne m'as-tu pas avertie ?

— J'ai bien essayé, mais tu n'étais pas prête à m'entendre. Alors, j'ai pensé que, de toute façon, ce n'était pas si grave, et j'ai attendu. Je dois avouer que je ne suis pas déçue : ton visage valait la peine d'être vu !

Et ensemble, elles éclatèrent de rire, comme l'auraient fait les jeunes filles qu'elles avaient été. Hugues était trop différent du rêve d'Azalaïs pour qu'elle en soit peinée : il s'agissait d'un autre homme, avec lequel elle n'avait rien à voir, et elle allait s'empresser de l'oublier tout en gardant précieusement dans les replis de sa mémoire le souvenir de son premier amour tel qu'il était autrefois.

Seulement, il ne se laissa pas oublier : sans cesse, son regard couvait Azalaïs d'une concupiscence qui, non seulement lui répugnait, mais lui donnait des frissons de terreur. Elle le savait violent et emporté, et après toutes ces années de débauche, il avait vraisemblablement perdu tout sens moral. Hugues était dangereux, pour elle et pour Bernart, et si elle prenait soin de ne jamais rester isolée pour ne pas risquer de se trouver à sa merci, elle ne savait que faire pour protéger son époux. Il lui était impossible de confier à Bernart que le seigneur de Beaumont rôdait autour d'elle comme un prédateur, car elle en aurait inévitablement pâti : qu'il demande raison à Hugues de son attitude ou qu'il lui impute, à elle, la responsabilité de l'affaire, tout cela finirait mal. Elle eût souhaité écourter le séjour, mais l'hiver arrivait, et il n'était pas question de bouger avant le printemps. De toute façon, un départ précipité aurait suscité, tant de Philippa que de Bernart, des questions auxquelles elle ne voulait pas répondre. La situation était sans issue, il ne restait qu'à se méfier et à prier.

Au grand déplaisir d'Azalaïs, Mahaut ne resta pas tout l'hiver à Poitiers, mais elle y fit tout de même de fréquents séjours que son amie, qui se languissait dans les intervalles, attendait avec impatience. Elles partageaient les mêmes craintes au sujet d'Hugues, pour lequel, d'ailleurs, Mahaut avoua n'avoir jamais eu grande estime, et s'encourageaient mutuellement à la vigilance. Il était malheureusement difficile de contrer les agissements du seigneur de Beaumont à l'endroit de Bernart : en effet, alors qu'Azalaïs s'était incorporée à l'entourage de Philippa, le seigneur de la Moure avait été irrésistiblement attiré dans le cercle du duc dont l'existence était beaucoup plus attrayante à ses yeux. Rehaussée par la gaieté et l'éclat de la vicomtesse de Châtellerault qui faisait paraître, par comparaison, la pieuse Philippa vieille et terne, la cour de Guillaume était joyeuse et brillante alors que celle de sa femme, confite en oraisons et en rancunes, était – même Azalaïs et Mahaut l'admettaient malgré leur affection pour la duchesse – ennuyeuse et triste. Étant donné l'état de conflit permanent entre les deux groupes, les seigneurs de la Moure se fréquentaient aussi peu que les ducs d'Aquitaine. Azalaïs en voyait quand même assez pour s'inquiéter de l'amitié grandissante qui s'établissait entre Hugues et Bernart. Elle se doutait bien qu'elle n'était pas due à l'initiative de son époux, beaucoup plus raffiné que le soudard qu'Hugues était devenu, mais il voyait sans doute dans ce rapprochement un moyen de s'intégrer plus facilement à la cour de Guillaume. Azalaïs craignait par-dessus tout son caractère faible et influençable dont Hugues saurait vraisemblablement profiter. Bernart, mis en confiance par son nouveau compagnon, était à la merci de manœuvres qu'Azalaïs ne pouvait pas prévoir, mais qu'elle redoutait.

Jusqu'à Noël, elle avait réussi à éviter d'être assez rapprochée d'Hugues pour qu'il puisse lui parler de manière intime, mais à la faveur d'une danse, lors des fêtes de fin d'année, elle eut le déplaisir de le voir se diriger vers la ronde et s'immiscer derrière elle. Elle ne put réprimer un frisson d'horreur et de dégoût lorsque son souffle aviné chatouilla son cou. Il perçut son trouble, ricana grassement, puis murmura, pour qu'elle soit seule à l'entendre :

— Ne t'en fais pas, ma belle, je trouverai bien un moyen de te débarrasser de ton freluquet. J'ai toujours autant envie de toi, et je sais qu'il en va de même pour toi. Cette fois-ci, tu ne m'échapperas pas.

Il ricana de nouveau, et pendant toute la durée de la carole, qu'elle n'osa pas quitter, il la frôla aussi souvent qu'il le put. Elle se demanda par la suite s'il avait réellement confondu son tremblement avec un frisson de désir, mais elle ne put y répondre de façon satisfaisante : elle lui tournait le dos à ce moment-là et il n'avait pas pu voir l'horreur que reflétait son visage quand elle entendit ses paroles. Il aurait pourtant dû comprendre, depuis des semaines qu'elle le fuyait, qu'elle ne voulait rien avoir de commun avec lui. Peut-être, suggéra Mahaut, était-il tellement aveuglé par sa fatuité qu'il se croyait toujours irrésistible et pensait qu'Azalaïs craignait de ne pouvoir s'empêcher de succomber à ses avances ? Ne fréquentant que des ribaudes, personne n'avait dû lui dire qu'il n'était pas plus engageant qu'un porc.

Le malaise qui avait pris Azalaïs pendant la danse, et qui l'avait presque paralysée sur le moment, ne la quittait pas. Chaque jour lui faisant voir Bernart vivant lui semblait un jour gagné et elle attendait anxieusement la fin de cet hiver dont elle avait escompté tellement de plaisir.

Dans le courant du mois de février, un terrible scandale vint la distraire de ses soucis personnels : l'excommunication de Guillaume, prononcée par Pierre II, l'évêque de Poitiers. C'était une peine extrêmement grave. En réalité, la plus grave que l'Église pouvait infliger, car l'individu excommunié se trouvait privé de l'absolution et des sacrements, et s'il venait à mourir avant que la sentence ne soit levée, on lui refuserait la sépulture dans l'enceinte sacrée du cimetière et il serait alors enterré comme un chien, sans prêtre ni prières. C'était déjà fort grave pour un individu ordinaire, mais pour Guillaume, duc d'Aquitaine et comte de Poitiers, personnage public qui entraînait dans ses succès et ses vicissitudes l'ensemble de ses vassaux, c'était terrible. En effet, l'excommunication d'un seigneur avait le plus souvent pour conséquence de frapper d'interdit la totalité de ses territoires. Ainsi, toute vie religieuse serait interrompue : offices, baptêmes, mariages et sépultures. L'évêque de Poitiers s'était résolu à cette extrémité après avoir usé de tous ses talents de persuasion à l'égard de son difficile paroissien à qui il avait beaucoup à reprocher. Guillaume avait la fâcheuse coutume de s'ingérer dans les affaires ecclésiastiques, s'arrogeant le droit de nommer des prélats à sa convenance, spoliant, ici et là, quelques abbayes au lieu de les soutenir de ses dons comme l'avait fait son père, faisant fi de toute autorité spirituelle et menant, au su de tous, une vie adultère pour la plus grande désolation de sa femme, la meilleure chrétienne du comté. D'ordinaire, la menace d'excommunication suffisait, mais c'était compter sans le tempérament indomptable du duc. Guillaume ne se présenta pas, au jour dit, à la cathédrale, où l'évêque avait le projet de lui demander de renoncer à sa vie de pécheur. Les circonstances étant exceptionnelles, l'église était comble : il n'y manquait que le suzerain. Pierre II n'eut d'autre recours que de prononcer les paroles de l'excommunication. Dans la nef silencieuse, sa voi s'éleva, solennelle :

— Moi, Pierre, évêque de Poitiers, deuxième du nom, en vertu des pouvoirs que me donne notre Sainte Mère l'Église, déclare que Guillaume, septième comte de Poitiers, neuvième duc d'Aquitaine, adultère et…

Il fut soudain interrompu par un grand bruit. Tout le monde se retourna pour voir arriver Guillaume dont le pas résolu sonnait comme une menace sur les dalles de l'église. Le prêtre attendit, immobile. Tandis que le duc s'avançait, chacun put observer sur son visage la progression de la fureur. Ordinairement coloré, son teint virait au rouge brique et ses yeux annonçaient le meurtre. Quand il parvint au chœur, il tira violemment son épée, et tandis que, jaillie de toutes les bouches une exclamation horrifiée emplissait la nef, il saisit l'évêque aux cheveux, appuya la pointe de l'arme sur son cou et s'écria :

— Tu mourras à l'instant si tu ne m'absous pas !

Personne ne se risqua – ni même, sans doute, ne songea – à intervenir, tellement la scène était effrayante. L'évêque paraissait aussi terrifié que les assistants et esquissa un geste d'apaisement. Guillaume le lâcha, fit un pas en arrière, remit son épée au fourreau et attendit l'absolution. C'est alors que Pierre II montra son habileté et son courage : sa feinte soumission avait été destinée à lui donner le temps nécessaire pour finir de prononcer l'anathème et il dit d'une voix haute et claire :

— Je t'excommunie !

Conscient d'avoir accompli son devoir, il était prêt à payer son audace de sa vie et il tendit son cou au duc en disant :

— Frappe maintenant, frappe !

Alors que tous rentraient la tête dans les épaules en attendant le suprême sacrilège, le meurtre d'un prêtre dans la maison de Dieu, Guillaume, par un effort inouï, reprit le contrôle de lui-même et dit d'une voix presque normale :

— Je te hais trop pour te donner la satisfaction d'entrer au paradis de ma main.

Il fit demi-tour et repartit, fier et superbe, comme à l'accoutumée, avec sur les lèvres un léger sourire de dérision et de défi, cyniquement amusé à l'idée d'entraîner dans sa disgrâce les hypocrites qui entouraient sa femme. Il savait bien que Philippa ne se laisserait pas longtemps éloigner des sacrements et que, malgré sa haine, elle l'aiderait à sortir de cette situation par ses dons aux abbayes et ses retraites pieuses. Alors qu'il quittait la cathédrale, l'assistance stupéfiée, qui ne pensait pas à si long terme, récupérait lentement ses esprits. Pierre II acheva la cérémonie, faisant preuve d'une grande maîtrise, et retourna à l'évêché pour y trouver des gardes qui l'attendaient. La vengeance de Guillaume, comme tous ses agissements, était spontanée et immédiate : le prélat fut conduit dans son château épiscopal de Chauvigny qui devint sa prison.

CHAPITRE V

Tant las fotei com auziretz :
cent et quatre-vinz et ueit vetz,
que a pauc no˙i rompei mos corretz
e mos arnes…

« Je les *foutis,* comme vous allez
l'entendre,
cent quatre-vingt-huit fois,
et peu s'en fallut que je ne rompe
mes courroies
et mon harnais… »

GUILLAUME IX D'AQUITAINE.

G uillaume avait bien jugé la situation : la sentence ne tarda pas à être levée. Mais, si la clémence de l'église provoqua le retour à la normale pour les habitants du palais comtal, elle n'eut, par contre, aucune incidence sur la vie de l'évêque de Poitiers qui resta prisonnier malgré toutes les demandes et les pressions de Philippa et du clergé : le duc avait la rancune tenace.

Comme on entrait dans la période du carnaval, les jeunes filles commencèrent de faire le siège d'Azalaïs pour qu'elle leur permette d'assister aux célébrations populaires. Elles avaient vu les fêtes de leur village et savaient, par leurs bavardages avec les suivantes de Philippa, qu'il n'y avait aucune comparaison possible : à Poitiers, la liesse durait une semaine et donnait lieu à toutes sortes de débordements. C'était le temps du monde à l'envers où tout est permis, parce que c'est « pour rire ». Pendant quelques jours, on pouvait se moquer du duc et de l'évêque, de la messe et de la justice, sans que cela porte à conséquence. Ce défoulement annuel permettait d'exprimer les grognes de l'année et chacun y trouvait son compte : les humbles qui, pour une fois, disaient ce qu'ils avaient sur le cœur tout en se divertissant, et les puissants qui voyaient se désamorcer les risques de révoltes et de soulèvements pour le prix de quelques moqueries et d'une partie de leur réserve de vin. La fête terminée, tout rentrait dans l'ordre, et on repartait pour une année semblable à la précédente. Le séjour poitevin des Commingeois touchait à sa fin et les jeunes filles savaient qu'elles ne voyageraient probablement plus de toute leur vie : ce carnaval était une occasion unique dont elles entendaient ne pas se laisser priver. Azalaïs comprenait leurs raisons et se souvenait de leur propre curiosité, à Mahaut et à elle-même, lorsqu'elles étaient adolescentes. Elle n'avait pas, non plus, perdu le souvenir du sentiment diffus de danger potentiel que l'on éprouvait à la vue de tant de gens oisifs et avinés. Philippa leur avait permis, autrefois, de se mêler à la foule, protégées par un groupe de gardes. Ne voulant pas priver les jeunes filles du plaisir qu'elles réclamaient, elle résolut de procéder de la même façon, mais elle se fit un devoir de les accompagner pour être tout à fait sûre qu'il n'arriverait rien.

Elles allèrent voir la fête le premier jour, alors que l'ivresse ne faisait que commencer. Elle préférait garder ses suivantes au palais comtal quand la saoulerie serait devenue un état chronique, car le vin coulait à flots durant le carnaval : le duc faisait placer des tonneaux aux coins des rues et son bon peuple n'avait qu'à tourner la chantepleure pour emplir un gobelet qu'il vidait et remplissait de nouveau, jusqu'à plus soif, en célébrant la prodigalité de son seigneur.

Elles sortirent donc, petit groupe compact et excité, entouré d'un cordon de gens d'armes, choisis parmi les plus robustes et les plus susceptibles d'inspirer un salutaire respect. Il y avait dans les rues un grand concours de peuple, vêtu de ses meilleures hardes, et dont les faces arboraient l'air réjoui de ceux que l'on a momentanément déchargés d'un travail contraignant pour leur donner le loisir de festoyer. Elles suivirent le mouvement de la foule qui les portait vers Notre-Dame-la-Grande et comprirent que son parvis serait un des lieux où la procession, qui ouvrait la semaine du carnaval, s'arrêterait pour que chacun des groupes qui la composaient se livre à toutes sortes de mimes et de facéties.

Azalaïs se sentait rajeunie par cette atmosphère de fête et partageait la joie de ses compagnes enchantées de quitter pour quelques heures la cour austère de Philippa. L'attente fut longue avant que le début du cortège ne parvienne jusqu'à elles, mais elles ne s'ennuyèrent pas car la foule elle-même était un spectacle. Des chants surgissaient, ici et là, repris par tout le monde, et les jeunes filles, quand elles les connaissaient, unissaient leurs voix à celles du peuple. Soudain, un cri d'allégresse leur parvint, qui s'amplifia rapidement. Elles virent bientôt ce qui provoquait les manifestations des spectateurs : un âne, richement paré et surmonté d'une couronne, trônait sur une charrette tirée par deux individus portant des bonnets aux oreilles gigantesques. Le char royal était entouré d'hommes qui figuraient les sujets de l'animal ; ils étaient pareillement coiffés de bonnets, avaient le cul à l'air et étaient affublés d'une longue queue. Le convoi s'arrêta sur le parvis, l'âne fut juché sur un trône, en haut d'une estrade, et sous les quolibets et les hurlements de joie de la foule, les hommes qui l'entouraient lui manifestèrent les marques du plus grand respect. Ils firent un simulacre de cour de justice, et à chacune des sentences farfelues que l'âne énonçait par la voix d'un homme caché derrière lui, ses sujets montraient leur approbation par des braiments sonores et fort bien imités. Alors qu'elle riait à pleine gorge avec ses suivantes, Azalaïs entendit dans son dos, inattendue et redoutable, la voix d'Hugues dire avec satisfaction :

— Enfin, je vous ai retrouvées ! Je vais rester avec vous pour vous protéger.

Sa joie tomba d'un coup. Elle faillit lui dire de ne pas se donner cette peine, que les gardes suffiraient à la tâche, mais elle savait que cela serait inutile et qu'il s'obstinerait. Elle jugea de meilleure politique de l'accueillir poliment, sans aller, bien sûr, jusqu'à être chaleureuse, et espéra qu'il finirait par se décourager. Cette sortie, dont elle avait escompté beaucoup de plaisir, se laissant gagner par l'enthousiasme des jeunes filles, allait tourner à la corvée, ou peut-être même au cauchemar, rectifia-t-elle mentalement après avoir vu l'expression calculatrice et rusée de son tourmenteur.

Si les suivantes furent surprises de la présence du seigneur de Beaumont, elles ne se hasardèrent pas à la commenter. Au contraire, devinant qu'il était là pour leur suzeraine, elles s'éloignèrent un peu, dans un souci de discrétion. Azalaïs, qui eût souhaité qu'elles fussent moins bien éduquées, n'avait aucun moyen de leur faire comprendre qu'elle ne voulait pas d'intimité avec cet homme. Il ne restait donc qu'à faire contre mauvaise fortune bon cœur, mais sans se départir d'une grande vigilance.

Le défilé de l'âne s'ébranla pour se diriger vers une autre église, et le groupe suivant ne tarda pas à arriver. C'était une parade macabre et grotesque qui offrait à l'appréciation du public une théorie de pendus se balançant du sommet de longues perches portées par des hommes aux masques ricanants. Les mannequins avaient d'énormes yeux globuleux et exorbités, des langues démesurées et, pour la plus grande joie des spectateurs, de gigantesques sexes rouges dressés vers le ciel. Lorsque dans la foule une matrone criait plus fort que les autres, un des porteurs dirigeait vers elle son épouvantail et le balançait sous son nez avec un commentaire obscène qui provoquait l'hilarité et les lazzis de ses voisins. Les grasses plaisanteries fusaient de tous côtés et Azalaïs fut extrêmement mal à l'aise quand Hugues s'en mêla, dépassant tout le monde en grossièreté. Elle voulut aller ailleurs, mais la foule qui les entourait, séduite par la jactance de ce seigneur paillard, s'était resserrée pour l'écouter, et elle ne put s'ouvrir un chemin. Il lui fallut subir toute sa verve, et elle comprit avec effarement qu'il agissait ainsi pour se faire valoir à ses yeux. Elle n'osait même plus regarder les jeunes filles et attendit, les yeux baissés, que l'attention de leurs voisins soit attirée par un autre spectacle. Quand cela se produisit, elle dit d'un ton sec:

— Allons ailleurs!

Personne ne protesta, même pas Hugues, et elle comprit pourquoi quand il les entraîna vers un baril: sa prestation lui avait donné soif et il but, à sa grande consternation, de nombreux gobelets de vin. Lorsqu'il serait ivre, ce serait encore pire, et les heures à venir l'inquiétaient beaucoup. Les gardes, du moins, restaient sobres: le regard glacial de leur maîtresse les avait découragés d'accepter la boisson proposée par Hugues.

Ils furent soudain entourés par une farandole qui, en se faufilant au travers de leur groupe, les désunit et les entraîna dans la danse. Azalaïs, très inquiète, s'aperçut que les jeunes filles avaient été dispersées et s'éloignaient, malgré elles, tirées par les fêtards qui les avaient prises par la main. Les regards qu'elle avait accrochés paraissaient affolés : jamais elles ne s'étaient trouvées isolées les unes des autres, ni dépourvues de la protection des gardes. Azalaïs chercha des yeux leurs accompagnateurs et fut soulagée de les voir se lancer à la poursuite des adolescentes. Légèrement rassurée sur leur sort, elle put s'inquiéter du sien : elle se retrouvait seule avec Hugues qui ne manquerait pas d'exploiter la situation. Elle réfléchit rapidement. Le plus subtil était de l'inciter à l'aider à rechercher ses suivantes. Ainsi, elle parviendrait peut-être à détourner son attention d'elle-même. Elle se précipita dans la direction prise par la farandole en criant :

— Vite ! Rattrapons-les !

Si elle avait espéré le semer en le prenant par surprise, elle fut aussitôt déçue : non seulement il la suivit, mais elle ne put éviter qu'il ne lui prenne la main.

— Pour qu'on ne se perde pas, dit-il.

Le contact visqueux de sa main moite lui donna un haut-le-cœur qui se traduisit par un tremblement involontaire. Il l'interpréta à son avantage et lui susurra :

— Tu es troublée, toi aussi. Sois contente : je vais t'enlever. Tout est organisé. Il y a des semaines que j'attends cette occasion.

Azalaïs fut prise de panique : elle était seule avec lui au milieu d'une foule indifférente et n'avait aucune chance d'échapper à la poigne solide qui la maintenait. Elle essaya de gagner du temps :

— Avant, il faut que je les retrouve : j'en suis responsable et je ne veux pas qu'il leur arrive malheur.

Il maugréa de manière inaudible, mais il la suivit, de mauvais gré, en s'arrêtant sans exception à toutes les fontaines à vin. Son haleine était de plus en plus fétide et chaque fois qu'il se penchait à son oreille pour lui faire de lourds compliments et des descriptions précises de félicités qu'il lui promettait pour un proche avenir, le dégoût l'accablait. Il commençait à tituber et entre deux phrases, éructait violemment. Azalaïs n'avait qu'une pensée : échapper à ce porc, mais la main qui la tenait restait ferme et elle commença de perdre courage en voyant qu'il l'entraînait vers l'une des portes de la ville. Il confirma son inquiétude en disant :

— Des chevaux et des gardes nous attendent à l'extérieur. Je t'emmène à Beaumont.

Elle regardait autour d'elle, à la recherche d'un hypothétique secours, quand elle vit une assemblée vociférante qui entourait une demeure cossue. Délibérément, elle se jeta dans le tumulte, entraînant à sa suite Hugues, qui se laissa surprendre par le mouvement inattendu et se trouva englué dans un groupe compact. C'était un charivari réunissant les parents et amis d'un veuf âgé qui venait de se remarier avec une jeunesse. Devant sa porte, ils criaient et chantaient et ajoutaient au tintamarre en frappant sur des pots de cuivre, des bassins et des poêles avec des pilons et des cuillères. Certains agitaient des clochettes, d'autres des crécelles, et tout cela produisait une symphonie échevelée et discordante. Ils allaient continuer ainsi le siège de la maison jusqu'à ce que l'homme, coupable d'avoir enlevé aux jeunes une épouse potentielle, se fasse pardonner en leur offrant à boire. De tous côtés, et quelque forme qu'elle prenne, la fête aboutissait au vin qui, d'une certaine façon, la symbolisait : il signifiait l'abondance – si rare pour le peuple –, l'absence de travail et le bienheureux oubli de toutes les misères. Le vieillard, cependant, semblait regretter ses tonneaux et ne se pressait pas de se montrer. Le groupe s'échauffait, hurlait en chœur, de plus en plus fort et se massait de manière plus dense. Soudain, Hugues, aveuglé par une poignée de paille reçue au visage, ouvrit sa main pour s'en débarrasser. Azalaïs, qui guettait ce moment depuis longtemps, le mit aussitôt à profit en se glissant parmi les gens, souple comme une anguille. Hugues, pétrifié d'étonnement, perdit quelques précieuses secondes et quand il réagit, ses voisins le gênèrent, involontairement, d'abord, puis par jeu à la vue de son visage furieux et de la femme qui fuyait à toutes jambes. Ils ne résistèrent cependant pas longtemps parce qu'il se débattait comme un diable et frappait tous ceux qui se trouvaient à sa portée. Quand la foule s'ouvrit pour le laisser passer, il s'élança, mais un pied anonyme s'insinua entre ses jambes et il s'étala de tout son long en hurlant des blasphèmes qui firent se signer les gens à l'entour. Quand il se releva, c'était trop tard : Azalaïs avait disparu.

Elle savait qu'elle était à l'autre extrémité de la ville et qu'il lui faudrait la traverser entièrement pour retrouver la sécurité du palais comtal. Outre le danger d'être rejointe par Hugues, il y avait celui de faire une mauvaise rencontre : une femme seule, au milieu de tous ces buveurs, courait le risque d'aboutir malencontreusement au centre d'un groupe d'hommes en ribote et alors, Dieu seul savait ce qu'il adviendrait ! Pour sa sécurité, le mieux serait de s'incorporer à un rassemblement de femmes, dans une procession. Un cortège passait justement à proximité et elle s'en approcha dans ce but. La chance était avec elle : le groupe de tête était exclusivement féminin, ou du moins le paraissait, car les trois personnes qui portaient, à bout de bras, une brouette dans laquelle une femme était assise semblaient trop robustes pour ne pas être des hommes déguisés. Elle se glissa entre deux matrones aux visages cachés par des masques et il lui vint une inspiration subite : elle ôta de son doigt le précieux anneau orné d'un rubis que Bernart lui avait offert à la naissance de Guilhèm et le tendit à sa voisine en disant d'un ton suppliant :

— Je t'en prie, donne-moi ton masque !

La femme, méfiante, regarda le bijou, puis les vêtements d'Azalaïs, et dut en conclure que ce n'était pas un objet volé. Elle le prit avidement et lui tendit son masque. Protégée par la tête de renard qu'elle venait d'accrocher à son voile, elle se sentit mieux et décida de rester un moment dans le cortège afin de reprendre souffle. Elle supposa qu'il serait imprudent de se diriger tout de suite vers le château : c'est à cela qu'Hugues devait s'attendre et il la guetterait sur le chemin et aux abords du palais. Elle se félicita de sa décision quand elle le vit doubler la procession en courant.

Elle s'aperçut alors qu'il n'était pas seul : les gardes qui l'entouraient d'habitude étaient avec lui et elle devina qu'ils les suivaient discrètement depuis le début. Le fait qu'elle ait pu s'échapper tenait du miracle et, tremblant de terreur rétrospective, elle résolut de rester coite un moment. Elle se rendit compte alors que protéger son visage n'était pas suffisant : ses habits luxueux tranchaient sur la vêture de son entourage et attiraient l'attention. Presque tout le monde était déguisé, de vêtements mis à l'envers ou de sacs de bure qui gardaient encore la trace de la farine qu'ils avaient contenu, et son bliaud de laine safranée, fourré de martre, la désignait aux regards. Sa voisine n'était pas costumée : elle s'était contentée de porter le masque qui cachait maintenant Azalaïs et était vêtue d'un confortable mais modeste bliaud de futaine écarlate, bordé de lapin, qui aurait bien fait l'affaire dc la châtelaine en fuite. Elle lui fit la proposition d'échanger leurs habits et vit son regard s'allumer de convoitise. La femme, malgré tout, hésitait, inquiète de cette générosité incongrue et semblant craindre les ennuis.

Azalaïs, aux abois, ajouta, pour enlever son accord, la tentation de l'agrafe d'or émaillé qui maintenait son voile. La femme ne résista plus et l'entraîna parmi des venelles obscures et malodorantes. Tout en marchant, Azalaïs résuma sommairement la situation à sa compagne et lui demanda de l'aider à regagner le palais comtal. La femme se tut un moment, puis elle dit sans plus d'explications :

— J'ai une idée !

Elles arrivèrent à un logis sombre, tapi entre deux échoppes, et elles entrèrent. Azalaïs enleva son vêtement, la femme le prit, mais ne le revêtit pas : elle le plia soigneusement et le rangea dans un coffre dont elle sortit de vieux habits d'homme. Elle enfila les braies et, rabattant le capuchon de la blouse sur sa tête, elle prit le bras d'Azalaïs, qui avait passé le bliaud de futaine, en disant :

— Nous voilà maintenant un couple tout à fait ordinaire. Tu ne risques plus rien, je vais te ramener au château.

Elles repartirent, et la femme, qui s'appelait Marion, expliqua :

— Nous allons rejoindre le cortège où nous étions. Je connais le trajet qu'il va suivre parce que mon mari est un des porteurs : il va passer devant le palais et s'y arrêter. Cela va être très long, car il s'agit de la dernière étape, mais c'est mieux pour toi : plus tu tardes, moins ils seront attentifs.

Azalaïs en convint et remercia Marion avec chaleur. Celle-ci lui sourit et dit :

— Viens, profites-en pour t'amuser un peu.

Elle se dirigea vers une fontaine et Azalaïs accepta le gobelet de vin qu'elle lui tendit. Au diable son quant-à-soi de châtelaine ! Elle était devenue, pour quelques heures, une femme du peuple et entendait profiter de la liberté illusoire que lui procuraient son identité empruntée et l'atmosphère du carnaval. Elles prirent place dans le groupe et Marion fut interpellée par ses amis. Elle leur présenta Azalaïs comme une cousine vivant hors des murs et la nouvelle venue fut aussitôt intégrée à la bande. Personne n'était ce qu'il avait l'air d'être : la plupart des hommes étaient déguisés en femmes, enceintes le plus souvent, alors que les femmes étaient en hommes. Ceux qui n'avaient pas renoncé à leur sexe arboraient des masques qui faisaient honneur à leur talent; ils s'étaient souvent inspirés des sculptures qui ornaient les tympans des églises et des peintures qui en décoraient l'intérieur. Les faces terribles des démons voisinaient avec celles des animaux du zodiaque ou, plus prosaïquement, de bêtes familières, comme les boucs ou les chiens, ou redoutées, tels les ours et les loups. Rares étaient les masques qui exprimaient la douceur, mais Azalaïs vit tout de même quelques anges et une licorne.

Quand la procession s'arrêta devant une petite église qui lui était inconnue, elle put voir enfin le personnage porté en triomphe. La couronne en forme de tour posée sur sa tête permettait de l'identifier tout de suite : c'était la Maubergeonne. Azalaïs, qui n'avait aucune sympathie pour la vicomtesse de Châtellerault, ne bouda pas son plaisir : elle s'unit vigoureusement aux moqueries scandées par ses voisins et Marion, amusée, remarqua en riant :

— Toi, tu es du côté de la duchesse.

Elle rit avec elle, regrettant que Philippa ne puisse pas voir la réplique bouffonne de sa rivale. Ses principaux défauts étaient bien rendus : elle avait l'air prétentieux, autoritaire et méchant. Armée d'un bâton noueux, elle frappait le dos d'un homme, humblement agenouillé, malgré sa couronne de duc, et lui disait : « Baise mes pieds ! », ce qu'il faisait en se prosternant de la manière la plus vile et la plus grotesque sous les applaudissements nourris des badauds. Le personnage couronné s'accroupit aux côtés de la femme et ils furent entourés d'habiles jongleurs qui arrachèrent à la foule des cris d'admiration.

Ils repartirent et s'arrêtèrent ainsi, jusqu'au soir, des quantités de fois. Azalaïs avait la tête pleine du bruit des crécelles et des clochettes, des cris et des chants. Ses jambes flageolaient de trop de vin, sa gorge brûlait des refrains hurlés à plein gosier pendant des heures et ses pieds enflés étaient blessés d'avoir marché si longtemps dans les fines chaussures de peau souple. Elle était épuisée et meurtrie, mais quand elle arriva en vue du palais des comtes, elle ressentit une soudaine tristesse à la pensée de quitter ses compagnons d'un jour qui l'avaient accueillie avec tant de chaleur et elle dut s'avouer qu'elle ne s'était jamais autant amusée de toute sa vie. Elle chassa cette nostalgie imprévue pour scruter avec attention les abords de la porte pendant que se déroulait la pantomime. Ils grouillaient de soldats : Guillaume avait renforcé la garde en raison des manifestations populaires et Hugues se tenait en avant, attentif et entouré de ses fidèles. Les seuls qui manquaient étaient ceux qu'elle avait espéré voir : les Commingeois. Elle pensa avec un début d'anxiété qu'il lui serait peut-être moins facile de s'introduire qu'elle ne l'avait imaginé. Elle confia ses craintes à sa compagne qui, à son tour, étudia les lieux.

— Il faudrait que tu te glisses dans un groupe qui entre, dit-elle.

Mais personne n'entrait, ni ne sortait : la tête du cortège était placée devant la porte et chacun regardait le spectacle. Marion ne s'avouait pas vaincue : ses yeux vifs observaient les alentours, à la recherche d'une occasion. Elle survint sous la forme d'un

chariot plein de bûches qui avait visiblement l'intention d'entrer dans la cour, mais
était retenu par la foule. Un paysan, voulant
sans doute joindre l'utile à l'agréable, était
venu en ville avec le chargement de bois de
chauffage qu'il devait en redevance à son
seigneur. La traversée de la cité avait dû être
longue, et il était clair que le vilain avait eu
grand soif en chemin : il se balançait d'une
jambe sur l'autre, souriant d'un air niais en
attendant que la place se dégage. Pour la
sécurité de son chargement, il était heureux
que sa femme l'ait accompagné, car c'était
elle qui guidait l'âne et le maintenait d'une
main solide.

— Regarde, dit Marion en les désignant,
on va s'arranger avec ces deux-là. Je vais
leur promettre une récompense pour qu'ils
nous laissent entrer à leur place.

L'homme semblait hors d'état de comprendre quoi que ce soit et elle s'adressa
directement à la femme. Azalaïs n'entendait
pas la conversation, couverte par le tumulte
environnant et commença de s'inquiéter
car elle dura longtemps : Marion semblait
avoir beaucoup de mal à la convaincre.

Quand enfin la femme lui tendit la bride de l'âne et s'écarta, empoignant le bras de son mari qui la suivit, hébété, sans même poser de questions, la châtelaine poussa un soupir de soulagement. Pendant le temps, assez long, qu'elles passèrent, immobiles, à côté du chargement, Azalaïs essaya de s'intéresser encore à la fête, mais le cœur n'y était plus : elle redoutait les moments à venir, car elle n'était pas sûre de se tirer de ce mauvais pas.

Le cortège repartit, et l'espace qui les séparait de la porte était maintenant dégagé. Marion fit un petit signe de tête à Azalaïs et elles avancèrent lentement, au pas de l'âne qui tirait le lourd chariot. Au passage, Hugues les effleura d'un regard indifférent et reprit son observation attentive des rues qui débouchaient sur la place du palais. Bien qu'elle eût conservé la protection de son masque, passer aussi près de lui donna à Azalaïs un frisson de terreur : ses jambes tremblaient, ses dents s'entrechoquaient et, à chaque pas, elle avait l'impression qu'elle allait s'effondrer. Le préposé à la porte posa à « l'homme » quelques questions, parut satisfait et leur fit signe d'avancer; il n'avait même pas jeté un coup d'œil à la femme qui l'accompagnait. Il les dirigea vers une grossière remise accotée au bâtiment qui abritait les cuisines. Le donjon était à l'opposé, désespérément loin et, à son entrée, flânaient deux ou trois hommes de l'entourage d'Hugues. Elle ne voyait personne de connaissance dans aucune partie de la cour.

Azalaïs n'eut d'autre ressource qu'aider Marion à décharger le chariot et elle empila les bûches, comme la femme le lui montra, en un tas régulier. Ses mains fines ne tardèrent pas à la faire terriblement souffrir, mais elle ne se plaignit pas, et continua sa tâche en jetant des coups d'œil circulaires dans l'espoir de découvrir enfin une silhouette amie. Le tas de bois, dans le chariot, baissait impitoyablement et Azalaïs, désolée, se demandait, après avoir été si près du but, s'il lui faudrait repartir avec sa compagne. C'est finalement ce qui arriva: le chariot vide, elles n'avaient plus de raison de rester dans la cour.

Elles se dirigeaient vers l'entrée d'un pas

découragé quand on leur fit signe, impérativement, de s'arrêter : un grand remueménage annonçait l'arrivée d'un convoi d'importance qu'il fallait laisser passer. Le cœur d'Azalaïs bondit d'espoir en reconnaissant les gardes de Philippa. Elle se souvint que la duchesse devait passer la journée chez les religieuses de Sainte-Croix : c'est de là qu'elle arrivait. Sans plus réfléchir, elle se jeta vers la tête du cortège, mais fut violemment repoussée par le premier garde qui la cingla de sa cravache en criant :

— Arrière, vilaine ! On n'approche pas de la duchesse !

Il la frappa à l'épaule et elle ressentit une vive douleur qui lui arracha un cri. Elle recula instinctivement et allait laisser passer l'occasion quand Marion lui arracha son masque et lui dit, d'une voix pressante :

— Vite ! Fais-toi reconnaître !

Alors Azalaïs se ressaisit et cria de toutes ses forces :

— Arrêtez-vous ! Je suis la châtelaine de la Moure !

Les hommes, surpris, la regardèrent. Ils la reconnurent, arrêtèrent leurs chevaux et laissèrent un passage pour qu'elle rejoigne Philippa. Celle-ci, stupéfaite, ouvrit la bouche pour poser des questions, mais Azalaïs ne lui laissa pas le temps de parler.

— Protège-moi, dit-elle, je suis en danger.

La duchesse n'hésita pas : elle descendit de sa monture, prit le bras de son amie et se dirigea vers l'entrée du donjon, entourée de ses gardes. Les hommes d'Hugues leur jetèrent, au passage, un regard de haine : ils avaient laissé échapper leur proie, et cela allait leur coûter très cher. Avant de franchir la porte, Azalaïs se retourna : Marion était immobile, tenant la bride de l'âne et la regardant s'éloigner. Le cœur serré, elle lui fit un petit signe d'adieu, puis elle entra dans le palais au bras de Philippa.

CHAPITRE VI

A totz jorns m'es pres enaisi
c'anc d'aquo c'amiei no'm jauzi,
ni o farai, ni anc no fi;
...
maintas ves que'l cor me ditz :
« Tot es niens ».

« Il en a toujours été ainsi pour moi :
jamais je n'ai joui de ce que j'aimais,
ni ne le ferai, ni ne le fis;
...
souvent mon cœur me dit :
"Tout est vain" ».

GUILLAUME IX D'AQUITAINE.

A zalaïs n'avait pas eu conscience de l'état de son corps : elle se croyait seulement très fatiguée. Tendue toute la journée vers son but, elle avait continué de marcher sans se soucier de ses pieds douloureux. Quand elle fut bien certaine d'être à l'abri, dans la chambre de Philippa, elle relâcha sa tension et elle s'évanouit. Les femmes s'empressèrent, la portèrent sur le lit et la déshabillèrent. Ses chaussures étaient ruinées : la peau trop fine des semelles était trouée par endroits et la soie qui recouvrait le pied était sale et déchirée; il manquait beaucoup de perles qui avaient constitué le motif brodé et il serait difficile d'en sauver quelque chose. Les vêtements étaient déchirés sur l'épaule, à l'endroit du coup de fouet, mais c'était moins grave : ils avaient appartenu à Marion et n'étaient pas faits de tissus précieux.

On s'aperçut, quand elle fut dévêtue, qu'elle était dans un état déplorable : ses pieds, sérieusement blessés, saignaient ainsi que ses mains, pleines d'échardes et que sa blessure à l'épaule. Par bonheur, aucun os n'était brisé, mais il lui faudrait beaucoup de temps avant de retrouver l'usage de son bras. On lui bassina le front et les tempes avec de l'eau froide et elle revint à elle. Il fallut bander ses mains et ses pieds, enduits de baume cicatrisant, et on lui annonça qu'elle devrait rester couchée plusieurs jours. Pendant que l'on pansait ses blessures, elle pleurait. Elle pleura de soulagement, de détresse et d'humiliation. Elle ne voulait plus sortir de cette chambre, ni revoir Hugues dont le ressentiment devait être terrible.

Quand les soins des servantes furent terminés, Philippa vint s'asseoir à côté d'elle, lui annonça que le garde serait châtié et attendit ses explications. Avant tout, Azalaïs tenta d'oublier sa terrible douleur à l'épaule, fit appel à ses sentiments chrétiens et plaida pour le garde qui était excusable de ne pas l'avoir reconnue sous son masque et ses modestes habits, puis elle voulut savoir ce qu'il était advenu de ses suivantes. On la rassura : elles étaient rentrées les unes après les autres, à un court intervalle, au début de l'après-midi. Elles étaient sans doute très déçues d'avoir raté la fête, mais leur suzeraine fut apaisée par cette nouvelle. Pendant la journée, entièrement occupée de sa propre sauvegarde, elle les avait complètement oubliées, mais dès qu'elle s'était sentie en lieu sûr, son souci des jeunes filles l'avait reprise.

Philippa attendait. Azalaïs hésita, puis résolut de tout lui raconter : c'était plus simple et, de toute façon, elle était trop lasse pour avoir la force de trouver une histoire satisfaisante. Elle se dit que la duchesse était son amie et qu'elle devait lui faire confiance. En effet, Philippa la crut et ne lui imputa aucunement la responsabilité de la situation. Elle avait une assez mauvaise opinion des hommes pour accepter, sans réserves, le récit d'Azalaïs, et elle convint avec elle que Bernart devait ignorer l'affaire : lui la tiendrait probablement pour coupable de ce qui était arrivé. Elles mirent au point l'histoire, assez vraisemblable, d'un char qui l'aurait renversée et de vilains en profitant pour la dépouiller : cela expliquerait à la fois son invalidité et la perte de son bliaud et de ses bijoux. Hugues, de toute façon, n'ébruiterait pas sa participation aux événements.

Azalaïs ne s'ennuya pas pendant sa convalescence : Philippa la visitait l'après-midi et Mahaut passait toute la journée auprès d'elle, à bavarder interminablement. Elle était soulagée de ne pas avoir à affronter Hugues tout de suite : à son aversion et son dégoût s'était ajoutée une terreur incontrôlable. Quand elle put marcher de nouveau, la duchesse affecta quatre de ses propres gardes à sa sécurité : ils avaient ordre de ne pas la quitter et de la protéger de quiconque l'approcherait. Celui qui l'avait frappée, et qu'elle avait sauvé d'un sévère châtiment, était du nombre, à sa demande, car il voulait montrer sa reconnaissance, et son air farouche prouvait qu'il ne ferait pas bon l'affronter. Azalaïs leur désigna les hommes qu'elle craignait et se sentit un peu rassurée par leur présence.

La première fois qu'elle le revit, c'était lors d'un repas. Sans être à la même table, ils étaient vis-à-vis, et elle avait beaucoup de peine à éviter son regard. Il paraissait vraiment furieux et elle comprenait qu'elle aurait des moments difficiles si elle tombait en son pouvoir. Sans cesse, elle vérifiait, du coin de l'œil, la présence des gardes à ses côtés, mais elle ne parvenait pas à se détendre. Depuis le terrible jour de l'ouverture du carnaval, l'angoisse l'oppressait et ne la lâchait plus. Venu le temps de la danse, elle resta à sa place, prenant prétexte de son épaule blessée, et elle vit Hugues s'intégrer à la ronde, se glisser derrière

Mahaut et lui parler à l'oreille. Quand son amie revint auprès d'elle, elle délivra le message :

— Il m'a dit qu'il t'aura, quoi que tu fasses, et que tu le regretteras.

Azalaïs se mit à trembler. Il était passé aux menaces, et elle savait que ce n'étaient pas des paroles en l'air. Son amie essaya de la rassurer :

— Ne reste jamais seule et ne sors plus sans Philippa, il ne t'arrivera rien.

Mahaut avait raison : Hugues ne pouvait pas tenter un enlèvement à l'intérieur du palais et encore moins dans les appartements de la duchesse, mais les raisonnements ne servaient à rien contre la terreur viscérale qui la pétrifiait.

Elle attendait avec impatience le carême qui marquerait une pause dans les continuelles festivités poitevines. Le carnaval, enfin, se termina, avec l'apothéose du Mardi gras et Azalaïs suivit Philippa à Fontevraud pour y passer les quarante jours du jeûne et de la pénitence. Profondément lassée des fêtes et de l'impertinence de sa rivale, la duchesse avait décidé qu'on ne reviendrait pas pour la mi-carême, nouvelle qui provoqua quelques soupirs chez les jeunes filles, mais réjouit Azalaïs. Avant le départ, elle apprit, avec un grand soulagement, que la plupart des seigneurs qui entouraient Guillaume retournaient sur leurs terres jusqu'à Pâques et qu'Hugues était de ceux-là. Pour un temps, elle ne risquerait rien, et Bernart non plus.

On partit pour Fontevraud par un magnifique jour d'hiver, glacial et ensoleillé, et à mesure qu'elle s'éloignait de Poitiers, douillettement enveloppée dans son peliçon doublé d'hermine, elle se sentait devenir légère : pendant plusieurs semaines elle ne verrait plus le visage menaçant de son ennemi.

Au monastère, elle fit la connaissance des deux femmes qui dirigeaient l'abbaye. Hersende et Pétronille, pareillement de haute extraction et deux fois veuves, étaient aussi dissemblables qu'il se pouvait imaginer. La première était toute spiritualité et méprisait les biens et les honneurs. Lors de son noviciat, elle avait voulu être converse et s'astreindre à la plus grande humilité.

C'était la garante de la haute tenue morale du couvent de Fontevraud. La deuxième, personne avisée, d'une grande sagesse et d'une autorité absolue, était très habile dans la gestion d'une maison, or la maison était grande et fort difficile à gérer. Elle était redoutée, et redoutable, ce qui lui avait valu, de la part de Robert d'Arbrissel, le surnom de « housse de poils » signifiant que tel naïf qui s'y frotterait s'y piquerait immanquablement; les autorités ecclésiastiques et les voisins rapaces, qui avaient pensé n'en faire qu'une bouchée, s'en étaient aperçus très vite. Malgré, ou à cause de cela, il la tenait en grande estime, et il était conscient d'avoir fait preuve de perspicacité en choisissant ces deux femmes pour veiller sur son œuvre.

C'est avec Hersende que Philippa avait le plus d'affinités et elle passait chaque jour de longs moments en compagnie de la prieure dont le corps frêle et le visage émacié, creusés par la maladie, semblaient ceux d'un être immatériel. Quand elle apparaissait, infiniment fragile, mais rayonnante de lumière intérieure, elle inspirait à toutes un grand respect et le désir de devenir meilleures et de renoncer aux biens de ce monde.

Philippa, lorsqu'elle séjournait à Fontevraud, tenait à se conformer à la règle de vie des moniales et son entourage, bon gré, mal gré, se sentait tenu d'en faire autant. La règle était dure, car le temps consacré au sommeil était très court. Couchées à huit heures, les religieuses se levaient dès onze heures trente pour les matines et ne prenaient que quelques moments de repos vers la fin de la nuit et le début de l'après-midi. Les messes, basses ou chantées, la récitation des psaumes et les oraisons se succédaient tout au long du jour, coupées par de frugaux repas, dont toute viande était bannie, même hors du temps du carême, selon le vœu du fondateur, et par un temps de travaux manuels qui les voyait se pencher, tirant l'aiguille, sur le lin blanc de leurs robes de moniales. Philippa s'épanouissait dans ce cadre et les plis amers de son visage s'atténuaient un peu. Azalaïs aussi aimait l'atmosphère du lieu et, passés les premiers jours où de longues heures la voyaient hébétée de fatigue, car son corps, encore affaibli, s'habituait mal à être privé de sommeil, elle eut beaucoup de joie à se fondre dans l'existence anonyme des religieuses, partageant leurs prières, leur silence et leur dénuement, et savourant la sécurité qu'engendre l'obéissance. Alors que Philippa était persuadée que toute sa suite partageait son bonheur de vivre au couvent, Azalaïs savait bien que leurs jeunes suivantes préféraient les fêtes et les danses et étouffaient des soupirs résignés dès qu'elles étaient menacées de séjourner à Fontevraud. Elle feignait de l'ignorer, et d'ailleurs cela ne lui inspirait qu'indulgence : chaque âge a ses aspirations, et quinze ans n'est pas encore le temps de la prière, ni de la pénitence.

Dès son arrivée, elle s'était enquise de Bérangère : la jeune fille avait su se faire apprécier des moniales, et les commentaires qu'elle recueillit étaient élogieux, mais son désir de la voir fut déçu, car elle apprit qu'elle faisait une retraite strictement fermée qui durerait tout le carême. Cette nouvelle attrista beaucoup Azalaïs. Tout le monde savait, à Fontevraud, que la duchesse passerait cette période au monastère, ce qui impliquait, Bérangère ne pouvait pas l'ignorer, que sa sœur viendrait aussi, et que ce serait sa dernière occasion de la voir avant qu'elle ne retourne en Comminges. Elle n'avait donc pas choisi de faire cette retraite à ce moment-là sans intention : il était clair qu'elle ne voulait plus revoir Azalaïs. Tout au long des semaines qui suivirent, la châtelaine pensa souvent à cette adolescente qu'elle aimait tant, qui était si proche d'elle – quelques murs, à peine, les séparaient – et dont elle était éloignée à jamais. Qui avait-elle repoussé ? Sa sœur ou le témoin de la vie qu'elle avait quittée ? Les deux, sans doute. Azalaïs pria chaque jour longuement pour que Bérangère parvienne à extraire de son âme toute rancœur, tout regret et qu'elle trouve la paix dans la maison qui était désormais la sienne.

Depuis son arrivée au couvent, elle était troublée par un désir qu'elle n'osait pas exprimer, mais auquel elle ne parvenait pas à renoncer : elle voulait revoir Arnaut. Elle se garda bien de s'adresser à Pétronille, qui la terrorisait aussi bien qu'une autre, mais se tourna vers l'une de ses assistantes, Augarde, qui partageait son amour des plantes et qu'elle avait pris l'habitude d'aller rejoindre au jardin aux simples, les après-midi, au lieu de coudre à l'intérieur. Ce contact avec la nature lui était nécessaire et ses conversations avec la religieuse, qui réunissait avec sa bonté et son sens commun les qualités de Garsenda et de Maria, lui apportaient un grand apaisement. Penchée sur un carré de menthe, elle lui confia sa grande inquiétude au sujet d'Hugues, et en reçut l'encouragement à quitter au plus tôt les lieux du danger :

— Quand on est sûr de ne pas être plus fort que le diable, dit-elle, il faut le fuir, et aller le plus loin possible.

Aborder le sujet d'Arnaut lui coûta bien des hésitations et quand elle s'y résolut enfin, elle se heurta à la question de la religieuse :

— Pourquoi veux-tu le revoir ?

Que pouvait-elle répondre ? Parce que je l'aimais et que peut-être je l'aime encore ? Ou bien : parce qu'il m'aimait et que j'espère qu'il m'aime toujours? Ou alors: parce qu'il me serait doux d'apprendre que je peux inspirer un beau sentiment qui me ferait oublier les avances dégradantes d'Hugues? Pouvait-elle dire cela à la religieuse? Non, bien sûr, et elle ne sut, tout d'abord, que répondre à la question qu'elle aurait dû prévoir. Après un silence, elle finit par dire qu'elle voulait saluer un ancien commensal pour lequel elle avait eu affection et estime du temps qu'il «trouvait» à la Moure. Devant l'étonnement d'Augarde qui demandait pourquoi elle ne faisait pas cette démarche avec Bernart, ce qui la rendrait plus facile à réaliser, elle commença de bafouiller en parlant de mésentente entre les deux hommes. Gênée et malheureuse, elle regrettait d'avoir parlé, surtout qu'elle n'était pas du tout sûre de ce qu'elle allait trouver au bout de sa quête: Hugues l'avait terriblement déçue, Arnaut en ferait peut-être autant, d'une autre manière.

Augarde avait été mariée avant d'entrer au couvent et avait eu des amies avec lesquelles elle avait interminablement parlé d'amour en brodant sa tapisserie. Ce temps n'était pas assez éloigné pour qu'elle l'ait oublié et qu'elle n'ait plus le souvenir des charmants troubadours dont les voix caressantes et les déclarations enflammées les faisaient rêver. Elle comprit à demi-mot ce que l'on n'osait pas lui dire et annonça, d'une voix indulgente mais ferme, qu'elle allait s'informer, sans rien promettre toutefois :

— S'il n'a pas prononcé ses vœux et s'il le souhaite, tu le rencontreras, mais dans le cas contraire, tu n'auras pas le droit d'aller le troubler pour ton seul plaisir.

Azalaïs acquiesça, un peu honteuse. La religieuse lui avait fait comprendre, sans se départir de son amabilité, qu'elle se conduisait en jeune fille frivole et égoïste alors qu'elles savaient toutes les deux qu'elle avait depuis longtemps atteint l'âge de la raison et des renoncements. Cette petite gêne, comme un caillou dans la chaussure, demeura présente pendant que son imagination battait la campagne en vivant, par avance, et de diverses façons, les retrouvailles espérées. La seule éventualité qu'elle refusait d'envisager était l'engagement définitif d'Arnaut dans les ordres.

En cela, elle avait raison, mais la vérité était bien pire encore, ce qu'elle n'apprit que deux longues semaines plus tard, semaines pendant lesquelles Augarde n'avait fait aucune allusion à leur conversation et Azalaïs n'osait, évidemment, rien demander. Un jour enfin, alors qu'elles sarclaient côte à côte et qu'elles avaient parlé de toutes sortes de choses anodines, la religieuse annonça :

— J'ai des nouvelles d'Arnaut.

Azalaïs se leva, oppressée, redoutant la réponse et prouvant, s'il en était besoin, par sa réaction excessive, que la rencontre qu'elle souhaitait n'était pas une simple visite de politesse. La religieuse choisit de l'ignorer et continua :

— Il n'a pas prononcé ses vœux, mais il travaille à la léproserie du prieuré de Saint-Jean-de-l'Habit. Si tu n'as pas peur de la contagion, je t'organiserai une rencontre avec lui.

Azalaïs fut atterrée. Pourquoi donc avait-il choisi de servir Dieu dans cette antichambre de l'enfer ? Elle pensa avec horreur qu'il avait peut-être contracté la terrible affection, se souvenant que les malades se soignaient le plus souvent entre eux, les moins atteints s'occupant des autres. Elle ne savait plus où étaient ni son devoir ni son désir. Avait-elle le droit de courir le risque de rapporter le fléau à sa famille? Et pour elle-même, voulait-elle le courir, ce risque? Elle se souvint d'Arnaut chantant la légende de Tristan et Iseut, retrouvant dans sa mémoire les mots exacts qui décrivaient les lépreux. Elle regarda ses belles mains blanches et les imagina amputées de plusieurs phalanges, rongées de chancres, répugnantes et inutiles. Elle frotta avec un subit dégoût la terre qui les tachait, la peur la saisit et elle dit violemment: «Non! Non, je ne peux pas!», et elle s'enfuit précipitamment cacher sa honte et son désarroi dans l'ombre apaisante de la chapelle la plus retirée de l'abbatiale.

Renoncer à Arnaut avait signifié qu'elle tournait définitivement le dos à la jeunesse et aux illusions. Le voyage tant souhaité avait apporté plus de chagrins et de soucis que de joies et durant quelques jours, elle se laissa aller à l'amertume. Mais il n'était pas dans son tempérament de se laisser abattre:

elle reprit vite courage et bon sens, et se traita de sotte. Qu'avait-elle espéré de sa rencontre avec les deux hommes? Elle n'avait jamais précisé les vagues rêveries qui l'avaient portée pendant des mois, sans quoi il lui serait apparu tout de suite qu'à part d'hypothétiques hommages qui flatteraient sa vanité, elle n'avait rien à attendre d'eux, puisqu'elle était mariée et n'avait jamais eu l'intention d'être infidèle. Mieux valait oublier tout cela et jouir, pendant les dernières semaines du séjour, du bonheur apporté par l'amitié partagée.

Mahaut laisserait ses terres pour Poitiers en même temps que Philippa et sa suite quitteraient Fontevraud. Avant une séparation, qui serait sans doute définitive, elles pourraient jouer encore un peu à être des adolescentes frivoles et profiter des fêtes du printemps que Guillaume se proposait de célébrer avec beaucoup de pompe.

CHAPITRE VII

Can lo dous temps comensa
e pareis la verdura
e'l mons s'esclair'e gensa
e tot cant es, melhura,
chascuna creatura
s'alegra per natura.
Eu sols fatz estenensa
de far envezadura.

« Quand le temps doux commence
et paraît la verdure,
et le monde s'éclaire et devient plus beau,
et tout ce qui existe devient meilleur,
chaque créature
se réjouit selon sa nature.
Moi seul je m'abstiens
de montrer de la joie. »

Bernart de Ventadorn.

L'hiver avait été clément pour les malheureux : pas de famines, ni d'épidémies, et c'était avec allégresse que le peuple de Poitiers célébrait la fin du carême et la résurrection du Christ. Quand le convoi de la duchesse, de retour de Fontevraud, traversa la ville, les réjouissances commençaient : les maisons des artisans étaient tendues de tapisseries, des vaisselles brillaient aux fenêtres et les trognes arboraient des expressions joyeuses. Déjà, aux coins des rues, des tonneaux étaient en perce, les gens chantaient et dansaient, et Azalaïs, qui depuis des semaines remâchait les mauvais souvenirs de la journée du carnaval, gagnée par l'atmosphère de liesse, se souvenait des heures passées avec Marion. Elles lui avaient laissé une impression de liberté et de sécurité qu'elle n'avait pas retrouvée depuis, et elle aurait aimé descendre de cheval et se mêler à ces gens qui s'amusaient si bien. Elle ne le fit pas, bien sûr, et rentra sagement au palais. Rendue prudente par sa mésaventure, elle n'accompagna pas non plus ses suivantes lorsqu'elles allèrent assister, mêlées à la populace, mais protégées par une garde renforcée, à la représentation d'un épisode de la vie de sainte Radegonde devant Notre-Dame-la-Grande.

Azalaïs avait vu s'éloigner le groupe joyeux avec un regard d'envie : elle étouffait dans le palais comtal et n'aspirait plus qu'à le quitter. Elle avait un terrible désir de revoir la Moure, les tuiles rouges qui couvraient le château, le coteau où poussait la vigne qui donnait ce vin un peu aigre qu'elle adoucissait de miel. Tout, là-bas, lui semblait beau, mais tellement lointain et inaccessible! Elle avait envie de revoir ses enfants, son oncle, Garsenda, Maria. Flamme serait-elle toujours vivante? La nostalgie l'étouffait. Elle avait le sentiment qu'elle ne verrait jamais la fin de la dizaine de jours qui la séparait du départ.

Une cérémonie importante devait avoir lieu le lundi de Pâques : l'adoubement de Guillaume, le fils aîné des suzerains, futur héritier du comté de Poitiers, dont il serait le huitième comte, et du duché d'Aquitaine, en tant que dixième duc. Un tournoi était prévu, le lendemain, pour clôturer les festivités, le premier auquel le jeune homme participerait. Bernart en serait aussi, de même que le duc d'Aquitaine et ses principaux vassaux. L'époux de Mahaut ne faisait pas exception, Hugues non plus. Philippa commençait de trembler pour son fils.

Pendant qu'elle s'abîmait dans la prière, Azalaïs et Mahaut, tout aussi impuissantes à éloigner leurs maris du jeu guerrier où ils risquaient leur vie qu'à les protéger, décidèrent de chasser cette inquiétude jusqu'au dernier moment. Il ne servait à rien de se tordre les mains pendant toute la durée des célébrations: ce serait bien assez pénible au dernier moment. Fortes de cette résolution, elles décidèrent de profiter pleinement du bonheur précaire d'être ensemble. C'était compter sans Hugues qui était toujours à proximité, couvant Azalaïs d'un regard où se mêlaient la haine, la rancune et la concupiscence, regard qui la poursuivait jusque dans ses cauchemars.

Au retour de Fontevraud, elle avait eu une entrevue avec Bernart et ils avaient décidé de la date du départ: le lendemain du tournoi. Son époux lui avait appris, comme une nouvelle sans importance, qu'il jouterait contre le seigneur de Beaumont. Ils en avaient décidé ainsi, avait-il dit, pour clore une discussion sur leur valeur respective aux armes. Bernart, avec son optimisme habituel, ne doutait pas de sa victoire. Azalaïs en était moins sûre, sachant que les deux hommes n'allaient pas se battre pour la même raison : alors que Bernart avait l'intention de montrer son habileté dans un combat loyal, Hugues ne voulait que tuer son adversaire, quel qu'en soit le moyen. Elle n'osait pas imaginer l'avenir sans la protection de son mari, et elle se mit à prier pour qu'il en sorte vainqueur. Le jour suivant lui vint un message du seigneur de Beaumont qui confirma ses craintes ; il disait : « Dans dix jours, tu seras veuve. » Et tous les jours, d'un porteur différent, revenait la menace : « Dans sept jours… », « Dans quatre jours… » L'angoisse dominait tous ses autres sentiments et elle ne parvenait même pas à jouir de la présence de Mahaut qui avait beaucoup de mal à trouver des paroles de réconfort.

Le jeudi saint, toute la cour se rendit à la cathédrale pour assister à la consécration des saintes huiles. Il y avait grande affluence dans les rues, et Azalaïs se sentait nerveuse, craignant de se trouver, par une quelconque fausse manœuvre, à la merci d'Hugues et de ses sbires. Depuis le carnaval, elle ne se sentait en sécurité qu'à l'abri des murs, entourée de personnes familières et des gardes dont elle était sûre. Le dimanche précédent, lors de la bénédiction des Rameaux, elle s'était crue, tout à coup, isolée du groupe de Philippa qu'elle suivait pourtant le plus près possible, et la peur l'avait gagnée à tel point que Mahaut n'arrivait plus à la calmer.

Tout en cheminant vers l'église, Guillaume, le fils de Philippa, vint à ses côtés. Il était devenu un géant, que son élégance et la beauté de son visage rendaient extrêmement séduisant. Toutes les jeunes filles le couvaient d'un œil engageant, mais il semblait plus attiré par les jeux guerriers que par la romance. Depuis des mois, il se consacrait à l'entraînement rigoureux qui ferait de lui un parfait combattant, digne du titre de chevalier, et il n'avait pas encore pris le temps de bavarder avec son ancienne gouvernante. Ayant l'exemple de la réserve de son propre fils quant à l'expression des sentiments, Azalaïs ne s'était pas attendue à ce que le jeune homme s'adresse à elle autrement qu'avec une indifférence polie.

Elle fut émue et surprise de l'entendre évoquer ses souvenirs et la tendresse qu'il lui portait étant enfant. Il lui dit que c'était elle qui représentait la sécurité pour le petit garçon qu'il avait été. Son père, dans les rares périodes où il était présent, le terrorisait par la violence de ses colères, et sa mère, tout occupée de spiritualité, passait plus de temps à faire des retraites qu'à prendre soin de lui. Azalaïs savait tout cela, mais n'avait pas imaginé que le garçon en avait souffert au point de s'en souvenir encore et de lui en parler tant d'années après, alors qu'il était sur le point de devenir un homme. Il raconta aussi qu'après son départ pour la Moure les gouvernantes s'étaient succédé car elles déplaisaient soit au comte, à cause de leur excessive piété, soit à la duchesse, pour la raison inverse. Son affection inemployée, il l'avait donnée à ses épagneuls dont il avait maintenant toute une meute. Il demanda à Azalaïs des nouvelles de l'animal qu'il lui avait offert et parut heureux d'apprendre que Flamme était la chienne favorite de la châtelaine. À la nouvelle qu'elle était restée le seul

épagneul de la seigneurie et que, par consé-
quent, sa descendance était bâtarde,
Guillaume donna rendez-vous à Azalaïs à
son chenil, l'après-midi du même jour,
pour lui faire choisir un couple de chiots
dans la dernière portée sevrée. Alors qu'il
s'éloignait pour se rapprocher de sa mère,
Azalaïs se sentit plus détendue, ayant
oublié, pendant un moment, ses sujets
d'inquiétude.

Les jours qui suivirent, elle passa beaucoup de temps à prier à la chapelle. En
accord avec Philippa, elle ne sortait plus du
château, sauf pour assister aux cérémonies
les plus importantes, car le chef des gardes
qui assurait sa sécurité avait expliqué qu'il
est facile d'enlever un individu dans une
foule, aussi entouré soit-il. La duchesse
avait demandé à sa protégée de la tenir au
courant de tout ce que tentait Hugues à son
endroit et, indignée par son comportement
et ses menaces, elle usait de toutes ses ressources pour protéger son amie, la faisant
dormir avec elle et la gardant dans ses
parages autant que possible. Elle ne pouvait
malheureusement pas intervenir directe-

ment contre le seigneur de Beaumont car il était un compagnon du duc, avec lequel ses propres relations étaient tellement mauvaises qu'il était exclu de lui demander une faveur. Même si elle s'était résolue à s'humilier par amitié pour Azalaïs, cela aurait été inutile : Guillaume aurait refusé son appui pour le seul plaisir de la contrarier.

Pour occuper ses journées de prisonnière, elle passait à la fenêtre le temps qu'elle ne consacrait pas aux oraisons. Dans la basse-cour, qu'elle dominait de son poste d'observation, elle pouvait voir le jeune Guillaume peaufiner son apprentissage guerrier avec quelques garçons de son âge. Ils s'entraînaient à la quintaine, chargeant à la lance le mannequin de paille. S'ils rataient leur coup, ce qui arrivait à quelques-uns, la cible faisait un tour sur elle-même et venait frapper durement le maladroit, de sa propre lance, à l'arrière de la tête. Guillaume n'était pas de ceux-là : il était fort et habile, et il n'y avait pas de risque qu'il se déshonore lorsqu'il chargerait la quintaine devant tout le monde, pour prouver son adresse, à la fin de la cérémonie de l'adoubement. L'attention d'Azalaïs fut attirée par un jeune homme qui attaquait la cible avec le même acharnement que s'il s'était agi de son pire ennemi; elle reconnut Raimon de Fabas et, bien que peinée pour lui, elle ne put s'empêcher de penser qu'il était plus facile pour le garçon de lutter contre son chagrin en se dépensant sans compter dans des jeux virils, entouré de joyeux camarades, que pour la jeune fille cloîtrée, isolée dans sa tristesse et son ressentiment.

Azalaïs dut quitter à deux reprises la protection des murs du château : le dimanche, pour faire ses Pâques, et le lundi pour assister à la cérémonie de l'adoubement. L'inquiétant message n'avait pas manqué : le jour de Pâques, il disait : « Dans deux jours, tu seras veuve », et le suivant, laconique, se limitait à un seul mot : « Demain. » Pour se rendre à la messe pascale, à la cathédrale, elle ne quitta pas le bras de Philippa. De cette façon, elle se sentit en sûreté et put se consacrer entièrement à la prière. Elle pria pour Bernart, demandant à Dieu de le protéger, pour la santé des siens, là-bas, en Comminges, pour Bérangère, afin qu'elle retrouve la paix de l'âme et pour Guillaume qui serait armé chevalier le lendemain.

Le fils des comtes passa la nuit dans la chapelle du château avec son parrain d'armes, Hugues, le frère de son père qui veillait sur lui depuis la période de la croisade en Terre Sainte. L'ancien lui parla longuement de ses devoirs. Il dit que le bon chevalier doit se conduire en chrétien : il ne dépouille ni les pauvres, ni les moines, ni les curés sans défense ; il doit se mettre au service de Dieu, aller combattre, s'il le faut, les païens pour délivrer les Lieux saints, protéger les faibles et lutter contre le mal. Il le rappela aussi au respect de la trêve de Dieu qui interdit de se battre du mercredi soir au lundi matin, ainsi que les jours de fête. Guillaume écoutait et approuvait : même si tout ce qu'on lui disait était à l'inverse de l'exemple que le duc, son père, lui donnait quotidiennement, cela correspondait à la fois à l'éducation qu'il avait reçue et à son idéal de vie. Il se consacra ensuite à la prière jusqu'à l'aube, demandant à Dieu de lui donner la force de se comporter, pendant toute son existence, en vrai chevalier.

L'adoubement du fils aîné du suzerain était une affaire importante : le jeune homme qui, à la mort de son père, serait à la tête d'immenses territoires qu'il devrait sauvegarder et transmettre, à son tour, à son propre fils, était en droit de lui succéder dès qu'il était armé chevalier. L'événement pouvait tarder longtemps, ou bien être très proche, selon le dessein de Dieu. Notre-Dame-la-Grande était comble, car un grand concours de vassaux s'était réuni pour y assister, désireux de montrer leur fidélité à la dynastie et curieux de voir leur futur chef. Guillaume était à genoux, dans le chœur, et les assistants le voyaient de dos. Il avait revêtu son équipement guerrier, et il ne lui manquait que son épée, pour l'heure entre les mains de son oncle Hugues qui la tenait à plat. Le prêtre qui officiait s'approcha d'eux. Il présenta une Bible au jeune homme qui tendit la main pour prêter serment. Le futur comte de Poitiers et duc d'Aquitaine jura, d'une voix forte et qui ne tremblait pas, de protéger l'Église, les veuves et les orphelins, de respecter la justice, aimer la paix et ne combattre que pour les causes justes. Le religieux bénit l'épée qu'Hugues prit par la poignée pour procéder à la colée. Tout le monde retint son souffle : le jeune homme allait-il plier sous le coup ? Azalaïs sentait, à ses côtés, Philippa tendue à l'extrême. Le vieil oncle abattit avec force le plat de l'épée sur l'épaule du garçon qui ne frémit pas. La duchesse se détendit et partagea l'admiration de l'assistance pour le futur suzerain qui ceignit fièrement l'épée et traversa l'église, suivi de la foule. Le duc, à qui son fils n'adressait jamais en premier la parole, pour bien montrer qu'il était du côté de sa mère, paraissait content, lui aussi. On prit les chevaux pour aller sur les bords du Clain assister à l'épreuve de la quintaine. Azalaïs préféra retourner au château : elle jugeait trop risqué de s'aventurer hors des murs.

Seule au palais, avec quelques gardes, elle reprit sa broderie qu'elle devait protéger de la convoitise des chiots, joueurs et toujours à l'affût d'un objet à déchiqueter. Elle réparait les sandales abîmées le jour du carnaval et faisait, avec les perles restantes, un motif plus simple que celui d'origine. Sa solitude lui donnait le temps de réfléchir, et ses pensées n'étaient pas gaies. Elle avait, jusqu'à maintenant, repoussé l'éventualité d'une défaite de Bernart, mais il fallait qu'elle y songe pour prévoir une parade. Une femme ne reste pas veuve à la tête d'une seigneurie et il n'était même pas envisageable qu'elle fasse, sans la protection d'un père, un oncle ou un mari, un voyage aussi lointain que celui qui devait la ramener chez elle. Tout au long de la route, elle serait à la merci de cadets de familles nobles ou de chevalier errants qui voudraient l'enlever pour l'épouser afin de s'emparer de ses terres. Si Dieu voulait que Bernart ne survive pas au tournoi, il lui faudrait prendre un époux aussitôt. Mais qui? Elle devrait choisir un homme d'honneur qui ne ferait pas de difficultés pour remettre, en temps opportun, son héritage à Guilhèm. Les écuyers de Bernart étaient soit de jeunes héritiers, destinés à des jouvencelles bien dotées, soit des cadets ambitieux qui ne lâcheraient plus la Moure si elle tombait en leur pouvoir. Un visage doux, à la chevelure blonde, lui vint à l'esprit. Arnaut. Arnaut avait-il la lèpre ? Elle déplorait la lâcheté qui avait provoqué son refus de le rencontrer lorsqu'elle avait appris où il était. Arnaut, peut-être, s'il n'avait pas la lèpre.

Au festin qui clôtura la journée, Guillaume, le nouveau chevalier, déserta la joyeuse assemblée des écuyers pour siéger à la table d'honneur que son père présidait entouré de sa maîtresse – souriante – et de son épouse – renfrognée. Le jeune homme avait été placé aux côtés de la fille de la vicomtesse de Châtellerault, Aénor, une belle adolescente à l'esprit vif. On murmurait que le duc avait l'intention de les marier et, ajoutaient les mauvaises langues, si cette union se réalisait, la jeune épouse n'aurait aucun mal à dominer son mari qui agissait le plus souvent par impulsions et n'avait pas été doté par la nature d'une grande intelligence. Pour l'heure, il s'intéressait moins à sa voisine qu'à son plat, tout occupé à satisfaire son formidable appétit, engloutissant, comme à chaque repas, la portion de huit personnes. Azalaïs était indignée par ce projet du duc, craignant que ce ne soit le coup qui achèverait Philippa : après cette suprême humiliation, il était vraisemblable qu'elle se réfugierait à Fontevraud pour ne plus en sortir.

Les convives étaient nombreux et l'atmosphère très gaie. Les chants, commencés par les jongleurs, étaient repris par les jeunes; les gens se déplaçaient pour parler les uns aux autres; et Hugues profita de ce léger désordre de fin de repas pour passer derrière Azalaïs et lui glisser à l'oreille :

— Tiens-toi prête pour demain.

Elle ne l'avait pas vu venir et elle frissonna de le sentir si proche. Le découragement la gagna : il avait l'air tellement sûr de vaincre qu'il devait avoir mis au point quelque machination pour s'en assurer. Elle oublia tout ce que cela pourrait lui occasionner d'ennuis et résolut de mettre Bernart en garde. Elle le chercha du regard et le repéra sans peine : il était à la table opposée à la sienne et coquetait avec la voisine qui partageait son plat. C'était une blonde potelée, dont le visage, malgré des yeux bleu pâle un peu inexpressifs, était plus intéressant que la conversation. Cependant, elle écoutait bien, et Bernart, enchanté d'un public aussi docile, déployait toutes ses grâces. Azalaïs eut beaucoup de mal à capter son attention. Quand elle y parvint, et lui fit signe de venir la rejoindre, il feignit de ne pas comprendre, se tourna ostensiblement vers sa voisine, et évita avec soin de regarder à nouveau dans la direction de sa femme. Il eût été malséant qu'Azalaïs se déplace : elle ne pouvait donc rien faire.

La nuit fut longue, à ressasser les mêmes inquiétudes, et quand l'aube redoutée parut enfin, elle se rendit à la chapelle pour une ultime oraison.

CHAPITRE VIII

Can vei la lauzeta mover
de joi sas alas contra'l rai,
que s'oblid'e's laissa chazer
per la doussor c'al cor li vai,
ai! tan grans enveya m'en ve
de cui qu'eu veya jauzion,
meravilhas ai, car desse
lo cor de dezirer no'm fon.

« Quand je vois l'alouette mouvoir
ses ailes de joie contre le rayon (de soleil)
et défaillir et se laisser tomber
à cause de la douceur qui lui vient
au cœur,
hélas ! il me vient une si grande jalousie
de ceux que je vois joyeux
(que) je suis émerveillé
que mon cœur ne fonde pas aussitôt
de désir. »

BERNART DE VENTADORN.

L e tournoi commençait dès neuf heures
et les femmes partirent tôt pour ne pas
manquer le début. Elles s'installèrent sur

des estrades où il y avait, comme d'habitude, deux places d'honneur, pour la duchesse et la vicomtesse, qui s'assirent côte à côte, sans se regarder. Chacune avait sa cour, et les deux groupes s'ignoraient. Les combattants, accompagnés par une musique martiale, vinrent défiler devant les dames et les anciens qui se préparaient à les admirer.

Le soleil matinal qui faisait briller les casques et les cottes de mailles soigneusement astiqués, les chevaux revêtus de housses éclatantes où dominaient l'or, le bleu et le rouge et les sonneries des olifants qui s'ajoutaient aux martèlements des sabots des bêtes, tout contribuait à faire de cette matinée de printemps un spectacle superbe.

Le duc ouvrait la marche, droit et fier sur son noir destrier, et quand il s'arrêta devant la tribune pour saluer les assistants, on put voir, peint sur son écu, le portrait de la vicomtesse. Philippa serra les dents tandis que le sourire de sa rivale s'épanouissait. Mahaut chuchota à l'oreille d'Azalaïs que le duc aurait dit : « Il est normal que je lui donne la même place au combat que dans mon lit. » Alors que les suivantes de la

Maubergeonne, que d'aucuns nommaient « La Dangereuse », ricanaient entre elles, celles de Philippa conservèrent un air digne et méprisant.

La répartition des combattants avait été faite la veille et c'est avec son adversaire que chaque chevalier défila. Azalaïs, quand elle vit, le cœur serré, arriver ensemble Bernart et Hugues, pensa que son mari paraissait bien frêle à côté de la masse de son adversaire. L'époux de Mahaut ne participerait finalement pas au tournoi, car il avait dû réintégrer ses terres en toute hâte pour arbitrer un conflit, et Azalaïs pouvait compter sur l'entière attention et l'appui total de son amie. Elle vit avec amertume que le seigneur de Beaumont avait accroché au sommet de son écu la petite pièce de lin, ornée d'une églantine et d'un sanglier brodés, qu'il portait sur son cœur lors du lointain tournoi où elle tremblait pour lui. Elle ne paraissait pas plus fraîche que son propriétaire, et la châtelaine se demanda, une fois de plus, comment cet homme avait pu être séduisant. Le défilé dura longtemps et quand il se termina, les olifants sonnèrent le début des joutes, et chacun se fit attentif.

Les chevaux soulevaient tellement de poussière, tant les cavaliers étaient nombreux à se jeter les uns contre les autres, qu'il se passait toujours un certain temps avant que l'on sache qui avait eu le dessus. C'est ainsi que s'affrontèrent les jeunes chevaliers, tandis que leurs mères et leurs fiancées scrutaient anxieusement la masse compacte d'hommes et de chevaux pour tenter de distinguer qui était encore debout. Les personnages importants venaient ensuite et, dans leur cas, les deux adversaires étaient seuls en lice, permettant aux spectateurs de bien voir le déroulement de l'action. Il était prévu que le duc jouterait en dernier, immédiatement précédé de Bernart et Hugues. À mesure que le temps passait, Azalaïs sentait sa confiance et son courage faiblir. Quand les deux hommes furent enfin face à face, elle planta convulsivement ses ongles dans le bras de Mahaut qui lui tapota la main dans un geste d'apaisement. Les trompettes sonnèrent et les cavaliers se ruèrent, la lance pointée. Tout fut terminé en un instant : au premier choc, Bernart tomba et ne se releva pas. Azalaïs se dressa, pâle et au bord de la défaillance. Mahaut la retint et la fit asseoir : l'usage voulait qu'elle reste jusqu'à la fin de la joute pour assister au combat du duc. La châtelaine se rassit machinalement, et vit, impuissante, les gardes de Bernart l'amener sur un brancard. Elle ne savait même pas s'il était mort ou simplement blessé, et ne le saurait pas avant de longues heures. Hugues, rayonnant de vanité satisfaite, enleva son casque, amena son cheval devant la tribune et salua les dames qui l'applaudirent, mais sa physionomie changea et son regard se fit dur à la vue d'Azalaïs statufiée et le regard fixe.

Elle ne vit pas le combat suivant, pas plus qu'elle n'eut conscience du chemin du retour. Encadrée par Philippa et Mahaut qui la soutenaient, elle parvint au château, et on la conduisit dans la salle où reposait Bernart. Il était vivant, mais sa blessure au flanc était profonde, et il avait perdu beaucoup de sang. Azalaïs regarda interrogativement le médecin du duc qui s'était chargé de le panser : il haussa les épaules, ouvrit les mains en signe d'impuissance et dit : « Nous allons prier pour lui. »

Il était évident qu'il allait mourir, et vraisemblable qu'il ne passerait pas la nuit. Azalaïs savait qu'il lui fallait agir vite si elle ne voulait pas se faire piéger. Elle prierait plus tard. Elle rejoignit Philippa et Mahaut, et leur parla d'Arnaut. Elles convinrent que cet homme était la solution au problème de leur amie – à condition qu'il ne soit pas lépreux, bien sûr. Philippa proposa à Azalaïs qu'elle l'accompagne à Fontevraud où elle avait pris la résolution de se retirer après la dernière humiliation subie : sa situation à Poitiers était devenue intenable. La châtelaine pourrait bénéficier de sa protection jusqu'à l'abbaye, car Hugues n'oserait pas s'attaquer à une compagne de la duchesse, même si cette dernière était en semi-disgrâce. Parvenue sur les lieux, Azalaïs épouserait Arnaut – s'il n'était pas lépreux, évidemment. Restait une seule ombre au tableau : Philippa nécessiterait quelques jours pour organiser son départ et, d'ici là, Bernart serait mort. Dès qu'il l'apprendrait, Hugues proposerait à sa veuve de l'épouser pour remplacer son protecteur défunt; comme il jouissait du soutien du duc, elle n'aurait aucun moyen de le refuser. Il fallait trouver autre chose.

Mahaut suggéra que l'on dissimule la gravité de l'état du seigneur de la Moure, que l'on envoie chercher Arnaut, et quand la mort de Bernart surviendrait, qu'on la cache jusqu'à son arrivée. Azalaïs pourrait épouser Arnaut tout de suite, et rendre la nouvelle publique en même temps que celle du décès de Bernart. Ainsi, Hugues serait neutralisé. Tout ceci, bien sûr, supposait qu'Arnaut n'avait pas la lèpre, ce que personne ne savait.

Pendant qu'Azalaïs s'isolait avec le moribond, Mahaut se chargea de répandre de fausses nouvelles à son sujet. Elle fit croire que la blessure, bien que sérieuse, ne faisait pas craindre pour sa vie, mais qu'il lui fallait beaucoup de calme et de repos. Elle ajoutait que sa femme, versée en médecine, se consacrait aux soins dont il avait besoin. Philippa, de son côté, chargea celui de ses gardes en qui elle avait le plus confiance de se rendre à Fontevraud. Il avait pour première mission de s'informer avec certitude si Arnaut était ou non atteint de la maladie. S'il l'était, sa mission s'arrêtait là, et il devait retourner à Poitiers au plus vite pour donner la nouvelle. Sinon, qu'il aille voir Hersende, la prieure, pour obtenir l'autorisation de se rendre jusqu'à Arnaut, lui expliquer la situation, et le ramener au palais au plus vite. Tout cela prendrait au moins trois jours, peut-être plus.

Bernart n'avait ni ouvert les yeux ni prononcé une parole. Il geignait doucement et Azalaïs épongeait la sueur d'agonie qui sourdait de son front. Elle remplaçait souvent les linges qui couvraient sa plaie, car ils s'imbibaient très vite. Il se vidait implacablement de son sang et nul ne pouvait rien pour lui. Il mourut en quelques heures, sans avoir repris conscience, et la châtelaine se trouva prisonnière de ce cadavre qui était censé, aux yeux du monde, être un blessé qui se rétablissait lentement. Elle fit seule, pieusement, la toilette mortuaire du corps qu'autrefois elle avait aimé.

Quand ce fut terminé, elle n'eut plus rien à faire qu'à attendre, et le temps devint interminable. On les avait isolés dans une partie calme du donjon dont la fenêtre dominait la route de Fontevraud, et le jour même du départ du garde, alors que, elle le savait, il n'était même pas encore arrivé à destination, elle guettait déjà la silhouette du cavalier qu'elle attendait. Elle faisait des va-et-vient, du mort à la fenêtre, priait un peu, mais jamais longtemps, car elle était prise d'une impatience frénétique qui la faisait lever aussitôt qu'agenouillée. Philippa, retenue par ses préparatifs de retraite définitive, n'avait pas le temps de venir la voir, mais Mahaut était souvent là, partageant son temps entre Azalaïs et la duchesse. Mahaut était foncièrement optimiste et, quand elle était là, le futur prenait les couleurs les plus douces.

— Finalement, disait-elle, tout cela va aboutir à ta réunion avec l'homme que tu aimes. Tu vas enfin être heureuse.

Le temps de sa présence, Azalaïs y croyait, mais après son départ, elle songeait à ce qui pourrait infirmer cette manière de voir l'avenir et elle échafaudait toutes sortes de possibles effrayants, aussi vraisemblables que l'heureuse conclusion rêvée par Mahaut. Arnaut ne pouvait pas refuser de l'épouser parce qu'elle était sa suzeraine et qu'il lui devait obéissance et protection, mais s'il avait prononcé ses vœux, il se trouvait à l'abri de cette obligation. Il pouvait donc, s'il souhaitait échapper à ce mariage, les prononcer précipitamment, ce qui le mettrait hors de son pouvoir. Son cerveau enfiévré travaillait sans qu'elle le veuille, et quand elle s'apercevait qu'elle était en train d'imaginer des situations qui la laisseraient démunie et à la merci d'Hugues, elle s'efforçait de les éloigner et s'agenouillait de nouveau auprès de Bernart pour prier. Elle commençait une oraison, et son imagination, sans même qu'elle s'en rende compte, recommençait de battre la campagne. Au beau visage de Bernart, que la mort avait rendu marmoréen, se superposait une face rongée par la lèpre où elle reconnaissait vaguement des traits ayant été ceux d'Arnaut. Elle se secouait, priait un moment, retournait à la fenêtre, et pensait que peut-être, dans trois jours, elle verrait arriver, sur une mule, un homme élancé vêtu de bure qui cacherait sous son habit religieux un cœur fidèle à la châtelaine qu'il avait aimée. Mais le malin, toujours à l'affût, suggérait : « Élancé ? Comme Hugues, sans doute ? » Arnaut devenu gros et veule était une vision qu'elle ne pouvait pas concevoir. Mais aurait-elle pu imaginer, avant de se trouver face à lui, le seigneur de Beaumont tel qu'il était devenu ? Et la ronde des suppositions tournait dans sa tête.

Parfois, délaissant le futur, c'est au passé qu'elle songeait. Cet homme, étendu sur sa couche, qui avait été le père de ses enfants, l'avait déçue et fait souffrir, n'était pas mauvais. De caractère moins faible, il aurait pu être un bon époux, et elle l'aurait probablement aimé s'il avait été pourvu des qualités de cœur d'Arnaut. Arnaut. Sa pensée retournait vers lui, repassant une fois encore les mille et une probabilités quant à leur avenir, commun ou non.

Le deuxième jour, elle fut tirée de ses pensées par un remue-ménage à la porte. Des voix se mêlaient, parmi lesquelles elle reconnut – et la peur la fit trembler – celles d'Hugues et de Mahaut. Le ton monta, aux paroles s'ajoutèrent des ferraillements d'armes, et elle voyait le moment où la porte serait forcée quand elle entendit, couvrant le tumulte, la voix sèche et froide de la duchesse qui fit taire tout le monde. Des pas s'éloignèrent, et quand le calme fut tout à fait rétabli, Philippa et Mahaut apparurent. Azalaïs apprit de leur bouche qu'Hugues serait entré, malgré Mahaut et les gardes, si l'un des soldats n'avait eu l'heureuse idée d'alerter la duchesse. Le seigneur de Beaumont avait reculé, n'osant pas faire fi de l'interdiction de sa suzeraine, qui argua de la fatigue de Bernart pour lui barrer le passage, mais il trouvait suspect cet acharnement à cacher le blessé, et il reviendrait, probablement accompagné du duc, à qui il ne serait pas question de refuser l'entrée. Il fallait absolument trouver un moyen d'éloigner Hugues de Poitiers.

Elles discutèrent un moment, convenant que le mieux serait de simuler des troubles dans son domaine de Beaumont, de façon à l'attirer là-bas et l'y retenir un jour ou deux. L'idéal eût été d'en susciter de réels, pour le neutraliser longtemps, mais le temps manquait et, sur la proposition de Mahaut, la plus imaginative du groupe, elles firent le pari que son caractère impulsif l'inciterait à agir sur la foi de simples rumeurs qu'elles se chargèrent de provoquer. Un garde, dûment chapitré, glissa dans l'oreille d'un autre que le prévôt de Beaumont se serait enfui avec le plus beau cheval de l'écurie de son maître. Le garde le répéta aux soldats auxquels il se joignit pour jouer aux dés; un écuyer d'Hugues, qui traînait dans les environs, l'entendit et se précipita vers son seigneur qui, à l'annonce de la nouvelle, réunit à la hâte quelques hommes, demanda son cheval, et partit, bride abattue, pour éclaircir l'affaire. Seulement, Beaumont n'était pas très éloigné: il s'apercevrait vite de la supercherie et reviendrait aussitôt, plus enragé que jamais.

À l'aube du troisième jour, après une nuit blanche, Azalaïs était à son poste, brûlant ses yeux à scruter le chemin. Il lui était de plus en plus difficile de cohabiter avec le mort qui dégageait, depuis quelques heures, une odeur douceâtre dont elle n'arrivait pas à faire abstraction. Après la pitié qu'elle avait éprouvée à l'égard de cette existence prématurément interrompue, elle avait fini par ressentir de l'animosité envers l'homme qui n'avait pas su défendre sa vie pour remplir le rôle de protection qu'il lui devait. Vivant, Bernart ne lui avait pas servi à grand-chose; mort, il lui nuisait. Depuis le tournoi, elle avait été incapable de prendre la moindre nourriture: son estomac était noué, et quand elle parlait, sa gorge la faisait souffrir. À force de veiller, elle perdait la notion du temps, et quand Mahaut venait, elle lui demandait anxieusement:

— Le garde? Il n'est pas encore revenu? Il y a si longtemps qu'il est parti!

Mahaut la rassurait, disait que l'homme n'aurait pas pu faire tout ce chemin aussi vite, qu'il fallait attendre encore un peu. Elle voulait la faire manger, mais Azalaïs repoussait le plat d'un geste exaspéré et retournait à la fenêtre.

Hugues reviendrait de Beaumont par le même chemin qu'Arnaut emprunterait pour venir de Fontevraud, et elle redoutait autant qu'elle espérait le nuage de poussière qui pourrait aussi bien signifier l'apparitic d'un groupe de soldats hostiles que celle d'un garde accompagnant le moine qui venait la sauver.

Le soleil se coucha, la ville allait fermer ses portes et la situation était inchangée. Azalaïs craignait la nuit à venir, qui la verrait seule, encore une fois, avec ce mort qu'elle se surprenait à haïr. Son esprit était de plus en plus confus. Mahaut vint lui rendre une dernière visite, avant d'aller dormir, et fut effrayée par son aspect. Il fallait absolument qu'elle parvienne à la faire dormir, sans quoi elle serait incapable de faire face aux événements, même s'ils étaient à son avantage. Elle alla trouver le médecin de la duchesse, qui lui donna une infusion calmante, et se fit accompagner de Philippa dont l'autorité saurait la forcer à la boire.

Bernart était mort depuis quatre jours : on ne pouvait plus beaucoup attendre pour l'enterrer. Azalaïs, un peu reposée par les quelques heures de sommeil procurées par le calmant, se rendit aux raisons de Mahaut, et accepta de s'alimenter. Ainsi, elle fut plus à même d'appréhender la situation avec lucidité. Elle convint, avec Philippa et Mahaut que le mieux était de profiter de l'absence d'Hugues pour faire inhumer le seigneur de la Moure dans la matinée. Les nouvelles du décès et des obsèques se répandirent en même temps, une heure à peine avant la cérémonie et, de ce fait, l'assistance fut peu nombreuse : Guillaume et ses hommes étaient à la chasse, et les seuls qui accompagnèrent Bernart, outre sa veuve et les deux amies de celle-ci, furent ses propres écuyers.

Azalaïs pensait à ce qu'aurait été son enterrement à la Moure, en présence de ses vassaux au grand complet, et sans doute, aussi, du comte de Comminges qui se serait occupé de la succession et l'aurait déchargée du fardeau de la régler elle-même. À la place de cette cérémonie solennelle, Bernart n'avait droit qu'à un requiem bâclé, prononcé devant une assistance distraite : les trois femmes, inquiètes, guettaient l'arrivée du messager – qu'elles espéraient – et celle de l'ennemi – qu'elles redoutaient –, et les écuyers se perdaient en supputations quant à l'avenir de la seigneurie. Leur grande question était : « Qui la dame allait-elle épouser ? » Il ne faisait de doute pour personne que la décision se prendrait très vite, et plusieurs d'entre eux, pensant avoir une chance d'être élus, lorgnaient d'un œil évaluateur la femme, encore jeune, qui s'était brusquement transformée en veuve tout à fait séduisante.

Philippa était prête, et se disposait à partir. Elle proposa à Azalaïs de l'accompagner à Fontevraud où elle serait protégée. La châtelaine hésita : il ne s'agissait pas seulement de sa sécurité personnelle, mais de l'avenir de la seigneurie qu'elle devait assurer afin de la transmettre à son fils. Les écuyers de Bernart lui obéiraient-ils ? C'était peu probable. Ils étaient peut-être en train de discuter pour savoir lequel d'entre eux ils lui imposeraient comme époux – s'ils ne la jouaient pas aux dés. Elle décida d'attendre encore un peu, mais Philippa ne voulait pas retarder son départ. Elles se dirent adieu, profondément émues, et la duchesse lui laissa son chapelain avec la mission de célébrer son mariage, si elle le lui demandait.

Le séjour de Mahaut à Poitiers ne se justifiait que dans la mesure où la duchesse était présente : il faudrait donc qu'elle parte, elle aussi, dans la journée. Quand elles se quittèrent, au milieu de l'après-midi, ce fut déchirant. De sa fenêtre Azalaïs regarda disparaître Mahaut et son escorte. Un grand abattement la saisit : elle était tout à fait seule au milieu de gens indifférents ou hostiles.

Pendant plusieurs heures, elle arpenta nerveusement la salle où elle était confinée depuis des jours. À chaque passage devant la fenêtre, elle jetait un coup d'œil, sans même s'arrêter. Il lui était impossible de rester immobile, et ses mains, agitées d'un tremblement fébrile incontrôlable, étaient impropres au moindre ouvrage. Une activité manuelle l'eût calmée, mais elle ne parvenait pas à s'y contraindre. Peu après l'heure de tierce, on frappa. Son cœur s'affola et, tandis qu'elle se dirigeait vers la porte, ses jambes se dérobaient. Elle respira profondément pour tenter de maîtriser sa voix : qui que ce soit, elle n'avait aucun intérêt à lui montrer sa peur.

Quand elle ouvrit, la châtelaine se trouva face à Jean des Aroulhs, le plus âgé des hommes de Bernart. Sa vue la tranquillisa : elle avait redouté d'avoir à les affronter tous ensemble, ayant pris une décision et prêts à l'obliger à s'y conformer. À la place, ils avaient envoyé cet homme calme et pondéré, notoirement fidèle au vieux Guilhèm, et dont elle savait qu'il ferait tout son possible pour l'aider, au mieux des intérêts du jeune seigneur. Elle lui demanda de lui donner un peu de temps : d'ici le lendemain, affirma-t-elle, elle aurait trouvé une solution qui conviendrait à tout le monde. Elle parvint à être convaincante, et il repartit satisfait, après l'avoir assurée de sa loyauté.

Après son départ, Azalaïs soupira. Elle eût souhaité être aussi certaine qu'elle l'avait dit de pouvoir résoudre elle-même le problème. Il serait vite réglé, elle le savait bien, mais plus le temps passait, moins elle espérait que la solution soit à son goût. Pourtant, lui disait son bon sens, si Arnaut s'était récusé, le garde serait là depuis longtemps, mais une voix lui soufflait que tant de choses peuvent retarder un messager. Elle était épuisée et elle s'assit enfin pour reposer ses jambes douloureuses. Elle s'endormit aussitôt, sans même s'en rendre compte. Quand elle se réveilla en sursaut, probablement alertée par un bruit inusité, elle vit que le jour pointait. Elle comprit qu'elle avait dormi longtemps et se précipita à la fenêtre. Au loin, apparaissait un nuage de poussière. Elle resta figée à son poste, le regardant grossir inexorablement. C'était une troupe nombreuse qui se rapprochait rapidement de Poitiers. Le découragement la prit et des larmes commencèrent de couler sur ses joues.

À ce moment-là, des coups ébranlèrent la porte. Surmontant sa peur et son désespoir, elle alla ouvrir, prête à tout. Devant elle se trouvaient trois hommes : un garde et deux moines. Le plus grand des religieux s'avança, rabattit le capuchon qui couvrait sa tête, mit un genou à terre, leva vers elle un visage lisse, à peine marqué de rides aux tempes, et dit :

— Ma Dame, je réponds à ton appel.

OUVRAGES CITÉS

Bec, Pierre. *Anthologie des troubadours.* Paris, UGE, 1979, 442 p., pour la ballade anonyme.

Berthelot, Anne et François Cornillat. *Littérature. Textes et documents. Moyen Âge. XVIe siècle*, Paris, Nathan, 1988, 511 p., pour la chanson de toile anonyme.

Cerquiglini, Jacqueline (éd.), avec la collaboration d'Anne Berthelot. *Poètes du Moyen Âge. Chants de guerre, d'amour et de mort.* Paris, Librairie Générale Française, 1987, 254 p., pour Philippe de Thaun.

Lazar, Moshé. *Bernard de Ventadour. Troubadour du XIIe siècle. Chansons d'amour.* Paris, Klincksieck, 1966, 311 p., pour Bernart de Ventadorn.

Pasero, Nicolò. *Guglielmo IX d'Aquitania. Poésie.* Modena, S.T.E.M., Mucchi, 1973, 404 p., pour Guillaume IX d'Aquitaine.

Riquer, Martin de. *Los trovadores. Historia literaria y textos.* Barcelona, Ariel, 1983 (3 vol.), 1710 p., pour Arnaut Catalan; Bertran de Born; Cercamon; Folquetz de Marselha; Gaucelm Faidit; Guilhem de Sant Leidier; Peire Cardenal; Raimbaut d'Aurenga; Sordel.

Schultz-Gora, Oskar. *Die provenzalischen Dichterinnen,* Leipzig, 1888, Slatkine Reprints, Genève, 1975, 36 p., pour Alaisina, Iselda et Carenza; Azalaïs de Porcairagues; la Comtessa de Dia.

Claude Lamarche
Le cœur oublié

Marguerite Lescop
Le tour de ma vie en 80 ans
En effeuillant la Marguerite
Les épîtres de Marguerite

Antonine Maillet
Madame Perfecta

Louise Portal
Cap-au-Renard

Maryse Rouy
Azalaïs, La Vie courtoise
Mary l'Irlandaise

Louise Simard
Thana, La fille-Rivière
Thana, Les vents de Grand'Anse

Christian Tétreault
Je m'appelle Marie

Michel Tremblay
Chroniques du Plateau-Mont-Royal,
Tome 1 : La grosse femme d'à côté est enceinte
Thérèse et Pierrette à l'école des Saints-Anges

Louise Tremblay-D'Essiambre
Entre l'eau douce et la mer
La fille de Joseph
Les années du silence,
Tome 1 : La Tourmente
Tome 2 : La Délivrance
Tome 3 : La Sérénité
Tome 4 : La Destinée
Tome 5 : Les Bourrasques
Tome 6 : L'Oasis
« Queen size »

L'utilisation de 1954 lb de Rolland Enviro 100 Édition plutôt que du papier vierge a réduit notre empreinte écologique de:

23 arbres;
928 kg de déchets solides;
73 490 litres d'eau;
2 409 kg d'émissions atmosphériques.

C'est l'équivalent de:
0,5 terrain de football américain couvert d'arbres;
une douche d'une durée de 3,4 jours;
les émissions atmosphériques de 0,5 voiture dans une année.

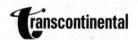

Imprimé au Canada par
Transcontinental Gagné

100%   BIO GAZ   PERMANENT

Imprimé sur Rolland Enviro100, contenant
100% de fibres recyclées postconsommation,
certifié Éco-Logo, Procédé sans chlore, FSC
Recyclé et fabriqué à partir d'énergie biogaz.

Sources mixtes
Groupe de produits issu de forêts bien
gérées, de sources contrôlées et de bois
ou fibres recyclés
FSC   www.fsc.org Cert no. SW-COC-000952
© 1996 Forest Stewardship Council